[长篇小说]

神偷天下 ①

跛脚小丐

郑丰 著

台海出版社

图书在版编目（CIP）数据

神偷天下.1，跛脚小丐 / 郑丰著. -- 北京 : 台海
出版社, 2016.4
　　ISBN 978-7-5168-0925-9

　　Ⅰ.①神… Ⅱ.①郑… Ⅲ.①长篇小说—中国—当代
Ⅳ.①I247.5

　　中国版本图书馆CIP数据核字（2016）第058978号

神偷天下1：跛脚小丐

著　　者：郑　丰

责任编辑：刘　峰　　　　　　　　封面设计：柚子瓣工作室
版式设计：王梦彤　　　　　　　　责任印制：蔡　旭

出版发行：台海出版社
地　　址：北京市朝阳区劲松南路1号　　邮政编码：100021
电　　话：010 - 64041652（发行，邮购）
传　　真：010 - 84045799（总编室）
网　　址：www.taimeng.org.cn/thcbs/default.htm
E - mail : thcbs@126.com

经　　销：全国各地新华书店
印　　刷：北京市兆成印刷有限责任公司
本书如有破损、缺页、装订错误，请与本社联系调换

开　　本：700mm×1000mm　　　　1/16
字　　数：214千　　　　　　　　印　　张：19
版　　次：2016年6月第1版　　　　印　　次：2016年6月第1次印刷
书　　号：978-7-5168-0925-9

定　　价：32.00 元

目录
CONTENTS

目录

CONTENTS

目 录
CONTENTS

神偷天下①

第一章

飞戎之王

"彼窃钩者诛，窃国者为诸侯，诸侯之门而仁义存焉，则是非窃仁义圣知邪？故逐于大盗，揭诸侯，窃仁义并斗斛权衡符玺之利者，虽有轩冕之赏弗能劝，斧钺之威弗能禁。此重利盗跖而使不可禁者，是乃圣人之过也。"

——《庄子·胠箧》

夏夜浩瀚，夜空繁星闪烁，却不见月亮。

此时正是七月初一子夜，三家村依照祖制，一年一度在此日此时开堂祭祖。祭祖仪式完毕之后，三家村的一百多个子弟并不各回住处，却鱼贯走入三家村祠堂的后厅，分家族长幼坐下，众人悄然无声。百来个人影在黑暗中有如一团团满怀期待的鬼魂，在夏夜习习凉风中晃悠，等待。

只有三个人影并未离开祠堂，静静地站立在祖宗牌位之前。几个小厮悄无声息地搬过三张太师椅，背对祠堂，面对天井放下了。

那三个人影，当中的是个一头黄发的老太婆，口阔眼圆，面容酷似一只年岁已高的老猫，她拄着狐头拐杖，弯着腰，似乎已有六七十岁年纪。但见她咧开缺牙的嘴，满布皱纹的脸上挤出令人生畏的笑容，向身旁二人招手道："柳攀老，胡星老，快坐！快坐！"

那柳攀老并不年老，不过四十来岁年纪，双颊瘦长，面目清俊，脸上带着温雅谦和却略显僵硬的微笑，躬身让道："上官婆婆年高德劭，理当坐上位。"

那猫脸上官婆婆摆着手，笑斥道："什么年高德劭！嘿，你仗着年轻，取笑我老不中用了，当婆婆不知道么！"当下却不辞让，拄着狐头拐杖颤巍巍地走上前，在当中一张太师椅上坐下了。

瘦长脸的中年人柳攀老微微一笑，侧过身，向一旁身形矮胖的中年人淡淡地道："胡星老，请坐。"

那矮胖子似乎受宠若惊，连忙恭敬作揖回礼，说道："柳大爷，小的当不得这称呼！您老快请就座！"

柳攀老嘴角露出一丝不屑的笑容，也不推辞，便在左边的椅上坐下了。矮胖子胡星老磨蹭了一会儿，才慢慢来到右边的椅旁，不声不响地坐下，这张椅子摆得离其他两张远些，几乎放到了角落里。三人坐定之后，便有三个小童轻巧地趋上前，奉茶给三位族长，之后便退下侍立一旁。

猫脸上官婆婆和高瘦柳攀老喝了口茶，便互相问候，话起家常来，言笑晏晏，好似旁边没有胡星老这人一般。坐在角落的胡星老也彷佛全

不介怀，安然自若，一时仰望天上明星，一时摸摸怀中手巾，一时搔搔半秃的额头，窸窸窣窣地自顾忙着，有如一只惯处黑暗的老鼠。

过了约莫一盏茶时分，上官婆婆和柳攀老的寒暄才告一段落，祠堂此时陷入一片寂静，三人忍不住抬头往夜空望去，显然在等待着什么。

不多时，果有两道黑影先后从村北窜入，飞身上屋，掠过一座座屋梁，来到村中祠堂的屋顶之上。同一时候，村西也有一道黑影快速奔来，这道黑影抬头望望星辰，飞快地跃上祠堂的屋顶。三条黑影各据屋顶一角，互相望望，一齐跃下，悄无声息地落在天井之中。

三人一落地，天井中的数盏宫灯登时亮了起来，照亮了天井前面的一圈地面。天井边祠堂前的三家族长都坐直了身子，聚精会神地望着天井中的三人，神色间充满了期待。

来者三人皆身着黑色夜行衣，蒙着脸面，悄然跪在祠堂之前。左首那人身形矮壮，一双小眼黑漆漆地好似两粒煤炭球儿；当中那人体型高瘦，细眼中露出精光；右首那人则甚是娇小，蒙面之上露出一对妩媚的杏眼。

左首的矮壮汉子当先开口，声音粗豪，朗声道："三位族长在上，无影回来了！"说着扯下脸上面罩，露出一张满面须髯的方脸，看来约莫二十七八岁年纪。他从包袱中小心翼翼地取出一件长一尺、高半尺的事物，瞧仔细了，却是一个以白瓷烧制的娃娃枕头，那娃娃伏在地上，以手撑脸，双腿翘起，形态可喜，栩栩如生。矮壮汉子无影跨上几步，恭恭敬敬地将那白瓷娃娃枕呈给坐在当中的上官婆婆。

上官婆婆接过了娃娃枕，老皱的猫脸上露出微笑，颇有赞许之意，捧在手中端详一阵后，便交给一旁的柳攀老。柳攀老也仔细看了一阵，点头道："北宋定窑白瓷婴儿枕。大内八大珍宝之一，十八层关卡，三十六道铜锁，又怎拦得住'独行夜猫'的传人哪！"

上官婆婆掩不住猫脸上的得意之色，矮壮汉子无影听了柳攀老的赞美之辞，也颇为沾沾自喜，退回原位，挑衅地望向当中那高瘦汉子。

高瘦汉子伸出手，用细长的手指取下了脸上的蒙面，露出一张英俊白净的脸，看来约莫二十出头。他从背后取下一个长方形的包袱，轻缓地放在地上，打开包布，只见里面躺着一把通体漆黑的瑶琴。那高瘦汉子躬身说道："子俊不才，去了南风谷一趟。"

柳攀老点了点头。上官婆婆见到那琴，惊噫一声，离座走上前去，俯身仔细观看，又伸出一只干枯的手指，轻抚镶嵌在瑶琴颈部的两个绿字"春雷"后，惊叹道："是唐代的春雷琴！"她抬头望向那名叫子俊的高瘦汉子，说道："这是琴仙康怀稽的心爱之物，你竟有办法从他眼下取得，不简单，当真不简单！"子俊薄薄的嘴唇露出浅笑，颔首为礼，退回原位。

右首身形娇小之人轻轻嘿了一声，揭开脸上的蒙面，露出一张秀艳的脸庞，一双杏眼水灵灵的，竟是个十分俏媚的少女，不过十七八岁年纪。她娇声说道："无嫣自知比不过两位哥哥，因此出了下策，去江湖上走了一回。"说着从腰间解下一对收在鞘中的两尺半长剑，双手捧着，来到上官婆婆面前。

上官婆婆神色惊异，柳攀老双眼发亮，齐声脱口道："冰雪双刃！"

无嫣得意地笑了，脸上如开了朵花一般，更加艳媚动人，艳媚中带着无可言喻的自负和骄傲。

　　柳攀老走上前，小心翼翼地取过其中一柄，拔剑出鞘，四周夜色顿时笼罩上一层冰寒的光芒。他点头道："传说中九天神女的佩剑，竟然真的流传到了世间！这不是人间之物啊！"他对这柄剑似乎心存畏惧，只看了片刻，便还剑入鞘，递给上官婆婆。

　　上官婆婆似乎对这剑更加敬畏，一双猫眼瞪视着那柄剑，眼中满是好奇，却又不敢去接，只示意柳攀老将剑放在一旁的茶几上。柳攀老轻轻地将剑放下了，转头望向无嫣，问道："无嫣姑娘，请问你是从何处得到这双宝刃的？"

　　无嫣眼中闪着光彩，笑吟吟道："柳世叔，侄女的看家本领着实不多，若全盘托了出来，那以后可得拿什么跟哥哥们较量呢？"

　　柳攀老嘿了一声，点点头，望了上官婆婆一眼。上官婆婆脸上难掩得色，口中却斥道："无嫣孩儿说话忒地无礼！还不快向柳世叔赔罪？"

　　无嫣低头道了福，算是赔了罪，便退回原位，下巴微扬，更不向旁边的无影和子俊望上一眼。两个男子忍不住相对一望，眼中都流露出忌惮和不平之色。

　　上官婆婆拄着狐头拐杖，走回太师椅坐下了，柳攀老也跟着坐下，祠堂中又是一片寂静。上官婆婆沉吟良久，才慢慢说道："三家村七年一度的'飞戎王'比试，绝非等闲。上官家的无影和无嫣，柳家的子俊，俱为百年难见的奇才。白瓷婴儿枕、春雷琴、冰雪双刃，皆是当今极难取得的惊世珍宝，而咱们三家村的三位青年，竟然手到擒来，为村中又添三件异宝，实为大功。"

三人屏息聆听，都极想知道究竟谁是这场比试的赢家，能得到"飞戎王"的美誉。但见上官婆婆往柳攀老望去，眼中满是犹疑，柳攀老也颇感为难，两人将头凑在一起，低声议论，不断对着茶几上的三件宝物指指点点，然而过了一盏茶时分，两人仍旧没有得出结论。

上官无影再也忍耐不住，跨上一步，粗声道："潜入皇宫，取得珍宝，人人都知道是难如登天的事儿，而取这什么琴呀剑的，谁晓得他们取了什么巧，使了什么诈？或许根本就不费吹灰之力！就算这琴、剑的主人再厉害，难道比得过宫中成千侍卫的刀剑，上万太监、宫女的眼线吗？"

柳子俊淡淡一笑，说道："琴仙康怀嵇，内力修为堪称当今第一，这把唐代古琴乃是他终年不离手的心爱之物，即使夜间也怀琴而眠。你要有本事在他老人家居处碰这琴一下，我便服了你。若你有办法取走琴，三个时辰内不被他发现捉住，我柳子俊向你磕个头！"

上官无影双目直瞪着柳子俊，须髯戟张，正要开口，上官无嫣已抢着道："那有什么难的？柳家哥哥，我若取了这琴，你当真要向我磕头吗？小妹可担当不起呀。"说完咯咯笑了起来，柳子俊瞪她一眼，哼了一声，并不回答。

上官无嫣收起娇笑，杏眼如刀，直望向柳子俊，冷然道："这古琴有家有主，取之有何难处？至于我这冰雪双刃，你若说得出我在江湖上的什么所在，从谁人手中取得这双剑，我上官无嫣立时将头给你！"

柳子俊答不上来，上官无影却已大声道："妹子，你不知从何处打听到

这个秘密，不过运气好而已，有何稀奇？"上官无嫣冷笑道："怎的大哥你便没有这等好运气？世上岂有人靠运气闯荡江湖的？"三人就这么你一言，我一语，争执起来。

上官婆婆眉头紧皱，忽然转过头，朝向坐在角落、一直未曾吱声的胡星老说道："胡老，你意下如何？"

胡星夜听上官婆婆突然对自己发言，吓了一跳，赶紧坐直了身子，赔笑道："婆婆可是问我？"上官婆婆不耐烦地道："不是问你，还会是问谁？你怎么看这场比试的输赢？"

胡星夜皱起眉头，摸着唇上的两撇鼠须，抬眼望向上官无影，又望向柳子俊和上官无嫣，接着将目光移向陈列堂上的白瓷婴儿枕、春雷琴和冰雪双刃三件宝物。最后他吁了口长气，靠在太师椅背上，神色沮丧，连连摇头说道："上官婆婆，柳大爷，快别折煞小人了。这儿哪有我说话的余地？我胡家洗手都快十年啦，嘿，这个，不怕你们笑话，可连好坏美丑都分不清了。老实说，这几件宝物，星夜见自是没见过，连听都没听过，哪里有资格开口品评论上官家和柳家子弟的高低长短？"

上官婆婆听他这么说，猫脸上露出一丝满意之色，大嘴咧成轻蔑的微笑，转头望向柳攀老，说道："柳老，你瞧瞧，不过几年时间，咱们当年赫赫有名的'藏迹迅鼠'便成了今日这副窝囊模样！我早说过，什么趁早洗手，什么安贫务农，全是狗屁！如今可不全应验了？"

柳攀安瞥了胡星夜一眼，摇头说道："不，婆婆，星夜这是有先见之明。他们胡家老早无人，十多年前便已清楚明白。这回'飞戎之赛'，三

第一章　飞戎之王

位后进都是上官家和柳家子弟，而胡家自'迅鼠'之后，再无人才，洗不洗手，原本无关紧要。"

上官婆婆闻言不断点头，吃吃而笑，说道："攀安，你多年前便拒绝与胡家联姻，免得柳家女儿嫁过去后，得过那粗茶淡饭的穷苦日子，那才叫有先见之明！"说着嘎嘎大笑了起来。

胡星夜耳中听着他们的奚落讥嘲，脸上仍维持着憨厚的笑意，似乎丝毫未受冒犯，也不觉羞赧惭愧，颇有唾面自干的风度。

便在此时，站在胡星夜身后的一个小童忽然跨前一步，大声道："舅舅，他们取了这几样破铜烂铁回来，算得什么？"

众人听这小童出言不逊，一时眼光都集中在他的身上，但见他一跛一拐地绕过胡星夜的太师椅来到堂前，右手在怀中掏摸一阵，随随便便地掏出了一件事物，持在掌中。

祠堂前一片死寂，那事物在宫灯的照耀下，发出艳紫色的光芒。那是一颗巴掌大小的水晶球，通体浑圆，晶莹剔透，球中如有氤氲浮动，光彩流转，似为青色，又疑赤色，再混合成时而淡雅、时而耀目的紫色。

一片寂静中，柳攀安双目更不稍瞬，直瞪着那水晶球，眼珠如要跌出眼眶一般，喉咙间沙哑地迸出了两个字："三绝！"

在堂后等候良久的一众三家子弟，此时都已留意到祠堂前不寻常的气息，纷纷涌到左右边门外，伸颈向祠堂中探望。子弟中年纪较轻的，更不知道小童手中的紫色水晶球是什么来头，纷纷交头接耳，互相询问；年长的却都变了脸色，神色凝重，窃窃私议，兴奋中带着十分的惊异，十分的

崇敬，以及十二分的不可置信。

在窃盗这一行中，人人都知道所谓的"三绝"——三样绝对无法盗取得的事物，那便是汉武龙纹屏风、峨嵋龙湲宝剑、紫霞龙目水晶。

汉武龙纹屏风放置于百官上朝的奉天殿上，皇帝御座之后。那是一座八幅巨屏，重八百八十斤，传说是汉武帝下旨命巧手玉匠采西域白玉所制，玉质平滑温润，光可鉴人，玉面生着天然的九龙纹路，图案细致，栩栩如生，祥瑞非常。屏风不但庞大沉重，而且放在人人见得到的奉天殿上，自是极难取得，谁要偷盗这屏风，便是与皇室为敌，与天下侍卫、捕快和官兵为敌。

龙湲宝剑则是百年前铸剑大师剑徒所铸的剑中极品，当今天下第一利器。宝剑历经无数英雄之手，最终成为峨嵋派的镇派之宝，峨嵋派将这柄剑藏于金顶普愿寺中，由峨嵋弟子日夜看守，严谨非常，偷盗这剑，便等同与峨嵋及所有与峨嵋结盟的正教武林门派为敌。

至于紫霞龙目水晶，来历则更为奇特。传说它是黄帝时代便已流传下来的神物，能够预卜天下大势，道破百年风云，得之者不但延年益寿，更能宰制天下。相传自古以来，这紫霞龙目水晶便由下凡的仙人轮流掌管，太平盛世由文神领掌，争战乱世便由武神持有。很多人都以为这不过是好事之人编造出来的传奇附会，却不知这水晶确实存在于世间，来历背景虽非如传说中那么神奇，却真有某些预卜吉凶祸福的异能，并一直为当世大卜所怀藏，代代相传。人人都知道此刻怀藏水晶的当世大卜，便是二十年前曾为失陷蒙古可汗也先之手的英宗卜卦，以

"干之初九"一卦预言英宗将于庚午中秋返还中土的瞽者全寅。此人深谙"京房易术"，以《易经》审度天下运势，乃是一位有道之士，他不但深受英宗和当朝皇帝信任，而且自奉俭朴，深居简出，极为世人敬重，谁也不敢轻易冒犯。再说，这水晶既有预卜未来之能，又怎会轻易被人盗走？

数十年来从未有人敢起心偷盗三绝，更没有人敢下手尝试，然而如今这三绝之一的紫霞龙目水晶，却公然持在这跛腿小童的手掌之中，在三家村祠堂上闪耀着淡紫色的光芒，映得围观众人的面目时明时暗。这可能是真的吗？

上官婆婆眯起双眼，视线从水晶球移向那小童。但见他身形不高，干干瘦瘦，大约只有十一二岁年纪，面目黝黑，浓眉大眼，一双眸子异常灵动明亮。

上官婆婆伸出干枯的手爪，说道："这物事，拿来给婆婆看看。"

小童却将手缩回了两寸，转头望向胡星夜，叫道："舅舅！"

胡星夜皱眉抿嘴，神情好似见到了什么极端碍眼的事物一般，对那小童呵斥道："谁叫你拿出来了？还不快收了起来！"

小童听了，赶忙将紫水晶往怀中揣去，上官婆婆和柳攀安同时大叫："且慢！"

小童双手捧着那水晶球，一时不知该收起还是拿出，定在当地，不敢动弹。

上官婆婆转头望向胡星夜，冷然道："星夜，你拿出句话来吧！"

胡星夜伸手摸着唇上的两撇鼠须，脸上有如戴了面具一般，既无得意骄傲之色，也无焦虑惶恐之意，只摆摆手，说道："小孩子不懂事，任他去，大家当作没有见到便是。"

　　上官婆婆听他这几句话轻描淡写，不禁怒气勃发，一双老手紧紧握着太师椅臂，手背上青筋交迸，咬牙道："果然是真的！你胡家的人……竟然出手取了三绝之一！"

　　胡星夜仍然不动声色，不置可否。

　　柳攀安嘿嘿干笑了两声，说道："我还道胡家已经洗手了，原来，呵呵，原来当年的毒誓全是假的啊！"

　　胡星夜还未回答，那小童已抢着辩白道："舅舅确实已经洗手了。我不是胡家的人，我又不姓胡。"

　　上官婆婆转过头去，锐利的目光在小童黝黑的小脸上扫射，说道："小娃子，你是谁，叫什么名字？是谁让你去取这水晶的？"

　　小童直望着上官婆婆，答道："我叫楚瀚。这水晶是我自己去取的。"

　　柳攀安站起身，脸上摆出他一贯僵硬的笑容，来到小童面前，蹲下身子，向那水晶球观望了好一阵子，才道："了不起，了不起！真是后生可畏啊。楚瀚小兄弟，请问你几岁了？"

　　小童楚瀚见他神态比那猫脸老太婆和善一些，略略降低了戒心，正要开口回答，胡星夜已来到他身后，口气严肃道："小孩儿家别多嘴多舌了！快将那物事放下，这就回家去，乖乖待在房里不准出来，听见了吗？"

　　小童楚瀚赶忙小心翼翼地将紫水晶球放在茶几上，一跛一拐地奔出了

第一章　飞戒之王

祠堂。上百对眼睛望着他瘦小的身影消失在祠堂门口，心中都怀藏着同样的一个疑问：

三家村中早已洗手的胡家，竟出了个跛腿小厮，出手取得了天下三样绝不可能盗取的事物之一——紫霞龙目水晶。这究竟是怎么回事儿？

第二章

龙目水晶

夜色已深，小童楚瀚独坐床头，无法入睡。他伸手按摩酸疼无比的左腿膝盖，倾听着窗外的蛙鸣虫嘶，心中忐忑不安，他幼年时左膝曾受过重伤，每回疾行后左膝都疼痛难忍。数日前，他天还没亮便已启程，骑马疾驰四百里，徒步奔行一百里，跋涉了五百里路程，才抵达山西安邑。就算他惯于操持苦练，肩背腰腿各处肌肉并不酸痛，但这受过伤的膝盖便顶不住了。

他回想着这几日来的经历：盗取三绝之一"紫霞龙目水晶"——可不是件容易的事。他为此已筹划了整整两年，将舅舅教给他的一切采盘、取技和飞技全都用上了。这两年中，他隔月便赶去安邑一趟，易容成不同的人物出现在城镇里，暗中观察探勘，甚至取得了当世大卜全寅守门者的信任，将全寅的住处方位、起居习惯都探得一清二楚。

全寅所住的庄子并未守卫，也没有多少个家丁。他孤身一人，无妻无子，只有两个亲传弟子住在庄中，负责洒扫服侍。年长的名叫凌九重，三十来岁；年轻的名叫周纯一，不过十三四岁年纪。然而最大的难处是：全寅是个天下大卜，能够预知未来，又怎会不知有人正谋划盗取龙目水晶？楚瀚知道三家村中曾有人下过手，却中了机关，失败而归，几乎丢了性命。全寅如果能够预知谁将来取宝，并预知可以如何对付此人，又怎会让宝物真的被人取去？

楚瀚思虑了很久，也与舅舅反复讨论过此事，最后决定——宝物不能偷，只能光明正大去求。求宝的目的，不能是为了自己，而必须是为了宝物本身。宝物来处为何？又应归于何处？楚瀚完全不知道，只能尽力去寻求答案。他原是小乞丐出身，自然半个字也不认识，胡星夜为此特意替他请了一位教书先生，他苦读数月后，识字逾千，阅览书籍时已能够略明其意。之后他便常潜入京城皇宫，遍搜皇室藏书阁，又远赴南京，流连文渊阁，择阅《永乐大典》中关于古代神物的书籍，更寻访江南藏书最多的书香世家，包括童氏兄弟的石镜精舍、胡万阳的南国书院、金华家藏书楼，以及袁忠彻后代的瞻衮堂藏书楼等，有时偷偷潜入，有时坦然地向主人借阅。

如此花了一年多的时间，楚瀚遍阅野史卜书，终于在两本书中找到关于龙目水晶的记载。他将这两段记载一字不漏抄下，带回家中，与舅舅一起研究，发现两书所说颇为相似，都道龙目水晶乃是流传久远的神物，能预卜天下大势，道破百年风云。然而最重要的是：书中说战乱时这神物由卜者收藏，而太平时则应由天子所有。

楚瀚所作的一切准备至此终于派上了用场。就在飞戎比试的数天前，他抱着诚心求宝的心思，飞驰数百里，来到安邑，请求全府的守门者引

见。门者已经识得他，便去替他传话。

　　楚瀚站在门外，满拟门者会让他等上好一阵子，才回来告知仝老先生拒绝接见，而心中也早已准备好了相应的对策，如何恳求说服门者再次代他传话求见。不料，不到半刻，门者便出来了，说道："老爷有请。"

　　楚瀚一呆，心想自己一个心怀叵测、来历不明的少年，贸然上门求见，仝寅想必会将他拒于门外，岂知仝寅竟然这么爽快便答应见他了。这一切都在预料之外，令他有些惶惑，战战兢兢地跟着门者进入仝家，来到一间小厅之内。

　　耳里听得里头传来一阵洪亮的笑声，楚瀚跨入厅中，便见到了当世大卜仝寅。只见端坐厅上者身形肥大，虽已有六十来岁，但须发全黑，红光满面，穿着玄色宽袍，一双眸子黯淡无光，脸庞正对着自己，仍哈哈大笑不止。两个弟子凌九重和周纯一站在他的身后，垂手侍立。

　　楚瀚耳中听着仝寅的笑声，心头不禁一凛。他知道仝寅自十二岁上便双目失明，但仝寅盲而不茫，卜算祸福吉凶，百灵百准，当年英宗皇帝因亲身经历而深知他的本领，对仝寅极为恭敬礼遇。

　　楚瀚面对这样一位举世敬重的神仙人物，收起了所有偷盗窃取的心思，只存一念："我要帮你将宝物送回它真正主人的手中。"

　　他在仝寅面前跪下，恭恭敬敬地道出早已准备好的说辞："仝老先生在上：小子楚瀚，从《异物典》和《灵宝秘录》两本书中，得知紫霞龙目水晶乃是安定天下的重宝。如今天下安宁，民丰物阜，天子垂拱。小子浅见，这宝物应当回镇京城，由天子持有，方能顺天应时，调阴谐阳，祈请老先生将紫霞龙目水晶交给小子，小子承诺一定将之送入皇宫，交到皇帝手中。"

举天之下，当今之世，也唯有楚瀚这么一个不知天高地厚的小孩儿，能有此胆量、勇气去向当世大卜全寅说出这一番话。是以三家村中人没有人能猜想得到，一个十多岁的小童，如何能从全寅手中取走他最珍贵重视的紫霞龙目水晶？

此时楚瀚坐在自己的床上，一边揉着膝盖，一边回想着这两年来的努力，以及今日自己与全寅见面的经过，不禁露出微笑，连他自己也没想到事情会如此容易。

却说当时全寅在听完楚瀚的请求之后，并未出言质疑，也没有询问他的出身来历，只又哈哈大笑起来，声震屋瓦，笑了好一阵，才说道："孩子，你来啦。我已经等你很久了！"

楚瀚呆在当地，霎时感到全身冰凉，背后冷汗直流，但见全寅无神的双目正对着自己，似乎看尽了他的过去，看穿了他的当下，看透了他的未来。楚瀚只能硬着头皮，跪在当地，屏息凝神，肃然望向全寅。

全寅笑完了，伸手摸索身边的一个匣子，取过放在膝上，缓缓打开匣盖，双手从匣中托出一颗巴掌大的珠子，正是闻名天下的紫霞龙目水晶。他显然早就知道楚瀚今日会到，也早已做好了准备。

他招手唤楚瀚近前，双手捧着水晶缓缓说道："孩子，这就是你想求取的紫霞龙目水晶。你倒猜猜，我会把它交给你吗？"

楚瀚听他直言相问，也只能老实答道："我不知道。小子心想，如果我

心存真诚，老先生或许会相信我，将这件宝物交给我。"

全寅侧过头，似乎在思考他的话，过了一阵，才道："这事物，没有你想象中那么简单。你瞧瞧，这水晶球中是什么颜色？"

楚瀚凑上前，见到水晶当中一片清晰透明，隐隐含着一抹极淡的紫色，说道："好像带着一点儿紫色。"

全寅哈哈大笑，笑声洪亮，说道："不错，不错。你拿着。"双手伸出，将紫霞龙目水晶递过去给他。这件世间宝物，便这么从当世大卜全寅的手中，转到了飞贼小童楚瀚的手中。

楚瀚双手颤抖，小心翼翼地接过这巴掌大的水晶球，彷佛害怕它随时会跌落破碎。他低头望去，但见水晶内部缓缓转变，一眨眼间，已变成为通体青色，楚瀚大奇，叫道："全老先生，水晶变成青色的了！这是怎么回事？"

全寅大笑起来，说道："青色吗？呵呵，好，好！我毕竟没有料错。"

楚瀚只被他笑得心惊肉跳，生怕这水晶有什么古怪，怀疑自己是否上了个大当，难道这并不是紫霞龙目水晶？水晶又怎会自己变色？

全寅笑了一阵，才道："不要担心。这水晶能分辨忠奸善恶。心存恶念者碰触它时，它便会转为赤色；心存善念者碰触它时，它便会转为青色。你年幼清净，心无恶念，因此水晶呈现一片青色。"楚瀚听了，这才吁了一口气。

全寅又道："孩子，难得你有此恒心毅力，遍读群书，得知这水晶乃是帝王当有之物。但我需告你，若帝王昏聩，王纲不振，则切忌让水晶落入奸佞之手，以免奸人生起篡位之心。你听明白了吗？"

楚瀚并不全懂，便摇了摇头，说道："我不明白。"

全寅轻叹一声，说道："你年纪还小，现在不明白，但是以后就会明白了。"摆了摆手，说道："如今水晶交给你了，还不快走？再不走，怎么赶得及在初一子夜之前回到三家村呢？哈哈，哈哈！"

楚瀚闻言不禁一怔，全寅显然清楚知道自己来讨水晶的用意，便是将之拿去参加"飞戎之赛"，那他为何仍将水晶交给了自己？为何如此信任这个来自偷盗之村的小娃子？还是他看见了太多我看不见的事情？

楚瀚一看天色，惊觉时间果然不多了。他无暇多想，赶紧将水晶放入袋中收好，跪下向全寅磕头。全寅却侧过身不受，大笑道："你向我磕头？小孩子，你弄错啦。该是我向你磕头才是！"

楚瀚不明白他的意思，仍旧恭敬地向他磕了三个头，这才退了出去。他怀着满腔的兴奋和困惑，从山西安邑疾驰回到京城以南的三家村，赶上了初一当夜的"飞戎之赛"，听从舅舅的指点，出示了紫霞龙目水晶，给了柳家和上官家一个大大的下马威。

上官家和柳家虽然又惊诧又忌惮，却无法指责胡星夜违背了洗手的誓言。楚瀚今夜并未说谎，他确实不姓胡，也不是胡家的人，他是四年前胡星夜入京时在街旁捡回来的小乞儿。那时他不知何故遭父母遗弃，落入了城西乞丐头子的手中。乞丐头子见他生性精灵，便故意打断了他的左腿，让他撑着拐杖满街行乞，他靠着浓眉大眼的老实模样，以及微笑时浮现在两颊的酒窝，颇能博人同情，乞讨时的收获十分可观。间中他还兼作"绺儿"（即偷人银钱的小扒手），他眼捷手快，数月间便替乞丐头子攒到了

五六两银子，成为乞丐头子手下的第一号摇钱树。

那年胡星夜在街头撞见楚瀚时，他正下手偷取一个商贾银袋中的零钱，神不知鬼不觉地已扒走了五十钱，却被胡星夜瞧了个一清二楚。胡星夜二话不说，等那商贾走开后，便拉了楚瀚去找乞丐头子，当场出价二十两银子将他买下。乞丐头子见钱眼开，欢天喜地立即答应了，胡星夜便带了楚瀚回到三家村。

这三家村确实是个古怪的地方。楚瀚才来不久，便知道这一村中除了胡家之外，全是飞贼。有的巧取，有的暗偷，总之干的都是那没本的生意。而村中严禁使用"偷"、"盗"、"窃"、"贼"等字眼，只能说"取"、"拿"、"借"、"得"；连偷盗之王"飞贼王"都去掉了"贝"字边，改成"飞戎王"的美称。三家村以高超的飞取之技为傲，瞧不起烧杀掳掠、残狠凶暴的盗匪，认为那是等而下之的土匪行径。为了表明本身绝非匪盗一流，三家村子弟自幼受族长严令，偷窃贵在不为人知，切忌杀人伤人，违者由族长废去一身功夫或处死，以维护令誉。

村中最古怪的，还属胡家。胡家子弟都不学"飞技"或"取技"，只顾耕田务农。听说许多年前，族长胡星夜忽然大举传告江湖，说胡家从此洗手不干，不只震惊了三家村，连江湖上也为此议论纷纷。胡星夜在洗手之后，深自谦抑退让，刻意与上官家和柳家划清界线，即使住在同一村中，也少有来往，更无联姻。上官家和柳家财多势大，对胡家鄙视轻蔑，时不时派些子弟来胡家挑衅，胡星夜总告诫自家子弟诸多忍让，不予理会。

但胡星夜并非坐以待毙之人，他虽不让胡家子弟学艺，却决定暗中挑选外徒传艺。他四处寻访手脚灵敏、性格谨慎的小童，千挑万选下，最终挑中了小丐楚瀚。当时在京城中见到楚瀚出手偷钱时眼明手巧，机灵敏捷，取物时谨慎警觉，丝毫不引人疑心，年纪虽小，却已是个中高手，显然是个天生的偷子。胡星夜见之十分爱才，便向乞丐头子买下了楚瀚，带他回家，心中暗想自己弄了个乞丐兼小绺回到家里，想必得好生下一番功夫，才能扭转这孩子的禀性气质。

然而大出胡星夜的意料之外，楚瀚这孩子身上并未有市井流气，也没有乞丐的肮脏懒惰或是偷子的狡猾贪婪。他来到胡家的第一天晚上，胡星夜让他跟着大家一起吃饭，楚瀚便规规矩矩地坐在桌边，默默举筷吃着碗中的白饭，除了胡星夜夹给他的菜外，一点多余的菜也不敢夹。

胡星夜让他住在仓库边上的小房中，给了他一张床，一席棉被。晚间胡星夜提着油灯，来到他房中，说道："孩子，让我看看你的腿。"楚瀚应道："是。"便卷起裤脚，让胡星夜检查他被打断的左腿。

胡星夜仔细瞧了半晌，轻轻抚摸伤口，皱起眉头问道："还疼吗？"楚瀚摇了摇头。胡星夜让他褪下裤脚，温颜道："别担心这腿了。过几天我替你医治看看，或许能好起来也说不定。"又问他道："吃饱了吗？"

楚瀚点了点头，晚饭时他并未多吃，却已是几年来最丰盛的一餐了。胡星夜一笑，摸摸他的头，说道："乖孩子，好好睡吧。"语毕，便提灯走了出去，留下楚瀚一个人拥着棉被，坐在小床之上。

那天夜里，楚瀚单独躺在那张小床上，摸着身上的棉被，这是他有记忆以来第一次睡在一间有屋顶的房子之中，第一次睡在一张床上，也是第一次盖着被子。他缩在温暖的棉被里，简直不敢相信自己竟能如此

幸运；想起过去几年来夜夜露宿街头，餐餐吃的都是残羹剩饭，乞丐头子整日对他呼喝打骂，不管他有多么饥饿疲累，悲伤痛苦，也从来没有对他说过一句好话，给过一个好脸色。他回想着胡星夜刚才来探望自己的情景，眼泪忍不住涌上眼眶；在他的记忆之中，从来没有人对他这般和颜悦色，这般体贴关怀，他只希望自己能永远留在这里，永远跟在胡星夜的身边。

之后的几日，楚瀚好似一只受惊的小羊一般敏感，安安静静的，也不说话，只睁大眼睛观察胡家的人，胡家的房舍，胡家的规矩，胡家的一切。一天早上，胡家大哥出门干活时，楚瀚便也背着锄头，一跛一拐地跟在后面，去田里掘了一天的土，回来时手掌上的水泡都磨破了，也没有叫半声苦。胡二哥上山挑水捡柴时，他也跟了去，回来便帮着煮水砍柴。胡星夜看在眼中，既不阻止，也不称赞，彷佛他帮忙干活儿乃是理所当然的事。

楚瀚便就此安分地在胡家住下了。即使他跛了腿，活儿却并未少干，饭也没有多吃，每日跟着其他胡家兄弟一块儿起居作息。唯一不同的是，他对胡星夜的态度恭敬中透着十分的依恋，十分的感激，黑黑的脸上总带着诚挚的微笑，显然心中清楚，自己能脱离流浪街头、行乞偷钱的日子，全是拜胡星夜之赐。

胡星夜十分欣赏他的安静本分和勤奋努力，为了测试他，又教他记账，之后再交给他一笔钱，要他到隔壁村去买米。这笔钱足够一个小孩儿活上好几年，但楚瀚并未生起贪心，乖乖地送了钱去，赶车运了米回来，小小年纪，事情竟办得十分利落。

胡星夜暗暗点头，他甚有耐心，沉住了气，直花了好几个月的时间观察测试，确知这孩子本性淳厚忠诚，心中十分满意，终于有一天叫了楚瀚来，说道："瀚儿，你明日别去田里工作了。到我房中来，我有一些本领要教你。"

就这样，胡星夜将一身飞技和取技都传授给了楚瀚。由于三家村从来没有拜师的传统，他便没有让楚瀚拜自己为师，只让他唤自己"舅舅"。

楚瀚年纪虽幼，但因身世艰难，颠沛流离，早有着一份过人的世故；他直觉知道胡星夜是在利用自己，尽管胡星夜心中藏着许多未曾说出的秘密，但对自己而言却是个可以信任的人。胡星夜收养他，他原本已是满心感念，现在竟有机会学习胡家的家传秘技，更令他感激涕零，习练时异常认真。他资质极佳，人又用功，进步自然神速。

胡星夜自洗手以后，再未传授技艺给任何人，包括自己的亲生子女；此时遇见一个世间少见的良质美材，不禁甚感痛快，遂将所知倾囊相授，几年下来，楚瀚便已尽得胡家真传。这对师徒，或说舅甥之间，长年累月一起钻研飞技和取技，感情日深，彼此极为投契，楚瀚将胡星夜当成自己的亲父亲一般敬爱尊重，胡星夜也对楚瀚极为维护关照，甚至比对自己的几个亲生子女还要信任疼爱。

在决定参加"飞戎之赛"后，楚瀚便与舅舅反复讨论，知道要出手取得白瓷婴儿枕、春雷琴或冰雪双刃等事物，对楚瀚来说并非难事，但若要震慑上官家和柳家的人，必得取得更加稀有珍贵的宝物才是。因此楚瀚选定了紫霞龙目水晶，从两年前便开始着手准备，如今果然一举得手。

但是得手之后呢？下一步又是什么？舅舅从来没有明白清楚地跟他说过。楚瀚一边揉按着疼痛的左膝，一边陷入沉思。

那夜将近四更，才听大门响动，楚瀚不用探头看，只听脚步声，就知道是舅舅回家了。他停下手，心中升起一股难言的焦虑，他知道今夜的事情绝不会善了，但也不免暗暗期待，如果"飞戎王"的美誉落在自己身上，将会是如何的情境？他自然晓得今夜的这一幕乃是舅舅精心安排的，也知道自己还得照着戏码继续演下去，但是这戏的下一幕要演什么，却非他所能左右。

他听胡星夜大步来到仓库，推门走向仓库边上自己的卧房，月光下但见舅舅脸色十分难看，一进门便大声喝道："楚瀚！给我跪下！"说着更用力关上了房门。

楚瀚跳下床来，抬头望向胡星夜，大眼睛中满是疑问；舅舅平日轻声细语，举止温和，从来未曾用这般凶悍粗鲁的口气对他说话，究竟发生了什么事？

胡星夜摇了摇头，神色中充满失望不平。楚瀚顿时明白：即使自己取得了三绝之一的紫霞水晶，却仍未能赢得"飞戎王"的称号。那也没有什么关系，他想，输了便输了，他们还能拿我怎么样？

胡星夜却已开口痛骂起来："你这悖逆的小子，谁叫你自作聪明，出去炫耀了？你不懂事也就罢了，竟然连你舅舅一起拖下水，惹得我一身腥，你可有点儿羞耻心没有！你没长眼睛，当世上所有人都不长眼睛吗？我打你这不要脸的……"一边骂，一边随手抓起一根藤条，使劲在地上、床上敲打，发出啪啪声响，口中痛骂不绝，眼中却露出歉意。

楚瀚见舅舅的神态语气与平时完全不同，顿时明白他这是在作假演戏给别人看，他聪明乖觉，立即抱头蹲下，大声哀叫求饶："舅舅，我知错了，哎哟！别打了，我认错，饶了我吧！"

这么假打了一阵，胡星夜才停手喘气，说道："小子，我要叫你知道厉害！"

楚瀚抱着头，缩在地上假装发出呜咽声。胡星夜望向他，眼睛往窗外一瞥，胖胖的鼠脸上满是歉疚不忍之色，却仍大声喝道："你以为一顿打就够了吗？还有叫你好受的。上官家和柳家的族长说了，要你明日开始，从日出到日落，去三家村祠堂前罚跪，不准离开。先跪个三日再说！"

楚瀚脸色大变，抬头叫道："舅舅！"他自知膝盖旧伤甚重，连跪三日定会加重伤势，罚跪乃是对他这个跛子最残忍不过的惩罚。

胡星夜缓缓摇头，一边又挥舞起藤条到处乱打，一边压低声音说道："他们不承认你取宝成功，说你未曾事先告知你要参加'飞戎之赛'，因此认定其中必然有弊。"

楚瀚嘿了一声，知道这是柳家和上官家所能搬出最无稽的借口，但也无可奈何。他低声问道："那物事呢？"胡星夜也低声道："我带回来了。他们既然不认，还有脸将物事收去吗？哼！"

楚瀚见到舅舅眼中的悔恨恼怒，知道他心中只有比自己更加难受，也知道在胡家与其他两家的争斗中，这回合是落了下风，而自己便是陪葬品。他咬咬牙，低下头，流下眼泪。这眼泪不是为自己即将受到处罚而流，

而是为舅舅的失败和失望而流。

胡星夜又怒骂了几句，将藤条用力扔在地上，大步走了出去，留下楚瀚在房中继续假装疼痛呜咽。他倾听着窗外令人毛骨悚然的寂静，知道上官家和柳家派出的眼线正蹲在不远处的树梢和围墙上专心地偷听着，也知道他们很快便会将自己挨打的情形一五一十地禀告给上官婆婆和柳攀安。他眼前浮起那猫脸老太婆和虚伪相公的面容，心头怒火如烧。

第二章

祠堂领罚

次日天还未明，胡星夜便领着楚瀚来到三家村的祠堂，命他在堂前的青石地板上跪下，三家村的许多子弟都赶来争相观看，指点讪笑。胡星夜先在祖宗牌位前跪拜，之后便当着大家的面，拿木板打了楚瀚二十大板。这回在大伙儿面前，不能如昨夜那样作假，胡星夜只能真打，直打得楚瀚臀上一片青紫，疼痛难忍。楚瀚硬撑着跪在祖宗牌位之前，望着舅舅离去的背影，心中又痛又悲，感到祠堂周围三家子弟讥嘲蔑视的目光从四面八方狠毒地投射在自己身上。

"我能撑得过去！"楚瀚咬牙心想。他仍隐约记得自己被父母遗弃时的悲哀绝望，也记得被乞丐头子打断左腿时的痛楚惊惶。如果那我都能撑得过去，又怎会撑不过恩人这一顿有违本心的责打？

他臀上的板伤是外伤，虽疼痛却并无大碍，但青石地板出奇地坚硬寒冷，他感到一股难忍的剧痛，寒气直窜入膝盖。在这硬石地上跪个一日，这腿会不会就此废了？他心底升起一股强烈的愤恨不平之气，无处宣泄，只觉眼眶发热，几乎便要掉下泪来。他告诉自己绝对不能当众掉泪，向周围这些豺狼虎豹示弱，只能竭力隐忍着，睁大眼睛向祠堂望去，将龛上的供奉摆设尽收眼底。龛上除了三家列祖列宗的数十块牌位之外，还供着一尊神像，浓眉豹眼，脸容古怪，唇上留着两撇八字胡。

楚瀚记得舅舅曾告诉过他，那神像塑的是"鼓上蚤"时迁。时迁乃是梁山泊一百零八条好汉之一，排在倒数第二位。他出身飞贼，擅长攀援、潜伏和窃盗，曾靠着这些本领为梁山泊立下不少功劳，号称"地贼星"，被后世尊为窃盗一行的始祖。舅舅那时曾咂嘴说道："这村子禁忌可多了，许多词儿都不能说，祠堂里却光明正大地供着时迁！这不是不打自招吗？"

楚瀚想着舅舅说这话时的讽刺意味，眼光往神像旁边望去，见挂幅上写着四行诗句：

骨软身躯健　眉浓眼目鲜

形容如怪族　行走似飞仙

夜静穿墙过　更深绕屋悬

偷营高手客　鼓上蚤时迁

楚瀚知道时迁外号"鼓上蚤"是说他身形轻盈得好似一只在鼓上跳跃的跳蚤一般，但是尽管他身手轻灵，飞技不凡，更立下了不少功劳，却始终为梁山泊的其他英雄好汉所瞧不起，一生想洗刷小偷出身，终究未能如愿。楚瀚隐约能猜知舅舅决定洗手时的心境，自己出身市井小绺，若不是遇到了舅舅，很可能一辈子便是个如时迁那般让人瞧不起的偷儿。就算来到了三家村，学了一身出神入化的偷窃功夫，什么瓷枕、古琴、双剑、水晶都能轻易取得、手到擒来，却又如何？

楚瀚叹了口气，闭上眼睛，但听身周众三家村子弟的窃窃私议之声不绝于耳，渐渐地，愈来愈大声，冷嘲热讽如箭般接二连三地射来："参加'飞戎之赛'，竟然违反祖宗规定，未曾事先报备，更提早出手，如此取巧舞弊，实在可耻！"

"这跛腿小子哪有半点真功夫？还不是靠作弊才侥幸取得天下至宝！龙目水晶被他的脏手碰过，可亵渎了宝物！"

"这是瞎猫碰上死老鼠，狗屎运！"

"瞎子莫学暗器，跛子别练飞技。这话他想必没听过。哈！"

"小臭跛子，不看看自己是什么身份，竟敢在我三家村炫耀！"

"这是鲁班门前弄大斧，关羽堂上耍大刀！"

"咱们家婆婆多大的本事，都不曾出手取这三绝。你这小跛子是哪号人物，怎么可能取得三绝之一？真是痴心妄想！"

众人每说一句，便引起一阵哄笑谩骂，楚瀚则闭着眼睛，全不理会。

渐渐地旁观众人感到不好玩了，几个顽劣的子弟便弯腰捡起小石头，有一下没一下地向楚瀚扔去。起先只是小石子，楚瀚任其打在身上，不去理会，只跪着不动；后来石头愈来愈大，忽然一块鸡蛋大的石头飞将过来，正中他的后脑，直打得他眼冒金星，鲜血迸流。在众人哄笑声中，楚瀚大怒回头，见扔石头的是个尖脸鼠目的少年，正是上官家的小儿子、上官无

影和上官无嫣的小弟上官无边。

楚瀚向他怒目瞪视，上官无边扬扬得意，毫不避忌地高举双手，接受周围众人的鼓掌欢呼。

便在此时，马蹄声响，两骑快奔而来，在祠堂的天井中勒马而止。当先一骑的乘客一身宝蓝衣衫，一脸须髯，是闯入皇宫取得白瓷婴儿枕的上官无影，另一匹马上的乘客一身红衫，身形婀娜，杏眼桃腮，正是取得冰雪双刃的上官无嫣。

上官无影怒气冲冲地跳下马来，大步来到楚瀚身前，二话不说，举起马鞭，劈头便抽了他一顿，怒斥道："无耻浑帐，算是给你一个教训！'飞戎王'之名，岂能给了作弊使诈之人！你不过村外野童一个，竟敢拿三绝来欺骗族长，没的玷污了我三家村神圣的'飞戎王'之赛！"

楚瀚举起双臂遮挡头脸，等他打完了，才抹去脸上的血污，吐出一口带血唾沫，抬起头，冷然向上官无影瞪视，心中对这人充满了不屑和不齿，嘴角露出冷笑，大声道："奇怪啊奇怪！"

上官无影瞪着他，喝道："奇怪什么？"楚瀚道："我奇怪那皇宫中的十八层关卡，三十六道铜锁，如果没有人指点帮助，一个头脑简单的莽夫，怎么可能独自闯过？"

上官无影闻言一愣，随即双眉竖起，怒道："你是说我头脑简单？你……你是说我作弊？你说我上官无影作弊吗？你、你……我要你的命！"上官无影挥鞭还要再打，但听身后上官无嫣懒洋洋道："大哥，你就算打死了他，对你我又有什么好处？"

她一跃下马，身手利落，裙摆甩处，姿态优美已极。她满面傲气，如一团红色旋风般卷到楚瀚身前，声音虽娇嫩，口气却冰冷严厉，低喝道："抬起头，望着我！"

楚瀚伸手抹去从额角鞭伤处淌下的鲜血，抬头望向上官无嫣，两人相对瞪视，互不相让。

上官无嫣嘿了一声，从怀中取出一块银牌，上面刻着一个"飞"字。她手持系着银牌的细红绳，让银牌在楚瀚眼前晃动，说道："这便是你拼死拼活想赢得的'飞戎王'之牌。怎么，如今这牌子落入了我的手中，你挺眼红的吧？"

楚瀚已跪了半日，膝盖剧痛，后脑又被石头砸伤，加上上官无影那一顿马鞭，整个头颅热辣辣的，好不疼痛，他勉力定下心神，更不去望那银牌，只直视着上官无嫣的一双杏眼，说道："我便说不服，又有何用？总有一日，你我会分出个高下！"

上官无嫣听了，仰天大笑，良久不绝。她扬起下巴，轻蔑道："我上官无嫣岂屑与你这等鄙陋小子较量？"说着将银牌收入怀中，转身上马，头也不回地疾驰而去。上官无影又骂了几句，也跟着纵马离去。

楚瀚偶一侧头，见到柳子俊站在一旁，显然将刚才那一幕都看在了眼里，白俊的脸上不动声色，一言不发。两人目光相对片刻，柳子俊便低头退去，消失在人群中。

上官兄妹离去后，那尖头鼠目的上官家小弟上官无边又得意起来，拾起一块石头作势向楚瀚扔去。楚瀚转头向他瞪视，冷冷地道："你敢扔，我叫你头破血流！"

上官无边微一迟疑，忽听后面有人叫道："上官婆婆来了！"

人丛分开处，但见一个颤巍巍的老妇，拄着狐头拐杖走了过来，正是上官家的族长上官婆婆。

上官婆婆皱着一张猫脸，望了上官无边一眼，并不出言阻止，只微微点头。上官无边眼见婆婆也为自己撑腰，更是得意非凡，使劲便将手中石头向楚瀚扔去。楚瀚早已有备，伸手一抄，接住了石头，立时反手扔将回来，石头回势极快，瞬间正中上官无边的额头，登时鲜血长流。

旁观众人大哗，纷纷叫骂起来："小混蛋竟敢作怪！""在祖宗堂前受罚还敢出手伤人，当真无法无天！""小杂种不要命了！"

上官婆婆眼见楚瀚接石、扔石的手法，透露出极高深的取技，不但眼捷手快，而且精准无比，比起孙子上官无边不知高明了多少。她心中一凛，轻举狐头拐杖，旁观众人登时安静了下来。

上官婆婆眯眼望着楚瀚，笑嘻嘻地道："小子，膝盖很疼吧？"

楚瀚冷然向她瞪视，闭嘴不答。

上官婆婆嘿嘿笑着，说道："练了这么多年的功夫，却要眼睁睁地看它毁于一夕，可真叫人心疼啊。"

楚瀚感到背脊发凉，心知只要这猫脸老婆婆一声令下，围观众人立时可以上前将自己打死，轻一点的，也可以打断自己的双腿，让自己彻底失去苦练多年的飞技。他念头急转，知道自己的命运完全操控在面前这个猫脸老婆婆的手掌之中，她要自己死，那自己可是全无活理。他是该哀哀乞怜、苦苦求饶，还是妥协屈服、为之效命？

在那一瞬间，楚瀚心底的顽强叛逆占了上风，说道："上官婆婆，小子有个问题想请教你。"

上官婆婆侧眼望着他，说道："你要问什么？"

楚瀚冷笑一声，即使是冷笑，双颊仍浮起了两个酒窝，说道："想当年'独行夜猫'好大的本事，取什么皇宫重宝、武林神器，都易如反掌，却为何不曾出手试取三绝？其中原因，我倒很想听婆婆说说。"

上官婆婆脸色陡变，眼中露出杀机，她勉力克制心中怒火，冰冷地道："是谁教你说这话的？"

楚瀚伸手指向上官无边，说道："是我刚才听这姓上官的家伙说的。他说了，他家婆婆好大本事，都不曾出手取这三绝，你这小跛子是哪号人物，怎么可能取得三绝之一呢？"

上官婆婆一双凌厉的猫眼凝望着他，声音细硬如铁丝，说道："你认为呢？"

楚瀚道："这还不容易？婆婆当然是故意不出手的。如果天下三绝都让婆婆给取走了，那我们后辈还能有什么目标呢？没有了目标，又怎会下决心苦练功夫呢？所谓长江后浪推前浪，婆婆故意留下一手，自然是为了给后辈留下推倒前浪的机会啊。"

上官婆婆心中怒火愈盛，险些控制不住，便要出手将这小子立毙于此。她年轻时心高气傲，绝不亚于今日的孙女上官无嫣，怎么可能不出手试取三绝？但她担心失手丢面子，因此没有告诉任何人，独自暗中尝试，却接连失败，而且败得惨不堪言。她在宫中被侍卫打伤捉起，下入大牢，着实吃了不少苦头；在峨嵋金顶被峨嵋弟子围攻打伤，幸而出家人恪守不杀生大戒，只将她驱下山去，没有赶尽杀绝；在全寅处则中了机关，险些双目失明。这三回都亏得有人相救，才让她全身而退，而相救的正是她又

忌又恨的"藏迹迅鼠"胡星夜。

如今楚瀚这一番话正正说中了她的痛处，这小孩显然已从胡星夜口中得知她往年失手的丑事，但她若为了这几句话杀死这小跛子，却也难以向人解释。上官婆婆嘿嘿干笑两声，暗中下定决心："我绝不会让这小子活过秋天！"口中说道："好只伶牙俐齿的小老鼠！"说完便拄着狐头拐杖，转身离去。一众上官家和柳家子弟见上官婆婆并不为难他，都有些意兴阑珊，又向楚瀚叫骂一阵，才纷纷散去。

楚瀚一直跪到傍晚，膝盖疼痛加上后臀瘀伤和头脸伤口皆痛楚不已，外加饥饿疲劳，几次险些扑倒在地。直到天色全黑，他才吁了口长气，翻身躺倒在地，感觉两条腿已不是自己的，膝盖疼痛处全然麻痹，毫无知觉。他喘了几口气，才慢慢坐起身，伸手按摩左膝，刺骨的疼痛慢慢回转，他得咬紧了牙，才不致呻吟出声。

便在此时，忽听一人冷笑一声，说道："不自量力！"

楚瀚听这声音十分熟悉，转过头去，但见祠堂外暮色中站着一个十五六岁的少年，一张圆脸，正是胡星夜的小儿子胡鸥。胡鸥脸上的神情甚是难看，似乎又是嫌恶，又是不齿。楚瀚没有应声，胡鸥又粗声粗气地道："爹爹叫你赶快回去，明早再回来跪。天都黑了，你还坐在这儿干吗？是不是断了腿，爬不起身了？"

楚瀚默然，努力撑着站起身来。他当然知道自己在这世上无亲无故，在这三家村更是极不受欢迎的外人，最初他只道自己的敌人是上官家和柳家，不料在自己寄居的胡家中也树敌不少。而胡家子弟为何恨他，他自己也很明白：胡星夜一身惊世骇俗的功夫，竟然半点也不传给自家子弟，却独传给这个外边捡来的跛腿乞丐，这算什么？因此胡家兄弟虽明白族长洗手的决定，却无法不对这外人恨得咬牙切齿。这点在他开始跟舅舅学艺之后，便已看得十分清楚。

楚瀚勉力想站起身，但觉膝盖一阵剧痛，又跌倒在地，这时一双小手伸了过来，将他扶起。他转过头去，见到一张秀美的小圆脸蛋，额前留着整齐的刘海，却是胡星夜的么女胡莺。楚瀚心头一暖，向她一笑，胡莺并未说话，只扶着他往前走去，楚瀚在她的搀扶下，一跛一拐地走回胡家，胡鸥远远跟在后面，紧绷着脸，一声不出。

回到胡家后，胡星夜什么也没说，只让楚瀚到饭厅跟胡家子弟一起吃晚饭。胡星夜一如往常，在楚瀚的椅子上放了十个不同样式的锁，楚瀚需在大家就座之前将锁全数打开，才能用餐。这当然难不倒楚瀚，他一眼望去，见大多是三簧铜锁，有的锁孔藏在暗门中，有的需从两端同时插入钥匙，有的当中嵌着七个转轮，转轮上刻着文字，需将文字组成特定的字符串才能打开，也有连环锁、四开锁和倒拉锁，等等。楚瀚从怀中摸出百灵钥，随手便将十个锁都解了，放在一旁，坐下吃饭。

胡星夜是家长，坐在上首，两旁分别是胡家长子胡鹏、次子胡鸿、三子胡鸥和幼女胡莺，另有胡月夜子女胡鹁、胡雀，加上楚瀚，一共八人。胡星夜的妻子已丧，唯一的弟弟胡月夜也早逝，有个弟媳守寡家中。她虔诚信佛，独自住在胡家大院后的佛堂边上，礼佛茹素，将一对子女胡鹁和胡雀全权交给胡星夜管教，自己既不过问，也不露面，因此楚瀚来到胡家已有四年，却几乎从未见过她。

胡家规定，吃饭时不能说话，大家默默用完餐后，楚瀚便准备跟着胡

家兄弟们一起收拾了碗筷，拿到厨下去洗。

胡星夜却叫住了他，说道："瀚儿，你明儿不用去祠堂跪了。"楚瀚一怔，心想世上岂有这等好事，原本说要跪个至少三日，怎会忽然缩短了？但见胡星夜脸色不豫，又想这可能并非好事。

却听胡星夜又道："你这回犯错太大，即使不用罚跪，我也不会轻饶。我罚你禁闭一个月，这一个月中，半步也不准踏出房门，听见了吗？"

楚瀚低头应诺，感到其他胡家子弟冰冷的眼神投在自己身上，心中暗暗对这禁闭的"惩罚"大为感激。

第四章

跛子求亲

此后数日，楚瀚整日躲在狭小的卧室中，小心看护自己的左膝，用舅舅往年替他配制的膏药早晚敷着。他感到膝盖不但疼痛已极，而且整条腿几乎已不能动弹，旧伤加上新痛，若不撑着拐杖，便寸步难行。几年前他的腿刚被乞丐头子打断时，也曾撑着拐杖满街行乞，兼职偷窃，后来腿伤略略恢复，行走时虽有些跛，却已不需拐杖。他来到三家村，随胡星夜学艺之后，更是行走奔跑自如，远胜一般双腿完好之人。但祠堂前的这一跪几乎夺去了他的四年苦功，让他又回到了真跛子的情状。

然而被罚禁闭对他自是好处多多，除了能慢慢养伤之外，更能避开柳家和上官家诸人的挑衅，在胡星夜的训诫下，胡家子弟也极少来打扰他，只每日轮流给他送来饮水和馒头等粗简的食物，更不与他说话。

楚瀚终日无事，便着手修补仓库中的种种"取具"。他的卧室乃是紧邻仓库旁的一间小屋，胡家仓库中堆满了各种各样已弃置了的"取具"，都是当年胡家偷盗高手发明制造的取物法宝，有酣梦粉、夺魂香、萤火折、伸缩索、百爪钩之流，也有各种用以乔装改扮的衣装，如全黑的夜行衣、各式帽子、假须假发、化妆炭笔等。其中不乏用途特殊、形状古怪的器具，如能发出障眼烟雾的"鼠烟"，专用于转移旁人注意力的"落地雷"，还有能开启任何锁的"百灵钥"，等等。楚瀚一边摸索探究每件取具的用途，一边模仿制作。作为一个取术高手，一定得懂得如何迅速精准地制造每种取具，很多工具皆是用完即弃，因此每次下手前都得重新准备。

他修补取具累了，便开始练"挂功"，以两只手指之力悬挂在屋檐下的木椽上，连续挂三炷香的时间，称为"指挂"，再反过来以一足勾住大梁，倒挂三炷香，称为"足挂"；挂时身子不但不能晃动，而且得调匀呼吸，半点声响也不能发出。这是飞技高手必练的技巧，楚瀚自开始学艺起，便养成日夜各练三炷香的习惯，从未间断。

练完了挂功，便练"取功"。仓库的屋顶正中有个钩子，从钩上挂下一条长绳，绳子尾端系着一段半尺长的竹管。这是胡家往年用来练习取技的"飞竹"，练功时一人将竹管子拉高，从屋子的一端放下，竹管便飞快地荡过屋子，站在屋中心的弟子需伸手入竹，取出竹中所盛事物，丝毫不阻碍竹子的动势。竹子荡过面前不过一眨眼的工夫，取者的手法需得极快极巧，才能够探竹取物。一旦练成了这本领，要在市集上取人钱囊，偷人银两，自是牛刀小试，驾轻就熟，被窃者连半点知觉也没有，袋中银钱便已不翼而飞。胡家往年规矩，要能通过这

"飞竹试"的弟子，取技才算是略有小成，能去村外市集中小试身手，过不了这一关的，更不准离开三家村一步。楚瀚来到胡家四年，苦练飞竹取技，两年前已能取出飞快荡过的竹管中所盛的五件琐物，一件不少，而且更不碰触到竹管的开口边缘。这一伸手的快捷轻灵，可是他当年做小络时不能想象的。

这日楚瀚刚练完"指挂"，正在仓库中练飞竹玩儿，听到门外脚步声响，知道有人送食物来了。他止住飞竹，上前开门，见到来的是舅舅的小女儿胡莺。

胡莺放下馒头和小菜后，并不离开，只靠在门旁望着他吃喝。楚瀚见她平日笑嘻嘻的脸上满是愁容，想起她总是对自己和颜悦色，十分友善，是个天真可亲的小姑娘，便一边咬着馒头，一边问道："怎么了，什么事情不开心？"

胡莺没有回答，只皱眉道："你快吃，吃完我赶着收碗碟呢。"

楚瀚道："你坐下，陪我吃吧。"胡莺迟疑一会儿，便在他床边坐下了。她望着他敷着膏药的膝盖，问道："你这腿还成吗？"

楚瀚摇头道："不成。我本是个小跛子，现在成了大跛子了。"他睁着漆黑的双眼直视胡莺，问道："小莺莺，你告诉我，发生了什么事？"

胡莺小嘴一扁，终于说了出来："我爹爹……要我嫁到上官家去！"

楚瀚一呆，问道："嫁给谁？"

胡莺难掩心中的愤怒和厌恶，嘟起小嘴，呸了一声道："还能有谁，就是那个可恶的上官无边！"

楚瀚脑中浮起一张尖头鼠目的脸，说道："就是那个用石头扔我，被我

打伤额头的无赖家伙。"

胡莺再也忍耐不住，掩面抽泣起来，哭道："我……我不要嫁给那个小坏蛋！"

楚瀚不再咬馒头，望着她哭泣的小脸，心中一凉，霎时明白过来：上官婆婆为何会放过自己，答应不让自己多跪几天，直到自己的膝盖完全废掉为止？原来她竟使出这等下流招数，以迎娶胡莺作为交换条件！上官婆婆对胡莺这小姑娘本身自然毫无兴趣，只因她知道胡星夜十分疼爱这个小女儿，因此想将她捏在手中当作人质，借以要挟胡星夜。

楚瀚又惊又怒，自责无已，忙问道："舅舅什么时候跟你说的？"胡莺道："就是今儿早上。"楚瀚问道："日子可定了？"胡莺握紧拳头，用力捶打墙板，砰砰作响，哭道："我不知道，也不想知道！"

楚瀚心下极为愧疚难受，不知能说什么，伸出手去，轻轻拍拍她的背，说道："小莺莺，别哭了，让我来帮你想办法。"

胡莺摇头道："爹爹说过的话，是不可能收回的。上官家财大势大，爹爹都怕了他们，还有什么办法可想！"

楚瀚抬头望向屋顶，沉思半晌，才道："这样吧，我去向你爹爹求情，要他别让你嫁去上官家。"

胡莺更是烦恼，皱眉道："爹爹又怎会听你的话？再说，我都快十岁了，不嫁去上官或柳家，就只能嫁去村外了，我可不想离开家！"

楚瀚忽然灵机一动，想到一条妙计，脱口道："我知道了！我可以去求你爹爹把你嫁给我，这样你就不用嫁给上官家那小子，也不必离开家啦！"

胡莺一呆，抬头望向他，脸上泪痕仍在，却忍不住噗哧一声笑了出来，说道："你？你凭什么娶我？"

楚瀚没料到她会说出这么一句话来，霎时满脸通红，低下头道："说得也是。我啥都没有，还是个跛子，凭什么娶你？"

胡莺却笑得更开心了，凑上前来，伸手握住他的手，说道："楚瀚哥哥，你赶快去，爹爹那么看重你，说不定真会答应你呢，那我就可以逃过一劫啦！"

楚瀚望着她犹自挂着泪珠的笑靥，心中不禁犹豫："莺妹妹是舅舅的掌上明珠，人也出落得清秀整齐，伶俐能干。我不过是个一无所有，寄人篱下的小跛子，确实凭什么娶她？岂不是更加误了她的终身？"但想到她的困境全是自己一手造成，无论如何也得硬着头皮去试试，当下点了点头，说道："好，我这就去。"

于是年方十一的小伙子便整整衣衫，撑着拐杖，去向舅舅求亲。他来到胡星夜的书房外，说道："舅舅，楚瀚求见。"

房中胡星夜的声音道："进来。"

楚瀚推门入房，见胡星夜坐在书桌之后，抱着双臂，神色严肃，显然正想着心事，幼子胡鸥苦着脸坐在一旁，正持笔临帖。楚瀚取回的紫霞龙目水晶便放在胡星夜身后的书柜之上，乍看似乎随随便便地放置着，楚瀚却看出胡星夜已在水晶周围设下了七八种陷阱机关，防止他人盗取。胡星夜显然仍对上官家和柳家的人心存忌惮，料想他们会设法来取此物，因此早有防备。

楚瀚来到胡星夜身前，先跪下磕了三个头。胡星夜见他如此，微微皱

眉，说道："我不是不准你离开房间吗？这是干什么了？快起来！"

楚瀚又磕了两个头，才挣扎着站起身，说道："舅舅在上，小甥有一事相求。"胡星夜道："什么事？"

楚瀚道："我想娶莺妹妹为妻，请舅舅准许。"

胡星夜凝望着他，明白他已知道上官婆婆提出的交换条件。他暗暗赞许这孩子的聪明深沉，一时没有回答，沉吟良久，脸色十分复杂，显然在牺牲女儿和牺牲爱徒之间，委实难以取舍。他权衡轻重得失，最后还是选择牺牲女儿，便微微摇头，口中说道："你既无聘礼，又无家业，叫我如何放心将女儿嫁给你？"

楚瀚望着胡星夜，知道他意在保住自己，心中极为感动，说道："如果舅舅不让我娶莺妹妹，我就跪在这儿不起来！"

胡星夜眼神严厉，低喝道："不准跪！"

胡鸥在旁听着，显然并不明白父亲的用心，以及这场求婚背后的暗潮汹涌，放下笔，插口嗤笑道："不自量力的小子，竟然妄想娶我妹妹！人家上官家可是送了三头牛、十头羊、五对银烛台作为聘礼，才敢开口向父亲求亲。你却带了什么来了？你多年来吃我家的，住我家的，用我家的，这笔债可没还清呢，竟然想把我们家的小姐娶了去？"

楚瀚不去理会胡鸥的冷嘲热讽，只望着胡星夜，说道："舅舅，我确实什么都没有，我只不愿意见到莺妹妹哭泣，不愿意见她嫁给一个她瞧不起的人！"

胡星夜听了，不禁全身一震。楚瀚这话点明了他洗手的初衷，自己既已下定决心脱离偷盗之业，又怎能将女儿推回火窟？

胡鸥在旁插口道："她若是嫁给了你，那才要叫人瞧不起呢！"

胡星夜抱紧了手臂，闭上眼睛，眉头紧皱，陷入沉思，似乎并未听见儿子话语。

楚瀚直望着胡星夜，又道："舅舅，我们胡家虽只是农家，但诚实勤奋，家世清白。舅舅若是不顾女儿的幸福，硬要攀上官家的这门亲，却要别人往后如何看得起胡家？"

胡鸥听他言语侮辱家门，忍不住站起身来，大声道："你将我们胡家当成什么了？难道我们还需去攀上官家的亲？我们胡家可是官宦世家，我曾爷爷为官六十年，历事六朝皇帝，你道我们是一般低三下四的农家吗？"

胡星夜陡然睁开眼，转头对胡鸥怒目而视，喝道："住口！"胡鸥见父亲面色严峻，知道自己说溜了口，赶紧闭上嘴，坐回椅中，低下头去，乖乖地继续临帖。

楚瀚却不由得一呆。他来到胡家四年，从未听闻胡家竟是官宦世家，一向只道胡家节俭朴素，安于务农，此时听胡鸥吹嘘祖上曾做过大官，不由得有些将信将疑。此时胡星夜站起身，走上前来，脸上怒意已退，只剩下一片无可奈何的妥协。他缓缓说道："这事儿，我再想一想。你先回房去吧。"

楚瀚点点头，撑着拐杖，离开了书房。

当天晚上，夜深人静后，胡星夜来到楚瀚房中，拖着肥胖的身躯在床边坐下了，一张圆脸满是疲乏之色。楚瀚原本无法入睡，听舅舅进房，便

抱着膝盖坐在床上，等他开口。

胡星夜静了很久，才道："瀚儿，你来向我求亲，我很承你的情。"

楚瀚微微摇头，说道："是我对不起舅舅。我不能让莺妹妹因为我而吃一辈子的苦。"胡星夜没有接口，显然仍旧迟疑不决。

楚瀚望着胡星夜，忍不住问道："舅舅，三哥刚才说他曾爷爷是当官的，可是真的？"

胡星夜点了点头，说道："鸥儿说得没错，我们胡家祖上确实是官宦之家。我的祖父胡荧，曾是极受成祖永乐帝信任的臣子。你知道靖难之变吗？"

楚瀚是来到胡家后才开始读书识字，对本朝史事所知不多，便摇了摇头。胡星夜便说了燕王朱棣发起靖难之变，从侄儿建文帝手中夺走江山，建文帝逃难离开南京，从此不知所踪的这段史事。

胡星夜续道："先帝对先祖极为信任，曾委派先祖秘密寻访建庶人的下落。先祖遍行天下州郡乡邑，出外游走了十四年的时间，从江浙湖湘以至大江南北、名山胜川，几乎没有先祖没到过的地方。"

他抬头望向窗外夜色，又道："先祖原也不过是个埋首学问、求取功名的读书人，但他在外行走这许多年，见识到的人情世故，绝非一般科举出身的官场中人可比。其中最大的一件，就是他得遇异人，学会了高深的武功。"

楚瀚点了点头，自己在胡家所学的特异飞技，想来便是胡老爷爷在外游历时所学得的武功之一。

胡星夜顿了顿，又道："其次便是他的江湖历练了。先祖仗着高深武功和丰富的江湖阅历，行事谨慎，深自收敛，才能在官场中逢凶化吉，历事六朝皇帝，荣宠不衰，而且延年益寿，直活到八十九岁高龄才仙逝。他高瞻远瞩，很早便将胡家的一支迁到京城之外的小村安居。他的原意本想让胡家世世代代侍奉皇帝，替皇帝处理一些不方便交代大臣处理的私事，如打听民情、刺探隐密、观察边疆大臣的操行，等等。没料到成祖晚年信任宦官，设了东厂替他办事，渐渐地，我们胡家就被冷落了。"

楚瀚问道："那柳家和上官家呢？"

胡星夜神色有些复杂，说道："这两家，是成祖皇帝贴身侍卫的后代。他们也曾替成祖办了不少秘密任务，但大多是探取宝物、罗织罪状、杀人灭口一类的勾当，后来这类的任务少了，他们便专以取物为业。"楚瀚点了点头。

胡星夜静默一阵，才叹道："这些祖上的事情，都是过去的事了。如今提起也没什么意思，你不必放在心上。"

楚瀚与他相处数年，早听出他口气中的掩饰意味，心想："胡家祖上和皇帝的关系不寻常，今日的关系也同样不寻常，因此舅舅才特别谨慎，从不提起。"

他这时尚不觉得这有什么紧要，便也不多问，改变话题，问道："那么莺妹妹的事，舅舅作何想法？"

胡星夜长叹一声，叹息中充满了无奈。他说道："我虽疼爱莺儿，但胡家若没了你，所面临的危难将更加险峻，因此我只能尽量保住你。今日我若让你毁于上官家之手，未来无人能保护胡家，到头来，莺儿

一定保不住。"

楚瀚想了一阵，摇头道："未来的事情，谁也不知。舅舅看重我或许确有原因，但我现在并不明白；在我看来，不管上官家如何势大，如何粗蛮，咱们都还没到大难临头的地步，舅舅不必急着让这一步。最好先应付敷衍他们，拖一段时间，往后走着瞧便是。"

胡星夜微微点头，他知道楚瀚出身乞儿，从不作长远计，这是一朝肚饱一朝安乐的想法，非常务实。他闭目良久，才睁开眼睛，说道："你说得是。如果将莺儿嫁过去，便能保住你，那也罢了。如今却是不论莺儿嫁与不嫁，上官婆婆随时能背弃诺言，找你麻烦。好吧！瀚儿，那我便去向上官家说，我已将莺儿许给你了，要他们死了这心。"

楚瀚松了口气，下床跪倒，向他磕头道："多谢舅舅！"

胡星夜连忙将他拉起，圆脸上露出疲惫的笑容，说道："别跪，跪什么！这事就这样了。你放心吧，有我在村中一日，你便一日不会有事。"

第五章

剧变前夕

　　楚瀚当时自然不知道，胡星夜留在村中的日子已经不多了。数日之后，忽然有个神秘的客人造访胡家，这人在深夜时分到来，楚瀚当时正在仓房中练挂功，隐隐听见脚步声来到大门之外。胡星夜似乎早知有客要来，已在门外等候多时，见到来客，迎上说道："真的是你！你来了！"语音颇为激动。

　　那人没有回答，两人似乎拥抱了一下，显然甚是熟稔。楚瀚听见胡星夜与客人一齐走入书房，客人的脚步声沉稳凝重，楚瀚从他的步声中，猜测此人的武功甚高，但步法并非三家村特有的飞技，显是村外之人。他心中好奇，但也不敢去偷听舅舅和客人的谈话，只留在房中暗自猜测。

　　那神秘来客直待到四更才离去。次日，胡星夜神情凝重，终日沉思不语，当晚他突然开始准备行囊，说要出远门，却也没说要去何处。楚瀚猜想他是打算将紫霞龙目水晶送入京城，此行也可能跟那神秘人的造访有关，但舅舅既没有多说，他便也没有多问。

临行前，胡星夜带着女儿胡莺来找楚瀚，让两个孩子交换了生辰八字和信物，算是草草定了亲。胡莺给楚瀚的是一块战国时期楚国的"五山字纹铜镜"，那是胡星夜年轻时从楚国旧都郢的废墟中取来，送给妻子的定情礼物；楚瀚给胡莺的是一只汉玉葫芦，那是他初试身手时，从南京藏宝库中取来的古物。

定完亲后，胡星夜让女儿先出去，关上房门，仔细替楚瀚查看了膝盖上的伤势，点了点头，似乎颇为满意，问道："你可记得，你腿上这伤是怎么来的？"

楚瀚当然记得，回想起来仍不禁背脊一凉，答道："是城西乞丐头子故意打断的，好让我行乞时博人同情。"

胡星夜点点头，说道："幸好我找到你时早，而且当时你年纪小，恢复得甚快。当时并非无法完全治好你的膝盖，但我在其中取了个巧，故意没有将它治好，还盼你不怪我才好。"

楚瀚听他说"故意没有将它治好"，不禁一呆，问道："舅舅这话是什么意思？我不明白。"又道："舅舅是我的大恩人，我怎会怪舅舅？"

胡星夜叹了口气，缓缓说道："如今你也该知道其中的秘密了。我胡家飞技之难练，主要在于少年时得吃足了苦头，很多人都挨不过去，因而放弃。胡家子弟在八九岁上，需得切开膝部，在膝盖骨下嵌入楔子，好让膝盖惯于承受沉重的压力，满五年后，将楔子取出，腿力便已比他人强上十倍，再苦练数年，飞技便能独步江湖。"

楚瀚听了，心中一跳，脱口问道："如此说来，您当时在我膝盖中嵌入了楔子？"

胡星夜点点头，说道："正是。那时你左膝已受了重伤，我原需将伤部隔开，阻止软骨互相摩擦，因此我便借此之便，替你在膝盖中嵌入了楔子，如今已有四年了。"

楚瀚心中升起一股意外的希望，颤声问道："这么说……我这跛腿是可以治好的？"

胡星夜缓缓说道："不但能治好，你还能开始练胡家的独门飞技'蝉翼神功'。"

楚瀚随胡星夜练功多年，早知自己手脚轻便灵巧，是天生习练飞技的料子，许多技巧一学便会，如鱼得水，早已深深沉迷其中；而胡家飞技高妙难言，其中素负盛名却充满隐密传奇的独门功夫"蝉翼神功"，更是江湖人物无不汲汲营营盼能得到的秘宝。他此时听说自己不但能治好跛腿，还能学习秘传飞技，再也难以压抑心中兴奋，跳下床来，说道："那么还有一年，我就能取出那楔子了？"

胡星夜脸上露出欣慰骄傲之色，说道："正是。胡家自我以后，再无人吃过这苦头，练过这神功，你若练成了，将是下一代中唯一的一人。"

楚瀚跪倒在地，向胡星夜磕头道："谢谢舅舅的再造之恩！"

胡星夜连忙拉他起来，说道："傻小子，不准再跪！跪倒乃是本门练功大忌。我那五年之中，不论祭祖拜神、祝寿见官，从来不跪拜，以免伤到膝盖。你上回在祠堂前跪了一日，几乎永远损伤了膝盖中的软骨，危险非

常。因此以后无论对谁，对我也好，对敌人也好，千万不可再随意下跪了，知道吗？"楚瀚连声答应，心中喜不自胜。

胡星夜皱着眉头，长叹一声，自言自语道："时间实在太紧迫了，我真不知能不能撑得过这一年时光？"

他望向楚瀚，说道："我心中还有几件事情好生放心不下。我当初为你嵌入楔子时，你膝部已受过伤，取出时须极为谨慎，才不致造成永久损伤。我知道京城有一位年轻大夫，名叫扬钟山，他医术精湛，世间唯有他能替你取出楔子。我打算一年后带你去请他施刀，但如果我那时不在你身边，你便得自己想办法去找这位扬大夫。"

楚瀚心中生起一股不祥之感，问道："舅舅，你这回出门，要去何处？是去京城吗？"

胡星夜点了点头，说道："你曾答应全老仙人办的事，自然不能轻忽违背。我得替你实践诺言。"楚瀚道："舅舅，您为何不带我一起去？"胡星夜摇头道："此行危险，我不愿你涉险。况且，我二人若是一起离开，目标太过明显，柳家和上官家一定不会放过我们，一路上得忙着抵御他们的追逐争夺，明抢暗偷，这路可不好走。再说，你膝盖未愈，应当多多休养。"

他说到此处，从怀中取出一本薄薄的册子，灰色封面，上面没有写字，只画了一只蝉儿，说道："这就是我胡家祖传的《蝉翼神功》。你取出膝盖中的楔子后，便可照这书中的图谱习练。我若能在旁指点当然最好，若不行，你自己找个地方躲起来练也可，为时约莫两年，应当就能练成。"

楚瀚心中愈来愈感到不安，凝望着胡星夜，却不伸手去接那册子。

胡星夜观察他的反应，心中感到一阵安慰："若是天性凉薄自私之人，一定老早欢天喜地地将神功秘籍接了过去。瀚儿这小乞儿出身的孩子，难得却有着与众不同的淳厚。他担心我的安危，远多过自己能否练成这绝世飞技。这是个可以托付大事的孩子！"又想："幸好当年没有看错这行止特异的路边乞儿，决定收留他，尽管他年纪很轻，却有着过人的坚韧和世故。是呵，眼前的局势，若没有过人的坚韧世故，可是绝对无法安然度过的。"

他轻叹一声，将册子放在床边，说道："瀚儿，等你长大了，功夫练成以后，舅舅想求你帮我做两件事。"楚瀚点点头，说道："舅舅请说。"

胡星夜道："其一，我求你保护胡家子孙。他们有田有屋，只要诚恳务农，生活便不会有问题。你不需担心他们的生计，我只请你保护他们不受外人侵犯伤害。"楚瀚点头道："等我长大之后，一定尽力帮舅舅做到。"

胡星夜道："其二，我求你尽力保护柳家和上官家。"

楚瀚听了，不禁一愣，他可以明白胡家子弟只知务农，不识飞技取技，需要自己保护，但连上官家和柳家都要自己保护，却是为了什么？他将心中疑问说了出来，胡星夜静了一阵，才解释道："三家村中最珍贵的事物，不是上官家和柳家藏宝窟中那些堆积如山、四处取来的金银珠玉、古董异宝，这些财宝都是留不住的。三家村最珍贵的，乃是三家渊远流长的飞技，也就是轻身功夫。三家的飞技虽出于不同源流，但多年

来彼此切磋融合，取长补短，各擅胜场，这些功夫从未传出三家村，乃是天下独有，珍贵非常，世间无可与之相比。今日三家村的高手，都是在三家村中学成此技，如果三家村一旦毁了，这些高手也都死尽之后，那么三家村的飞技也将就此失传，那将是世间一大损失。我请你保护上官家和柳家的人，不是要你保护他们的人身或家财，而是保护他们身负的飞技。"

楚瀚这才明白舅舅的意思，心中虽不无犹疑，但仍点了点头。他忽然想起另一件事，问道："舅舅，昨晚来造访你的，是什么人？"

胡星夜脸上露出一丝惊讶的神色，心想："昨夜那人来访，他竟也知道了。"原本不想回答，转念又想："这孩子对我极为信任，这件事我也不该瞒着他。"于是答道："那是虎侠王凤祥。"

楚瀚从没听过这个名字，问道："虎侠王凤祥，那是什么人？"

胡星夜微微一笑，说道："你往后行走江湖，若不知道此人，可要被人讥笑孤陋寡闻了。王凤祥号称虎侠，乃是当今第一奇侠，一手虎踪剑法独步江湖，是人人称道的英雄好汉。他会在此时来找我，倒颇出乎我的意料之外。"

楚瀚奇道："他是来求你帮他取物吗？"

胡星夜笑了，摇头道："自然不是。虎侠是何等人物，凭他的威望本领，怎会有事需要求人？而且他行事光明正大，也不会暗中托人去替他取物或打探消息。他是来告诉我一些事情的。"胡星夜说到此处，陷入沉思，不再言语。

楚瀚心中虽好奇，却很难想象一个名震天下的侠客，会为了什么事

情特地跑来三家村，夜访胡星夜，并告诉他一些消息？那又会是什么消息？

胡星夜又沉思了一阵，才叹息道："时间实在太少了！我该教你的，只教了个草草，未能深入，以后就得靠你自己摸索了。你来自京城，我不知道你的身世，只晓得你是个无人认领的小乞儿，等你年纪大些后，该回去京城探寻你的亲生父母，不要忘记他们生养你的恩德。"

楚瀚一呆，全没料到舅舅会说出这话，心中又是疑惑，又是感动。自从他被胡星夜收养以来，胡星夜始终待他如亲子一般，照顾疼爱甚至犹有过之，他心中早将胡星夜当成自己的再生父母，决定一辈子侍奉他，报答他的恩情。他绝没想到胡星夜竟会叫他不要忘记自己的亲生父母，还要他去寻找他们并报答父母之恩。然而自己是个流落街头的孤儿，又该上哪儿去找亲生父母？胡星夜又为何会如此特意叮嘱自己？一时不知该如何作答。

胡星夜望着楚瀚黝黑的面庞好一会儿，才将那本《蝉翼神功》塞在他手中，笑了笑，起身出房而去。

一个月后，胡星夜的遗体被人草草收殓了，放在棺材车中，送回了三家村。

最先见到的是在村口玩耍的三家村儿童。他们见到半开的棺木中露出一张熟悉的圆脸，立时认出那是胡家家长，一齐惊叫起来，几个比较机灵的立即飞奔去胡家田地，大声呼唤正埋首锄地的胡家子弟。

长子胡鹏闻讯大惊，扔下锄头，未来得及洗净手脚上的泥土，便飞奔回家，在家门口外见到父亲的棺木，脸色煞白，扑倒在棺木上，呼天抢地哀号起来。胡家上下乱成一团；胡夫人和胡星夜的弟弟胡月夜早逝，长一辈中只有一个胡月夜的遗孀，人称二婶。这二婶因虔诚信佛，丈夫死后便设了佛堂带发修行，不理俗事，此时她除了吩咐大家架设灵堂，供奉阿弥陀佛，并请了邻村和尚来作佛事外，其他的事情一概不理。

当家的责任便落在了刚满二十岁的长子胡鹏身上。胡鹏自幼务农，惯做粗活，性格老实而无能，他领着众弟妹办理父亲后事，手忙脚乱，毫无章法，但总算将父亲草草埋葬了。胡家素无积蓄，胡星夜的三子一女，加上胡月夜的一子一女，外加二婶和其他仆妇长工，一家十多口人，生活一下子全没了着落。胡鹏为了打点丧礼，维持一家生计，卖了十几石封存多年准备当作种子的大米，遣了三个长工，胡家生活从此更加艰苦，三餐难继，捉襟见肘。一家人完全不知道胡星夜死前去了何处，做了何事，为何丧命，以及是否会有其他祸事接踵而来，整日担惊受怕，全家一片愁云惨雾。

楚瀚全没想到舅舅会这么骤逝，震惊难已，只觉不敢置信，又满腹疑团。他在这场丧事当中几乎全是外人，胡家众人跪在灵前还礼时，他知道自己不能跪，因此也未要求加入亲属的行列，只默默地站在一旁观望。他见到上官婆婆带着孙子孙女来祭拜，皱着猫脸流了两滴老泪，脑中却清楚浮起"猫哭耗子假慈悲"几个字。柳家的家长柳攀安也带了儿子柳子俊前来祭拜，神色黯然，似乎真有几分悲戚。

楚瀚趁深夜无人之际，悄悄来到灵堂，检视了胡星夜的尸身，发现致命伤是胸口上的一刀。这刀正面攻入，直中心脏，立时气绝。楚瀚心中大为疑惑，他知道舅舅已练成蝉翼神功，飞技之精湛，世间应已无人能正面伤到他。即使受到武功极高的敌人攻击，他也能实时闪避，受伤最多也只是在手脚等较不重要部位上的轻伤。但杀死胡星夜之人却是正面对着他，一刀斩在他胸口而令其致命，此人想必武功奇高。

楚瀚在亲自检视舅舅的尸身后，才终于接受他已经死去的事实。那夜他回到仓库旁的小房中，回想着舅舅自收留他以来对他的种种关怀教诲，心知舅舅乃是世上唯一真心爱护疼惜他的长辈，更是尽心教导引领他的师父。他感到自己好似再被父母遗弃了一般，悲伤之外，还有数不尽的失落、恐惧、彷徨和痛苦。他当夜一直哭到天明，仍旧无法止住眼泪，在心中反复询问：为什么如此疼爱自己的舅舅会就此死去？是谁害死了他？是谁夺走了我的舅舅？

他无法挥去舅舅惨死的阴霾，也知道眼前祸事之巨大，绝非他一个跛腿小童所能面对，一边抹泪，一边咬牙暗暗发誓："无论如何，我定要找出杀死舅舅的凶手，替他报仇！"

那几日中，他只要一想起舅舅，心头便如撕裂一般疼痛，他在暗中流的泪水，比胡家所有子弟流的泪水加起来还要多。胡家子弟无法明白胡星夜在楚瀚心中的地位，也无法明白这对师徒之间惺惺相惜、真挚深厚的情谊，他们以为父亲只不过是在利用楚瀚，而楚瀚只不过是个在他们家白吃白喝的孤儿乞丐。胡家子弟对于楚瀚的悲伤眼泪并不感念，也不在乎，他们从来不曾将楚瀚当成自家人，父亲死后，更觉得这个寄居家中的小跛子

是个累赘。

楚瀚将胡家兄弟的神态都看在眼中，知道自己又回到了被舅舅收养之前孤苦无依的处境，胡家兄弟迟早会将自己赶出家门。他年纪尚幼，腿伤未愈，除了厚着脸皮在胡家住下去之外，也别无他策。

半个月后，胡家兄弟都已从丧父的哀伤中恢复过来，楚瀚却仍未能放下舅舅之死的哀痛。每每晚吃饭时见到佛龛上舅舅的灵位，都忍不住眼眶发热，心中反复念着："舅舅，你在天之灵请安息吧，瀚儿一定会替你报仇的！你放心吧，我一定会找出凶手，替你雪恨的！"

丧事办完后，楚瀚便整日将自己关在房中，极少出来。他腿伤未愈，既不能下田种地，也不能干挑水砍柴的粗活，最多只能帮胡莺做些煮米切菜、洗碗扫地的轻松活儿。胡家男子很快便开始对他心生嫌恶，二子胡鸿和三子胡鸥吃饭时总对他冷言冷语，甚至公然出言讥嘲，家长大哥胡鹏虽不说话，脸色却也绝不好看。楚瀚一声不出，只装作没有听见，没有看见，胡莺眼见未来的夫婿在兄长的冷嘲热讽下处境难堪，也不免羞赧伤心，为此不知偷偷哭了多少次。

这日下午，楚瀚听得门外人声响动，从窗户往外偷看，见到一乘轿子来到胡家，轿夫报道："柳老爷到访！"

胡鹏快步出门迎接，柳攀安下了轿子，两人进入大厅，关门谈了好一阵子。不多久，胡鹏便派胡鸥来叫楚瀚去大厅会客。

楚瀚来到大厅，便见胡鹏和柳攀安两人坐在厅上，柳攀安清俊的脸上堆满了关切的神色，直望着自己。楚瀚故意装作一跛一拐地走上前，粗率地向胡鹏和柳攀安行了礼，低头不语。

胡鹏满面笑容，显得又是轻松，又是高兴，向楚瀚道："柳世伯来此，可帮了我胡家一个大忙。柳伯伯知道爹爹死后，家中生计拮据，因此提议接你去柳家住下，柳家家大业大，很需要多几个小厮帮忙跑跑腿，做做家务。正好你在这儿闲着无事，我想柳伯伯的提议再好不过，便代你答应了。"

楚瀚听说柳攀安要接自己去柳家做小厮，心中清楚这不过是个幌子，目的当然是要从自己口中套问出胡家飞技的秘密，和自己盗取龙目水晶的真相。他早料到上官家和柳家不会放过自己，只没想到柳家出手如此之快，丧事才结束没几日，便要将自己接了过去，而胡鹏早嫌自己在家中多一张嘴吃饭，自然忙不迭地答应了。

楚瀚知道自己别无选择，当下一声不吭，只低下头望着自己的破布鞋子。胡鹏心中嫌他不懂礼数，竟然不立即感激涕零，行礼道谢，但当着外人面前也不好发作，想起很快便能将他赶得远远的，甚觉快意，便遣他回房间去收拾随身事物，要他即刻跟柳攀安回去柳家。

楚瀚拥有的事物原本不多，他也没打算就此离开胡家，只将自己的小房间清理了一下，仓库中常用的取具排列整齐，要紧的事物锁入柜中，舅舅传的《蝉翼神功》藏在裤子的夹层中，再将两件旧衣服和百灵钥包入包袱，便拎着行李回到了厅上。

柳攀安耐心地等候着，见他回到厅上，露出笑容，招手说道："小兄弟，你跟我一起坐轿子回去吧。"

两人上了轿子，柳攀安便跟楚瀚搭起话来。他脸上的笑容虽僵硬，神

态倒显得颇为诚恳亲切，说道："小兄弟，我和令舅往年交情深厚，如今他身死异乡，我心中好生难过。如今我能做到的，便是好好照顾他身后唯一的亲传弟子，不让你留在胡家做些下田耕地的粗活。我虽跟胡贤侄说要让你来我家做小厮，其实你也该知道，我绝不会让你经手任何粗活。你来到我们家，不用担心吃穿用物，一切全由柳家供应，千万别操心，知道吗？"

楚瀚装得傻愣愣的，只点了点头，也不回话。

第十六章

寄人篱下

　　楚瀚就这么从胡家搬到柳家住下了。柳家大宅位在村西，占地千顷，屋舍华美豪奢，庭园雅致精巧，吃用优渥讲究。楚瀚哪里在如此富裕高雅的环境里生活过，刚开始非常不习惯，一切小心翼翼，生怕折断了象牙筷子，打碎了青花瓷盘，弄脏了锦衣绣服，砸烂了金盂玉杯。柳家众人对他的寒酸穷塞起先颇为同情，后来逐渐成了家丁仆妇间的笑料，都说老爷心地太好，捡了个乞丐回家，想将他改头换面成个体面的公子爷，却毕竟回天乏术，乞儿仍是乞儿，即使放在大家之中熏陶教染，也没法洗脱与生俱来的土气贱样。

　　楚瀚身上确实有股掩盖不住的土气。他自幼颠沛流离，五六岁便遭父母遗弃，流落京城街头，行乞度日，过的是饥寒交迫、三餐不继的日子。但这也有一部分其实是装出来的。他仔细观察柳家中人的言行举止，慢慢揣摩学习，若有一日需要装成他们的模样，他也不是办不到，但他刻意保留自己的粗率鄙陋，好让柳家众人只知将他当成笑料，对他降低戒心。

他在柳家住了月余，这日柳子俊来找他，说父亲请他过去谈话。楚瀚来到柳攀安宽阔华丽的书房之中，但见房中的书并不多，架上放满了珍奇古董，墙上也挂满了字画，楚瀚虽不能辨认出每件的出处，但猜想件件都该是大有来历的精品。

柳攀安安然坐在檀木书桌之后，正风雅地临摹着柳公权的《玄秘塔碑》拓帖。他见儿子领楚瀚进来，笑着放下笔，起身相迎，命儿子搬过椅子，请楚瀚在桌前坐下。柳子俊之后便垂手站在父亲身后，眼望地下，神态恭谨。

柳攀安的笑容始终带着点儿不自然，让人看了很不舒服。他望向楚瀚，笑着问道："孩子，这一个月来，日子过得可好吗？"楚瀚答道："很好。"

柳攀安点点头，说道："那我就放心了。孩子，有件事情我一直想不通，不知道你能不能替我解疑？"楚瀚望着他，心想："该来的总会来的。"便无可无不可地点了点头。

柳攀安凝望着他，问道："那夜'飞戎之赛'，上官家的姑娘取得了冰雪双刃。你可知她是从何处取得这对宝刃的？"

楚瀚脸上不动声色，心中暗笑："这柳大爷可不笨。他不直接问我如何取得龙目水晶，却问我上官无嫣的冰雪双刃从何而来！"当下摇了摇头，说道："我不知道，这得要问上官家的人。"

柳攀安叹道："麻烦就麻烦在上官家的人不肯说，我也不好问哪！"脸上登时露出心痒难熬、焦虑烦恼之色。

楚瀚心想："他料准我身受柳家恩惠，又年轻气盛，多半喜爱炫耀，加上厌恶上官家夺去'飞戎王'的头衔，定会站在他这边，替他解惑并打击上官家。但我楚瀚岂是如此轻易上当之人？”当下装作更加糊涂的模样，说道：“柳大爷，我也感到奇怪得很。我舅舅曾说过，这冰雪双刃是天上女神九天玄女的兵器，不是凡间的东西。上官姑娘取得这件宝物，遮莫她是长了翅膀，飞上天宫去取的？我这么问舅舅，舅舅听后只笑个不停。”

柳攀安听了，似乎甚感兴趣，追问道：“那你舅舅如何回答？”

楚瀚装作回想往事，再说道：“是了，他说：‘瀚儿啊，你腿跛了不要紧，脑子僵了可要不得。你来我家这么多年了，仍是傻楞小子一个，我收养你干吗？难道我家的傻小子还不够多吗？唉，你可真叫我失望啊。’嗯，舅舅当时是这么说的。”

柳攀安听在耳中，不禁暗暗失望，心想：“难道这小子真是傻的？他究竟如何取得了那龙目水晶？莫非水晶根本不是他取的，是胡星夜自己破誓去取来的？或许这小子只是个幌子，其实半点飞技不会？那他的跛腿是怎么回事，不能长跪又是怎么回事，难道他不是在练胡家的独门飞技吗？”

柳攀安脑中念头此起彼落，侧眼见到站在一旁的儿子嘴角露出一丝笑意。楚瀚也见到了，心中一凛：“我在祠堂前罚跪时，这人曾仔细观察我，也听到了我与上官兄妹的对话，要是在他面前装傻，只怕会被他瞧出破绽。”

柳攀安见到儿子的神色，也领悟到楚瀚说出这番话，纯粹是在装傻，突然开口问道：“楚小兄弟，你膝盖中的楔子，还要一年才能取出吧？”

楚瀚不由得一惊，不料柳攀安已猜知了这个秘密，心中急速转念，口中说道：“什么楔子？舅舅说我的腿被人打断过，全跛了，再不能治好了。”

柳攀安从楚瀚脸上一闪而逝的惊讶之色，看出这小子并不简单，他膝

盖中确实嵌有楔子，确实得传了胡星夜的独门飞技，也确实怀藏着许多他想知道的秘密。但要如何才能从他口中套问出来，倒是煞费功夫。该用软的，还是来硬的？

柳攀安是个深思熟虑、城府甚深的人，当下不动声色，摇头叹息，露出惋惜的神色，说道："是吗？那可真是太可惜了。你小小年纪，如果有幸得传胡家独门飞技，未来成就实是不可限量。"话锋一转，说道："如此说来，你那夜出示的紫霞龙目水晶，也并不是真的了？"

楚瀚听他说到了要紧处，早有准备，一张脸便如一块木板一般，毫无表情，对他的话完全不置可否。他知道水晶是真是假，柳攀安心中早有定见，这么说只是想激自己透露一些内情罢了。

柳攀安向楚瀚的脸庞凝望一阵，心中暗暗咒骂："这小子倒把'迅鼠'的假面具全学了去！"一时摸不透他的心思，只好暂时放弃，脸上恢复微笑，说道："楚小兄弟，今日跟你一场谈话，十分愉快。你舅舅当年收养你，想必有其深意，我想他绝对没有看错了人。你早些去休息吧。"楚瀚应诺，站起身告退出去。

他回到自己房中，回想与柳攀安的对话，知道柳攀安虽未能从自己口中得到任何有用的讯息，自己却仍太稚嫩，敌不过柳老狐狸的老奸巨滑，多少露出了一些破绽。柳攀安将会如何利用自己的破绽？他整日筹思盘算，也不得要领。他知道自己处境危险，除了小心谨慎，尽量安稳地混过这一年的时光外，实在不知道还有什么别的事可做。

又过了几日，柳子俊再次来请楚瀚去见他父亲。这回又来到柳攀安的书房，柳攀安命儿子关严门户，让楚瀚在椅上坐下，神情凝重，说道："楚小兄弟，你舅舅去世之前去了何处，我已经查到了。"

楚瀚心想："舅舅去了京城，这并不难查到。"当下只点了点头，没有言语。

柳攀安凝望着他，又道："你舅舅离开三家村后，便去了京城。我也查到了跟你舅舅身亡有关的消息。他临走前，可跟你说过些什么？"

楚瀚听说他有关于害死舅舅凶手的消息，心想自己若继续装傻，柳攀安或许便不会说出他查到的讯息，但若柳攀安只是信口胡说呢？他想了想，便说道："舅舅走前，并未跟我说他要去何处。但他走前确实显得有些不安，颇有点交代后事的味道。他大约已知道此行凶险，有可能无法回来。"

柳攀安点点头，说道："雇人将他的遗体送回的，乃是东厂的锦衣卫。"楚瀚听了，不由得一惊，脱口道："锦衣卫？"

柳攀安道："正是。我担心事情还没完。他们故意将遗体送回，意思自是警告我们三家村，让我们知道对头的厉害。甚至想告诉我们，大祸就快临头了，大家赶紧准备后事吧！"

楚瀚感到背脊一凉，如果情况当真如此严重，舅舅怎的未曾更严厉地警告他，并告诉他该怎么做？显然舅舅并不以为自己真的会死，因此并未为身后事做好充足准备。如今他自己又能做什么？他的膝盖未愈，五年时间未到，楔子未能取出，他要练胡家独门飞技还是远在天边的事。如果危难真的临头了，他又怎么能遵照舅舅的托付，保护胡家，保护三家村？

正思索间，柳攀安身子前倾，凝望着他，口气严肃，说道："我相信他们的目标，一定是紫霞龙目水晶。孩子，告诉我，那事物现在何处？"

楚瀚没有回答。

柳攀安站起身，走到他面前，神态紧迫，沉声道："孩子，你舅舅已为此丧命，胡家转眼大难临头，柳家和上官家唇亡齿寒，岂能坐视？事关重大，你一定要告诉我！"

楚瀚凝思一阵，才道："那事物，舅舅出门时带走了。"

柳攀安脸色一变，喝道："你说谎！"楚瀚摇头道："是真的。"

柳攀安负手在内厅中踱了一圈，接着又踱了一圈，神态惶惶，最后终于停下脚步，问道："那事物，究竟从何而来？"楚瀚道："是舅舅命我去取的。"

柳攀安追问道："是你单独去取的？从何处，由谁手中取得？"楚瀚早已想好对答，缓缓说道："我以取紫霞龙目水晶参加'飞戎之赛'，自然是我单独去取的。这件宝物，是从仝寅老先生处取得。"

柳攀安呼吸急促，双眼直望着他，说道："你一个跛腿孩童，如何能从当世大卜手中取得这水晶？"

楚瀚平静地答道："因为我跟仝老先生说，这水晶是要交给皇帝的。"

柳攀安听到这两句话，一张俊脸立时转为雪白。他快步走回书桌后，重重坐下，似乎不快点坐下便会当场昏晕过去。他喘了几口气，喝了口儿子端上来的茶，良久才镇定下来，虚弱地问道："是谁教你这么说的？"

楚瀚道："是我自己想到的。"柳攀安不断摇头，说道："仝老先生又怎会听信你的话？"楚瀚道："仝老先生是盲人。"

柳攀安忍不住提高声音，说道："仝老先生有未卜先知的本领，就算目盲，又怎会受你愚弄？"楚瀚不慌不忙地道："或许这已在他的卜算当中。"

柳攀安一呆,问道:"这话怎说?"楚瀚道:"这不是很清楚吗?他是故意上当的。"柳攀安问道:"却是为何?"楚瀚道:"因为他料准了这事物最终确实会送到皇帝手中。"

柳攀安的脸色由白转灰,呆了良久,才微微点头,说道:"是了,是了!我早该想到。胡星夜便是因此去京城的,是吗?他是去将龙目水晶呈给皇上?"楚瀚摇头道:"我不知道。舅舅没跟我提起过他要去京城,更没说他要去见皇帝。"

柳攀安沉默了,眼睛望向窗外。过了良久,他才吁出一口气,说道:"楚小兄弟,我们一村都处于险境,你对我却仍多所隐瞒,一切重要的事情都不肯跟我明说,等到大难临头时,可就来不及了!"

楚瀚静默良久,才道:"我舅舅未曾跟我说的话,我自然没法告诉你。"

柳攀安凝望着他,又问一次:"那龙目水晶,真是被你舅舅带走了?"楚瀚点了点头。

柳攀安似乎终于放弃了,挥手道:"好,好,你回去歇息吧。"

楚瀚转身出屋,回头瞥见柳子俊神色担忧地望着父亲,他在父亲跟前极守规矩,垂手侍立,始终不发一言。楚瀚暗想:"这柳子俊不是个简单的人物,深沉巧诈不输其父,若连他都显出担忧的神色,那他父亲的焦虑便很可能是真的了。但柳攀安到底在担心什么样的祸事会降临,又为何相信这一定跟龙目水晶有关?"他想之不透,决心找机会一探究竟。

当天晚上,楚瀚待在自己房中,吹熄了油灯,假装就寝。等到四下悄无人声,才在黑暗中跃上大梁,练习"指挂"。静夜之中,忽听远处小厮

低声传话道："老爷赶着出门，快备轿子！"

楚瀚心中一动，悄悄落地，将门推开一缝，见外边无人，便窜出房去，关上房门，轻手轻脚地来到后院角落。他趁轿夫还没从更房中出来，赶紧钻到轿旁伏低。此时天色已黑，轿夫们出来抬轿子时，更没有见到他的身影。他着地一滚，便滚到了轿子之下，伸手抓住了轿子底部的横木，躲在轿底仅容一人的狭小处所。他飞技绝佳，身形瘦小轻盈，又擅长缩骨功，这么一躲，轿夫抬起轿子时，竟然全无留心轿子比平时重了少许。

他屏住气息，感觉轿子摇摇晃晃地走出一阵，停在大门口，接着便见到长袍下摆，一对黑色缎鞋走上前来，跨上了轿子，柳攀安的声音在轿中说道："村东上官家大宅，快！"轿夫们应了，一个管家在前打着灯笼，一行人便出发了。

不多时，轿子来到了上官大宅的门外。这宅第虽没有柳家的风雅讲究，却起得高墙碧瓦，金碧辉煌，极有气派，在灯笼照耀下，只见两扇大门漆成鲜红色，门上缀着数十个纯金打造的门钉，每个足有小儿拳头大小。楚瀚曾跟胡家兄弟来左近玩耍，指点门上的金钉子，不胜羡慕，却从未踏入过上官家的大门。这时但见大门开了一扇，让柳攀安的轿子进去。进了门后，轿子绕过回壁，又行出好长一段，穿过宽广的前院，才在大厅门前停下了。

但听脚步声响，一人迎到轿前，用一个粗豪的声音说道："柳世叔，侄儿有礼了！家祖在大厅恭候。"听语音正是上官无影。

柳攀安嗯了一声，说道："世兄不需多礼。"跨出轿子，走入大厅，轿夫便将轿子抬去门房边的空地放下。

楚瀚等众轿夫进入门房，与上官家的仆人开始喝茶聊天，才偷偷落地，从轿底缝隙钻出，四下张望，见到远处大厅中灯火通明。他观察一阵，决定从花园绕过去，才不需经过前院空旷的石板路，容易透露行迹。他缓缓沿着假山树丛移动，每等风吹草动才往前一小步，慢慢潜伏至大厅外。他抬头望去，度量思考一阵，轻轻吸一口气，往上一跃，一手在屋梁下一扶，左足勾住了屋檐，整个人便如蝙蝠般倒挂在屋檐之下。潜伏在屋檐下偷窥，乃是行窃者最基本的功夫之一，但由楚瀚做来，却有着超凡的精准轻巧，惊人的安静无声，似乎倒挂在屋檐下对他来说再稀松平常不过，和躺在床上闭目养息没有丝毫差别。

楚瀚凝神倾听厅中人声，偷目从缝隙中望入大厅，但见厅上上官婆婆和柳攀安正激动地说着话，上官家的三兄妹也在厅中。上官无影健壮的身形端坐在西首一张椅上，专注地聆听两个长辈言谈，面色凝重，但煤炭球般的双眼空洞无神，显然并不完全明白他们在谈些什么。上官无嫣慵懒地斜倚在厅侧的凉椅上，神态悠闲，一手从茶几上的雕花银盆中挑出一粒粒的樱桃放入口中，不时从口中取出樱桃籽儿，弹指掷出，落入三丈外角落中的金制痰盂，发出当的一响。上官无边则缩在角落的一张罗汉椅上，尽量不引人注意，一边玩弄着手中的三簧锁，一边游目四顾，对厅中的对话显得毫无兴趣，也丝毫不掩饰他的百无聊赖。

此时上官婆婆和柳攀安已说了一会儿话，楚瀚听到上官婆婆提高声音道："……不可能！里面假若出了事，梁公公怎会没有通知我们？"柳攀安道："或许梁公公自己也不知道？"

上官婆婆沉吟着，伸手摸着下颏，说道："里头的事，公公不可能不清

楚，看来姓胡的使这阴招，目的便是要搞垮我们！"柳攀安脸色阴沉，咬牙切齿地道："他就这么死了，可是便宜了他！"

上官婆婆嘿了一声，问道："攀安，你跟我说说，胡家那孩子飞技如何？及不及老胡当年的本事？"楚瀚心中一动："他们说到我了。"

但听柳攀安道："小子十分谨慎，自从他住到我家后，便从未施展过飞技，也从没见到他练功。"

上官婆婆道："他膝盖中仍有楔子，此时还好对付，再过个一两年，等他这楔子取出来了，我们都将不是他的敌手，千万别小觑了这小跛子！当年胡小孬也是一般，跛着腿，装出一副可怜兮兮的模样，实际上心机最深，最狡诈奸险的就是他。哼，今日只怕你我都要栽在他的手中！"楚瀚在这许多偷盗高手的眼下偷听，竟然没被他们察觉，其轻身功夫确实已出神入化。

但听"当"的一声，上官无嫣又将一枚樱桃核投入金盂之中，冷笑一声，显然对上官婆婆的话颇不以为然。

上官婆婆望向孙女，轻哼一声，说道："我年轻时，想法也和你这小妮子一模一样，后来我才知道自己错得多么离谱！胡家的人绝不是好对付的。胡星夜不知从何处捡回那小跛子，想是千挑万选才选中的，定非易与之辈。你得罪过他，最好小心一点！"

上官无嫣又掷出一枚樱桃核，当的一声落入金盂，撇撇嘴，更不答话。

但听柳攀安说道："那小子现今在我柳家的掌握之中，应不足为虑，他年纪还小，胡星夜可能真的没向他透露太多。我眼下最担心的，还是那龙目水晶的下落。"

上官婆婆沉吟一阵，说道："你想那事物，当真被他送入宫去了吗？"

楚瀚缓缓移动身形，去望柳攀安的脸色，但见他满面忧急，说道："很有可能。水晶一进宫，那主子的处境就十分为难了。若是主子已受到万岁爷的怀疑，那咱们这几年替主子办的事情，不免都会被揭发出来。"上官婆婆听了，只嘿了一声，没有接话。

柳攀安站起身，在厅上踱来踱去，难掩焦虑，说道："我们未能将水晶送到主子手中，却被他人取了送给万岁爷，主子怎会轻易饶过？说不定已开始怀疑我们了！"

上官婆婆神色显得十分不以为然，挥手说道："我早说过，如果真有这些事情，梁公公不会没有半点消息传来。"

柳攀安叹了口气，说道："你太信任梁公公了。"

上官婆婆不答，柳攀安似乎已放弃，不再与上官婆婆争辩，长叹一声，说道："好吧，各人生死各人了。婆婆，攀安告辞了！"说着大步出厅而去，呼唤轿夫，离开了上官家。

第七章

上官宝窟

楚瀚见上官家众人的注意力都集中在大厅门口，知道自己不能在此时离去，便留在屋檐上，静止不动，屏息不敢出声。

厅中静了一阵，但听上官婆婆说道："无影，无嫣，无边，你们怎么看？"

上官无影粗声答道："孙儿相信柳世叔是过虑了。"

上官婆婆点点头，又望向上官无边。上官无边显然完全没有留心方才的对话，只装模作样地点头道："我以为哥哥说得很是。"

上官婆婆望向上官无嫣，她仍旧轻松地吃着樱桃，懒洋洋地道："依我看，你们都高估了胡家的能耐。自胡星夜洗手后，胡家已是强弩之末，后继无力。我就不信胡星夜死前还有办法安排什么阴谋伎俩，也不信那小跛子有多大的本事，能让上官家和柳家担惊受怕成这样！"

上官婆婆轻哼一声，说道："只怕是你低估了胡家！无论如何，大家警醒些，有事没事，在这几日中，应当便会有分晓。"说着挂起拐杖，走入了内堂，上官家三兄妹随后也各自起身离去。

楚瀚并未移动身形，但见上官家仆人进厅来收拾杯盘，打扫熄灯，不多时大厅中便一片漆黑。他等人声寂静了，才溜下屋檐，筹思该如何离开上官大宅。此时没有柳攀安的轿子当作掩护，大门防守严密，不易从大门溜出，只能寻找边门或后门，或干脆翻过围墙出去，但上官家乃是飞贼世家，对防范飞贼自然大有心得，楚瀚探视了一圈，见围墙上都布有铁网倒刺一类，不易越过，便沿着围墙往大宅后进行去。

走出上百步，只见这上官大宅似乎比柳家大宅还要宽广，他直走了一炷香的时分，还没摸到大宅之后。他记忆力极好，将经过的来路记得清清楚楚，但他担心若不能及早寻路出去，赶回柳家，柳家一旦发现他失踪，必定会引起一场骚动。

他微微加快脚步，转过一个弯，但见面前出现一座高大的碉堡，夜色中看来似以花岗石砌成，十分宏伟壮观。他心中好奇："这却是什么所在？"

他静听四下无人，便悄悄走上前去，来到碉堡的大门之前，门上配有一锁，锁上套着九个铜圈，穿插着十多枝小竹篾子。楚瀚嘴角露出微笑，知道这是上官家最引以为傲的"九曲连环天罗地网锁"，自诩天下无人能解，却不知胡星夜老早发现了破解这锁的秘诀，并且将之详细教给了楚瀚。

楚瀚走上前，仔细观察那连环锁，凝视了约一盏茶的时间，便开怀地笑了。他伸出手，飞快地将左边数来第二枝竹篾穿过第三个铜锁，又将右边数来第四枝竹篾穿过第五个铜圈，如此拿起不同的竹篾穿的铜圈，连续十多次，最后将那九个铜圈排成了一直线，所有的竹篾一对对排在铜圈中

间，形成一幅特殊的图案。便在这时，但听喀啦一声，锁已解开，大门缓缓往内开去。楚瀚缓步走入，借着月光望见门边放着火折烛台，便悄悄关上大门，摸黑点起了烛台。

烛光一亮起，楚瀚抬头四望，不禁倒吸一口凉气。但见面前便是一座高约三丈的石碑，却是价值仅次于三绝之一汉武龙纹屏风的"唐太宗天可汗天威无疆碑"；旁边两尊古观音半跏坐彩漆木雕像，应是五代龙门石窟之物；四周更陈列了无数珍奇宝贝，在烛光下闪耀争辉。原来这里竟是上官家的藏宝窟！

楚瀚信步走去，浏览着一件件的珍品，但见每件物品前都以金匮盛放纸版，版上详书该物的名称、历史、来处、取者，取者有上官家、柳家和胡家的历代祖先和当代人物，其中有几件写着"胡至刚"和"胡至柔"，他知道那是胡星夜的父亲和叔父；也有七八件写着"上官多雪"，楚瀚知道那是上官婆婆的闺名，另有三五件写着胡星夜、柳攀安的名号。那对冰雪双刃也陈放在室中，纸版上写着"上官无嫣"，墨迹犹新。上官无影取回的"北宋定窑白瓷婴儿枕"和柳子俊取回的"唐代春雷琴"，则被陈列在隔壁较小的房室中，显然这两样事物在这藏宝窟中，只算是次品。

绕过一排的宝藏，但见后面另有一室，室中四面墙上挂满了字画，有宋神宗的瘦金体《小楷千字文》，有"天下第一行书"王羲之的《兰亭集序》，"天下第二行书"颜真卿的《祭侄文稿》，张旭的狂草《古诗四帖》，怀素的《自叙帖》，苏轼的《归安丘园帖》，更有大唐则天女皇"无字碑"拓本，及商君祭天饕餮纹大青铜鼎拓本等。

楚瀚这辈子从来没有见过这许多宝物聚集在一处，不禁深深受其吸引，举起烛台仔细阅读陈列在每件文物之前的纸版，只觉得每样事物都珍贵无比，有的蕴含着动人心魄的传奇故事，有的述说着历史人物的绝世奇才，有的见证着历代英雄帝皇的洪图霸业，喜怒悲欢，爱恨情仇。他一边观看，心中不禁升起一个念头：三家村的历代前辈并不只是寻常盗贼，而是极有品味、极有坚持、极有气度的人物。他们取的都不是寻常的金银珠宝，而是世间最最珍奇稀异之物，这些事物分处各地可能各自孤独，聚在一起却有如众星争耀，有着令人屏息的震撼。他第一次体认到：窃盗并非只是一门低下卑鄙的行业，而能有其尊严，有其格调，有其崇高的目的。

想到此处，忽听身后传来一声轻笑。楚瀚此刻正全神贯注地欣赏宝物，闻声不禁大吃一惊，手中烛台险些跌落在地。他迅速回身，只见一个婀娜的身形斜倚着"则天皇帝嵩山封禅神碑"，微笑着向自己凝视，正是上官无嫣。

楚瀚镇定下来，心知她若有心伤人，自己早已尸横就地了，但她既然未曾出手，看来并无恶意。他轻轻将烛台放下，开口说道："我从来没见过……见过这许多的宝物。"语音中情不自禁流露出真诚的赞叹。

上官无嫣一双秀美的杏眼直视着他，说道："这是你第一次来到这藏宝窟。"楚瀚点了点头。

上官无嫣款步走上前来，说道："三家村历代高手取得的宝物，全都藏在这儿。你舅舅往年所取的各样宝物，也都收藏在此地。"

她抬头望向一旁墙上一排四幅、黑底白字的拓本，楚瀚也顺着她眼光望去。上官无嫣道："你可知道这是什么？"

楚瀚见那拓本的字迹弯弯曲曲，似乎十分古老，却不知道是什么，便

摇了摇头。上官无嫣伸手轻抚拓本，脸上满是敬仰爱惜之意，说道："这是秦代'李斯碑'的拓本。这碑立于泰山顶峰的玉女池边，传说是丞相李斯奉秦始皇之命所刻。'李斯碑'四面环刻，三面为始皇诏，一面为二世诏，因此拓本共有四幅。你瞧，这字体乃是秦代小篆，遒劲清秀，乃是秦碑中的至宝。"

楚瀚上前仔细观察，虽然一个字也不认识，却也不禁对秦始皇当年一统天下、遣丞相上泰山之巅、立碑记功的壮举升起一股由衷的崇敬向往。

上官无嫣望着他脸上的神情，微微一笑，说道："没有来过此地的人，绝对无法了解三家村存在的意义。我们集中天下之宝，收藏于此，所为何来，你可知晓？"

楚瀚摇了摇头。

上官无嫣道："我们不是为了贪求，也不是为了私利，虽也取些金银钱财，但这些真正的绝世宝物，我们从不出售获利。三家村历代祖先取宝的唯一目的，就是将宝物从不知珍惜的人手中取来，让它们能够在此久久远远地保存下去，受到欣赏爱惜，珍藏保护。"

她说到此处，忽然轻叹一声，说道："你舅舅原本也明白这道理，甚至花尽心思为这宝窟增添补阙。但他后来因为一件事情，改变了想法，开始唾弃我们的所作所为，甚至决定洗手不干。"

楚瀚忍不住问道："那是什么事？"

上官无嫣摇了摇头，说道："你舅舅若没有告诉你，我此刻多说也是无用。"楚瀚心中好奇，却忍住没有再问下去。

上官无嫣来到他身前，她此时已有十七岁，比十一岁的楚瀚足足高了一个头，她低头望向这黝黑干瘦的小孩子，眼中闪着挑战的光芒，说道："刚才你倒挂在大厅檐下偷听，我早就发现了。"

楚瀚不禁一惊，他知道自己绝无发出任何声响，也没被人看见，实在想不出她是如何知晓的？

上官无嫣一笑，伸出手指，点点自己的鼻子，说道："我的嗅觉比一般人强。只要闻过一个人的味道，便一辈子不会忘记，远远就能闻到这人来了。我在厅中就闻到了你的气味，甚至闻出你是躲在西南角的屋檐下。"

楚瀚问道："那你为何没有说出？"上官无嫣道："因为三家村发生的事情，胡家的人也应当与闻。你却是如何想法？"楚瀚道："我不知道。舅舅走前，并未跟我说什么。"

上官无嫣点点头，在一张贵妃椅上坐下了，指着旁边一张檀木雕花龙床，说道："你坐。"

楚瀚猜想那贵妃椅和龙床多半都是价值连城的古董宝物，但见上官无嫣随意地坐在那贵妃椅上，便也在龙床上坐下了。

上官无嫣缓缓说道："我们三家的过去，都不见得十分光彩，也各有不可告人之处，但近年内变化甚剧，情势只有更加不堪。其中最甚者，莫过于柳攀安决定臣服于当世最炙手可热的万贵妃，替她办事。"

楚瀚问道："万贵妃是谁？"

上官无嫣见他不知万贵妃是何许人，也不惊讶，说道："她是当今皇帝最宠爱的妃子，但她的地位可不同于一般的嫔妃；她比皇帝大了十九岁，成化皇帝六岁时，太子之位曾一度被废，迁出东宫，移居京城王府，处境岌岌可危。当时太后派了一个亲信宫女跟在太子身边照顾、保护他，就是

这位宫女万氏。因此她对皇帝可说是亦姊亦母。后来皇帝登基了，她被封为贵妃，掌控后宫，她的两个兄弟也在外受封宰相，一家人权势滔天。"

楚瀚点了点头。

上官无嫣续道："柳家看准了万贵妃的权势连皇帝都对她敬畏三分，因此决定依附于她，通过太监梁芳，收了万贵妃赐的大笔银子，帮她观察京城内外，报告大小消息，并替她出手拿取各种奇珍异玩。龙目水晶便是其中之一。"

楚瀚渐渐明白了，恍然说道："柳攀安为何那么着紧龙目水晶的下落，原来是因为那是万贵妃想要的东西。"心下暗想："柳攀安不但没取到水晶，水晶更可能已被舅舅呈给了皇上。万贵妃得知后，想必极为恼怒。"

上官无嫣点头道："不错。还有更棘手的事儿。宫中另有一派势力，时时刻刻想扳倒万家，这些人若抓到任何把柄，得知万贵妃在外拥有一批替她搜罗宝物、探访消息的人手，去皇帝跟前告上一状，说不定便会令皇帝恼怒不快。万家为了避免嫌疑，想必会撇清关系，重惩手下，那么届时柳家和上官家就要倒大霉了。"

楚瀚问道："上官家也参与了吗？"

上官无嫣双眉竖起，恨恨地道："可不是！婆婆被柳攀安的一番胡话迷了心窍，听信了他，也开始替万贵妃办事。为了讨好万贵妃，她甚至将藏宝窟中的几样稀世珍宝送给了万贵妃。我极力反对，她却一意孤行。你取得的紫霞龙目水晶，若是能留在这藏宝窟中，可有多好！但胡星夜素知上官家和柳家出卖自家宝物的行径，料准他们若得到了龙目水晶，一定会立即呈送给万贵妃，自然不肯将之送来。哼，一件宝物若落在俗人的手中，还能有什么好下场？"

楚瀚抬头望向身周的宝物，伸手抚摸身下的龙床，心想："龙目水晶若能留在此处，确实是再适合不过。"

上官无嫣望着他的脸色，微微一笑，问道："你显然识字。你刚才将这些金版上的文字都读过了？"楚瀚道："读了一些。"上官无嫣道："这些宝物除了金版上书写的之外，还有无数的故事呢。好比你坐着的那张龙床，这是汉高祖初登基时，放在长乐宫中的第一张龙床。你瞧，木质是上好的黑檀木，看纹路应是远从南方运回的千年神木，四足为弯曲厚重的龟脚，这是汉代古床常见的造型；椅背雕刻了五条飞龙，拱着初升日轮。原本龙和日轮都涂有金漆，可惜已因日久而销蚀了。能将龙的形象雕刻得如此生动翔实的，只有汉代巨匠丁兰，但这事始终无法证实。我曾花了好几个月探究这龙床，才终于找到了他的署名。"

楚瀚大为好奇，忙问："在哪里？"上官无嫣甚是得意，说道："不如你找找看？"

楚瀚心想："你花了几个月才找到，我怎么可能立即便找着？"当下在龙床周围上下找了一圈，都未见到。

上官无嫣笑道："我告诉你吧，是在那日轮的背后。"楚瀚甚是惊奇，伸指节轻敲那椅背上的日轮，果然可以取下。他取下日轮，凑着烛台观看，果见正圆形背后分成四格，以篆书刻着"丁兰御制"四个图案般的文字。

上官无嫣道："这种文字书写之法，乃汉代独有，称为'瓦当文字'。瓦当原是建筑上常用的对象，用以遮挡两行板瓦筒之间的空隙，汉代瓦头上往往刻有文字作为装饰，书法不拘一格，烂漫天真，如图如画，只要瞧

这文字形态，便能确知这署名乃是真迹。当年取得这汉高祖龙床的，正是我的曾祖父上官少奇。他千里迢迢去到长安城外，在高祖长陵中的寝宫中寻得了这张床。"

楚瀚一怔，说道："寝宫？就是……就是坟墓吗？"上官无嫣点头道："不错，我曾祖父正是探墓的高手。"

楚瀚不禁惊叹，不断追问细节。之后的数个时辰中，上官无嫣向楚瀚一一述说藏宝窟中每件宝物的来由和故事，楚瀚只听得津津有味，流连忘返，直到天明。

上官无嫣见窗外透出微光，说道："你也该回去了。柳家人想必已知道你不见了，你打算如何？"

楚瀚想了一下，说道："我打算去村外舅舅的墓旁，让他们在那儿找到我。"上官无嫣一笑，说道："那也好。"她打了个呵欠，伸伸懒腰，转头望向楚瀚，眼中闪烁着光芒，说道："小子，你功夫虽然不坏，但你今日不是我的敌手，未来也不会是我的敌手。"

楚瀚并不在乎她的挑衅，只淡淡地道："走着瞧。"想起一事，又问道："你想柳家和上官家会有事吗？"

上官无嫣满不在乎地道："自从他们决定替万贵妃办事的那一刻起，祸根便已种下了，祸事迟早要来的，只是不知道会如何而来，何时而来。"

楚瀚心想："看来上官家中的女子皆较有才干，上官婆婆固然阴险厉害，上官无嫣也不遑多让。她那两个兄弟跟她相比，简直是草包。"问道："那这儿的宝物呢？"上官无嫣傲美的脸庞罩上了一层忧虑，轻叹道："尽人事，听天命。我也只能尽力而为罢了。"

楚瀚点了点头，说道："我去了。"推开大门，闪身出去，转眼消失在逐渐泛白的晨曦之中。

离开上官大宅后，楚瀚便施展飞技，奔出三家村，来到村外坟地，在舅舅的墓前坐下，到了午时，才被柳家派出的人找到。他也没有多说什么，只乖乖地跟着他们回到柳家。柳攀安问他为何半夜偷偷溜出去，他只道："我想去看看舅舅，怕你们不许，就自己去了。"柳攀安虽然疑心大起，却知道再问也问不出什么来，便罢了。

之后的一个月，村中平静无事。每当楚瀚独处房中时，便会回想起上官大宅藏宝室中的景象，想着每一件宝物的形状和故事。几日后，他再也忍耐不住，又在深夜潜回上官大宅，自己开了大门上的连环锁，在藏宝窟中流连观赏种种宝物，百看不厌，直到天色将明，才潜回柳家。

此后他每隔五六日便去藏宝窟一趟，柳家众人固然一无所知，上官家中除了上官无嫣外，也无人知晓。上官无嫣即使知道他来，却也并未说破，偶尔也会现身藏宝窟，两人静静地持着烛火，各自欣赏奇珍异宝。

第八章

骄女遭劫

　　这一夜楚瀚又潜入上官大宅，来到藏宝窟外。他见到门上的连环锁已被打开，心想上官无嫣大约在里面。他正要推门而入，此时夜深人静，四下无声，但不知为何，忽然感到一阵不祥，他在黑暗中凝神倾听，隐约感到地面震动，便伏身于地，将耳朵贴上地面，果然隐隐听见马蹄声响，吃了一惊："来者声势汹汹，不知是何人？"赶紧奔到前院大厅之外，藏身假山之后，观望情势。

　　此时上官大宅众人都已警觉，但见上官婆婆披衣赶到大厅之上，连声指挥家丁封锁大门，准备武器；众家丁操着棍棒刀剑，戒慎恐惧地守在大门之旁。楚瀚缩在假山后，静观上官家人如何迎敌。

　　过不多时，马蹄声便已来到上官家门口，一人在门外高声喊道："京旨到！上官多雪听令！"

　　上官婆婆一听是京旨，心中忐忑，一张猫脸极为苍白，犹豫半晌，才让家丁开了大门。门外站着一个身着锦衣的汉子，上官婆婆看出他穿的是锦衣卫的服饰，忙趋前行礼，脸上挤出个笑容，说道："大官人在上！老身上官多雪听令。不知大官人有什么指教？"

那锦衣汉子冷着脸，一挥手，身后数十名锦衣卫一涌而入，团团围在上官婆婆身边。锦衣汉子大剌剌地跨入大门，从怀中拿出一个卷轴打开了，说道："锦衣卫百户王大富，奉旨擒拿反贼上官多雪，以及上官家上下男女老少、仆妇奴役共五十一口，押解上京，下狱论罪。上官多雪，你最好乖乖听令，省得我多费手脚！"

上官婆婆似乎全没料到会有此一着，浑身发抖，呆了良久，才支支吾吾地道："老身……老身犯了何罪？梁公公……梁公公可知道此事？"

那王大富冷冷一笑，说道："这正是梁公公的意思！"说着将那卷轴递到上官婆婆眼前，又道："你自己看吧！"

上官婆婆低头望向那卷轴上的公文，眼珠飞快地移动，猫脸雪白如纸，站在当地浑身颤抖，似乎已被吓得不知所措。王大富嘿嘿一笑，收回卷轴，正要下令让手下上前擒拿，忽然眼前黑影一闪，接着脸上一阵剧痛，却是上官婆婆陡然挥出手中的狐头拐杖，正打中他的面门。这突如其来的一杖直打得他眼青脸肿，鼻血满面，王大富怒骂一声，双手掩面，连连后退，喝道："贼婆娘不知死……"一句话还没喝完，站在一旁的上官无影已飞身上前，一棍打上他后脑，将他打昏在地。

接下来便是一场混战：王大富的手下一涌而上，围攻上官婆婆和上官无影等人，上官家的家丁武师也群起而攻，与众锦衣卫厮打起来。楚瀚躲在暗中观望，皱起眉头，看出来人人数众多，武功高强，上官家虽擅长飞技取技，却不曾习练杀人伤人的武功，绝不可能占到上风。

他见上官无嫣并不在混战之中，心中一动，快步奔回藏宝窟，却见连环锁跌落在地，大门虚掩，他跨进去一看，不由得呆在当地。只见里面只剩下一间空室，所有的古董宝物，连同金匮纸版、柜架座台尽皆消失无踪。他微一凝思，已猜知这必是上官无嫣做的手脚。她多半老早设计好了机关，能在短时间内将所有宝物都转移地方，很可能便藏在这藏宝室的地底之下。她大约料知锦衣卫就将到来，已早一步着手搬运，将宝物尽数藏了起来。

楚瀚松了一口气，但听打斗声愈来愈近，他不愿涉入混战，连忙奔出藏宝窟，一跃上树，隐身于茂密的枝叶当中。来人彼此呼喊，传递消息："老贼婆娘逃走了！快追！""大个子受了重伤，半死不活，已然就擒！""上官家小贼也逃跑了！女的还没找到。""在这里了，小娘皮在这里！"

楚瀚凝神倾听，果然听见上官无嫣的怒斥之声，猜想她多半已被众锦衣卫围住，难以脱身。他虽未见识过上官家人的武功，但知道三家村中人擅长的是飞技取技、出入房室不留痕迹等技巧，武功却不见长，真打实斗更难占上风。过不多时，人声渐静，打斗显然已告一段落。他听得锦衣卫中有人发号施令道："大家四下搜索！听说这家子金银宝贝堆积如山，主子下令一件也不能少，全数装箱封存，运回宫去！"

接着便有锦衣卫奔入各间房室搜索，翻箱倒柜，乒乒乓乓之声大作，一阵纷乱。过了一盏茶时分，忽然有人欢呼道："有了，有了！"

楚瀚心中一紧，侧耳倾听，听出声音来处并不是藏宝窟，而是在大宅后进的另一间房室。他松了一口气，知道他们多半找到了上官家寻常的钱

第八章　骄女遭劫

库，里面大约放有不少钱财和金银珠宝。楚瀚听他们搜索不绝，不禁暗暗担忧："他们会找到藏宝窟中的那些珍稀宝贝吗？"又想："如果将宝物藏起的是上官无嫣，凭着她的机巧聪明、谨慎细腻，那些宝物应当不会那么容易便被锦衣卫搜出。"

他知道自己待在这儿不但无济于事，更可能陷身于危，不敢多待，当下找个机会，悄悄跃过围墙，快步奔回柳家，从惯常出入的边门窜了进去。

此时柳家众人早已得知锦衣卫到上官家抄家的消息，家中灯火通明，众家丁仆妇全守在堂口听命，大门紧闭，只派遣几个机灵的家丁从侧门出入，打探消息。

楚瀚来到柳家大堂外，但见柳攀安端坐堂上，正听取家丁的报告，柳子俊侍立一旁。柳家家规森严，当此情境，若在平时，楚瀚绝不敢擅自闯入大堂，但今夜情势紧急诡异，楚瀚极想知道柳家的反应，便径自步入大堂，在一旁的椅子上坐下了。柳攀安只望了他一眼，并未赶他出去，也没有命家丁停止报讯。

楚瀚便坐在当地，倾听柳家的家丁轮流来报："锦衣卫来了五十多人，功夫都不弱。上官家的家丁武师死的死，伤的伤，无一幸免。""上官婆婆逃走了。上官无边在混乱中不知下落。""上官无影受了重伤，奄奄一息。""上官无嫣被捉住了。""听说找到了许多金银珠宝，但藏宝窟的重宝都未找到。""他们将珠宝装箱封住，放上车去了。""上官无嫣被绑起，准备押送回京。"

柳攀安和柳子俊肃然而听，默不作声。楚瀚看在眼中，心中愈来愈确

定：柳家是决意置身事外了，说不定这场灾难根本就是柳家一手主导的！他不禁感到一阵心寒，吸了一口气，站起身走到柳攀安面前，问道："柳大爷，这是怎么回事？"

柳攀安摇了摇头，脸色变幻不定，沉默良久，才叹了口长气，说道："过去几年来，上官家一心攀附权贵，翻云覆雨，作恶多端，不论我如何劝说，他们都听不进去，才会有今日的下场！"

楚瀚凝望着他，问道："柳大爷，那么你打算如何？"

柳攀安继续摇头，嘴角却流露出一抹难以掩藏的快意。他连忙低下头咳嗽几声，再抬头时已换上了悲凄无奈的神情，长叹道："谁能与皇室和锦衣卫作对呢？我也无能为力啊。要是早一些时候，或许还能帮上一点儿忙，但事到如今，要做什么都已经太迟了。"

楚瀚默然。只听这几句话，他心中便已雪亮，昨夜的事情柳攀安事先是知道的，更有可能是他为了保住柳家而去告密，让太监梁芳派锦衣卫来捉拿上官家人，搜刮上官家的财宝，以此邀功抵罪。他为何要这么做？仅是为了自保，还是为了夺取藏宝窟中的稀世珍奇？楚瀚不得而知，心中对柳家生起一股难以言喻的鄙夷厌恶，寻思："柳家不动声色，便整得上官一家死的死，逃的逃，擒的擒。上官家众人往年再霸道恶劣，也比不过柳家的阴险狡诈。"

此时已过五更，天色渐渐亮起，四下鸟啭声响，又是新的一天开始了，世间一切似乎全无改变，然而三家村中势力庞大、不可一世的上官一家，却在前一夜中家破人亡，烟消云散。楚瀚想到此处，心中激动，握紧拳头，下定决心："这地方不能再待下去。我得去看看上官无嫣的情况如何，她若真被锦衣卫捉去了，我得想法救她出来。"心意已决，对柳攀安说道："柳大爷，我去了。"

柳家众人只觉眼前一花，楚瀚的身形已闪出大堂，快捷无伦地跃墙而出，消失在晨曦中。柳攀安见状脸色霎白，他早猜知这小童飞技过人，却没料到楚瀚的飞技已惊世骇俗到此地步，不但远在自己之上，自己甚至无法摸清他闪身离去的时机，似乎一眨眼间楚瀚便已消失无踪，如光如电，如影如风。他忍不住喃喃说道："楔子还没取出，他便已练成如此，未来又将如何？"

柳子俊在旁望着，眼中闪烁着诧异之色，但更多的是垂涎欲滴的艳羡和奇货可居的惊喜。

楚瀚来到上官大宅外，这时天色已然大明，众锦衣卫装了十大车的金银珠宝，押着被绑缚住的上官无嫣和十多名家丁仆妇，准备上路。楚瀚往大宅门内望了一眼，心中好奇：上官无嫣在仓促之间，究竟将藏宝窟中的宝物藏去了何处？是否真如自己猜想，转入了地底下的密室？他极想去一探究竟，但知道众锦衣卫仍在宅中，眼下时机未到，不便详查，心想："还是先救出上官无嫣要紧。"当下轻轻一纵，跃上了屋顶，悄悄伏在屋顶观察，直到一众锦衣卫离开上官大宅，出了三家村，才在后缓缓跟上。

他四年前曾跟随胡星夜从京城来到三家村，只记得当时走了约莫五六天的路程，此时他跟在众锦衣卫之后，盘算对方共有五十来人，个个武功不弱，自己绝不可能强夺救人，只能暗中下手，最好能在入京途中的五六日间伺机动手，免得入京后更添变数。他在胡星夜的教导下，已练就极大的耐心，不到时机绝不出手，没有把握更不犯险。

一路上，众锦衣卫护送着十车从上官家抄来的大量金银财宝，不免生起觊觎之心，在首领王大富的带头下，公然监守自盗，东摸西拐去了不少好东西，甚至将一整车的财宝都瓜分吞没。他们对上官无嫣的姿色也颇为垂涎，但她毕竟是钦犯，又擅长轻功，众锦衣卫倒也不敢真的解开她的绑缚，但对她言辞侮辱、趁机揩油没少了。

这日众锦衣卫收到命令，分了二十余人往西去办别的差事，只剩下三十余人押送钦犯入京。楚瀚暗暗高兴，但仍不敢掉以轻心，不愿贸然出手。

不一日，一行人将要入京，楚瀚一直找不到机会出手救人，心中略感焦躁，担忧入京后便更难将人救出。此时他已确定上官家和柳家都已放弃，并未派人出来搭救上官无嫣，她是注定要做替罪羔羊的了，更下定决心要救她出来。

他多日来不断观察众锦衣卫，心中已拟好一套劫囚的计策。入京之前他找不到机会，只好等到进京后再下手。进京之后，那三十多名锦衣卫登时松懈了，一半先行散去，准备各自回家望望，再去官府述职；余下的十余人心想钦犯已送到天子脚下，城门周围布置了上百名士兵，那是绝不可能再出事的了，便决定在城墙内守卫房边的茶馆歇息整顿，再启程回往锦衣卫衙门。

这茶馆专门接待出入城门的公差，地方不小，馆里坐着好几桌人，有六部各司的差办衙役，也有京城侍卫、军官士兵，角落的一桌坐着一个白面无须的年轻男子，一个小孩儿，两人都身穿棉袍灰裳，脚蹬红色靴子。楚瀚曾为了偷阅《永乐大典》而潜入南京皇宫的藏书阁，在南京皇宫中见过一些宦官，看出这两人穿着的正是宦官的服色。

这时茶馆中的城门守卫和一众客人见到一群锦衣卫大驾光临，都纷纷上来行礼问候，恭维奉承，着实巴结，只有那大小两个宦官仍旧坐在角落，并不来凑热闹。

那锦衣卫首领王大富脸上被上官婆婆那一拐杖打得甚重，整个头都包上了纱布，此时不禁又喃喃咒骂起来，伸腿踢了被五花大绑、关在囚车中的上官无嫣一脚，怒骂道："上官家的小娘皮，你家那老虔婆不知好歹，竟敢对本大爷撒泼！如今进了京，将你打入厂狱，老子定要给你点颜色瞧瞧！"

其余众锦衣卫和城门官兵听他提起厂狱，都被挑起了兴致，纷纷说起厂狱中种种著名的酷刑，什么木棍掐指、穿琵琶骨、浸水灌水、倒吊鞭笞、炮烙铁烫，花样繁多，任哪一种都能将囚犯整得求生不能，求死不得，什么十恶不赦、抄家灭门的大罪全都招认不讳。众人一边说着，一边侧眼去瞧上官无嫣，指点取笑，讨论该用哪几种刑罚伺候这小娘皮最为适当。

上官无嫣已不复昔日傲气，头发散乱肮脏，衣衫褴褛污秽，低头缩在囚车之中，身子簌簌发抖。楚瀚一连跟了她许多天，仔细观察下，看出她应未受重伤，若是离开囚车枷锁，应能自行逃脱。这时有许多百姓孩童围上来观看钦犯，绕在囚车旁议论纷纷，楚瀚也随着众人挤到囚车之前，见上官无嫣将头靠在枷上，双目紧闭。楚瀚凑近栅栏，低声说

道："无字碑。"

上官无嫣听到这三个字，身子一震，立即睁开眼睛，微微抬头，往声音来处望去，正见到楚瀚黑亮的眼睛在一顶棉帽之下闪烁着，伸出一只手指按在唇上，示意她不要出声。上官无嫣又惊又喜，口唇微张，却忍住了没有出声。楚瀚低声道："无刻，扯乎。"弯起一只手指，放在颏下。

上官无嫣怔了怔，随即眨了两下右眼，又低下头去，楚瀚也转身离去。他刚才说的乃是盗贼之间的黑话；三家村的孩子从五六岁起，便对种种黑话熟背如流，彼此间往往以黑话对答。楚瀚这两句话的意思是："三刻钟后，我会设法救你出来，你自行逃脱。"放在下颏的手指则询问她有否受伤。上官无嫣自然一听一看就懂，眨两下右眼便表示："可以。一切照计进行。"

楚瀚绕到茶馆之后的马厩，趁马夫们出去抽水烟时，悄悄溜进马厩，将马匹的缰绳一一松开。他在其中一匹性子特别暴躁的马儿耳朵里塞入了一根线香，点燃之后，便转到茶馆之前。他混在其他街头儿童小厮当中，蹲在茶馆外对一众锦衣卫和囚车中的女钦犯东张西望，指指点点。不多时，茶馆后果然传出马嘶人喊之声，楚瀚趁乱大声喊道："有人偷马，有人偷马哪！"

王大富大惊失色，又急又怒，立即起身往茶馆后奔去，对手下大喝道："还呆着做什么？快去抓偷马贼哪！"茶馆中的一众差办衙役、京城侍卫为了讨好他全数离座，跟着往后奔去。

原来楚瀚在跟踪众锦衣卫的数日间，偷听见众人对话，探知这王大富不久前才以重金买下了一匹金花轻蹄宝马，疼爱非常，因这回出来办的事情容易，特别骑了这宝马出来炫耀。这时王大富听到有人偷马，果然立即将钦犯置诸脑后，一心只顾着保护爱马，冲到后面去抓偷马贼了。

楚瀚见十多个锦衣卫和茶客都已涌出茶馆，往馆后的马厩奔去，只有角落那两个宦官仍旧坐着没动，也没有转头张望。他知道现在正是下手的最好时机，趁着混乱之际，欺近囚车，掏出小刀割断了囚车门上的皮索，又取出前一夜从王大富身上偷来的钥匙，打开了上官无嫣头上的枷锁，将她拉出囚车。

楚瀚在众目睽睽之下救出囚犯，旁观百姓和闲人竟都鸦雀无声，无人干预拦阻，也无人出声叫破。显然锦衣卫近年来到处罗织罪名、冤枉无辜，声名狼藉，积累的民怨极深，因此没人确信牢车中这年轻女钦犯当真犯了什么罪，见到有人出手相救，也都觉得理所当然。

不巧这时有个一心升官发财的小兵在旁见到了，登时大呼小叫起来："钦犯逃跑了，钦犯逃跑了！"

众锦衣卫听见呼唤，这才纷纷奔回茶馆探视，但此时上官无嫣早已如烟一般飘上屋檐，转眼便消失无踪了，楚瀚也早已没入人群。那小官兵一腔忠君报国的热血，竟然盯住了出手救人的楚瀚，穿过人群，冲上前拽住了楚瀚的衣袖，叫道："钦犯是这小子放走的！"

楚瀚用力一挣，挣脱了那小兵的手，头也不回地奔逃而去。几个锦衣卫趁着他被那小兵一扯之际，看清了他的面貌衣衫，当即纵马狂追而上。

第九章

纵囚自危

　　楚瀚原本打算救出人之后，便趁乱钻入人群溜走，没想到受那小兵一阻，逃脱便大大不易。他慌不择路，快步奔出了城门，来到一条土道之上。但听身后马蹄声愈来愈响，七八骑已越过他身边，回过头将他截住，其余七八骑也从两旁和后面兜上，将他团团围住。楚瀚在一众锦衣卫纵马围绕之下，无法逃出，但见众锦衣卫纷纷拔出刀剑，向他攻来，只能施展飞技，在方圆不过一丈处逃避闪躲，身法灵活出奇，十多样兵刃竟全招呼不到他身上。

　　众锦衣卫又惊又恼，纷纷喝骂呼喊，出手也愈来愈重。楚瀚虽能施展飞技尽量躲避，但心中已不断叫苦，知道自己在这么多人围攻之下，所在之地又空旷开阔，无处可逃窜躲避，情势糟糕已极。

　　如此挺了一阵，一个锦衣卫挥出一条长鞭，卷上了他的脖子。楚瀚赶紧伸手去扯，一时却扯之不开，接着背后一阵剧痛，一人不知是用锤子还是棍棒在他背后重重一击。楚瀚往前扑倒在地，另一人纵马向他身上踹去，眼见马蹄就将踩上自己的胸口，楚瀚危急中奋力一滚，避开了这一踩，却觉左腿一股剧痛，马蹄竟落在他的左膝之上。楚瀚痛极，大叫一声，只能抱着头，将身子缩成一团，在地上滚避逃窜，只觉腿上、头上、背后处处都痛，不知都被些什么兵器给打中。

忽听那锦衣卫首领王大富喝道："大家停手！别伤了小子性命。我们得带他回去，好好拷问。"

众人停下手来，楚瀚喘了口气，偷眼往旁望去，见到土道旁有道高约两丈的河堤，他趁众锦衣卫停手退开之际，鼓起最后一口气，忍着全身疼痛，陡然拔高跃起，跳到了河堤之上。但见堤后便是一道倾斜而下的坡道，坡道底部便是滔滔滚滚的河水。众锦衣卫不料这小童重伤之下还能跳得这么高，竟一跃上了堤防，各自仰头大声叫骂，纷纷寻路攀上堤防。

楚瀚知道他们很快便会找到路径，攀上堤防来捉拿自己，一咬牙，侧身便往坡道滚下。他感到自己愈滚愈快，滚出了约莫十多丈，将近水边，他见到水边有座石墩，赶紧伸手抱住，阻住了滚下的力道，才没一路滚入水中。此时他一阵头昏眼花，全身骨头如要散掉一般，勉力往前爬出数尺，躲在那石墩之后。

但听锦衣卫大呼小叫，有几人已然攀上了堤防，往下张望。楚瀚缩在石墩后面，从堤岸上无法见到他的身形。众锦衣卫虽然极想捉住此人，却知道一旦落下这河岸斜坡，便再难爬得上来。众人商讨一阵，便索罢了，纷纷跳下了堤防。但听那王大富咒骂几句，说道："小子想必已滚入河中淹死了。他妈的，这群前来劫囚的匪徒凶恶无比，一来便来了五十多人，我

神偷天下 ❶ 跛脚小丐

等一场血战，仍不敌对方人多势众，个个负伤，也算对皇上尽忠了。大家伤在何处？"

众锦衣卫自然熟知这套把戏，纷纷称是，各自在身上腿上不要紧处浅浅割上一刀，包扎起来，才一边咒骂，一边纵马回向城门。

楚瀚喘了好几口气，感到胸口疼痛，知道大约是滚下坡时撞断了几根肋骨，但更痛的是左膝，膝盖似乎已然碎裂，整条小腿毫无知觉。他躺在地上，每吸一口气，胸口就是一阵刺痛，眼前望出去尽是一片暗红，想是脸上的血迹遮住了眼睛。他怀疑自己的性命能否保住，想起这一切都起于相救上官无嫣，不禁暗生疑悔："我出手救她，几乎赔上了自己的命，可值得吗？"又想："凭她的本事，应能逃脱出去。她定会回到三家村，确定宝物完整无缺，并设法将它们全数运出藏好。"

想到此处，他轻轻吐了一口气，暗想："就凭她对藏宝窟中宝物的钟爱，我救她就是值得了。不知她究竟将宝物藏去了何处？又打算将宝物搬运去何处？"

他感到身上诸多伤口处处火辣辣地作痛，再也无法多想这些身外之事，只能静静躺着，希望休息一阵子，稍稍恢复元气后，便能爬到河边，喝点水，开始包扎伤口。但他知道自己的气力不多，身上不知有多少伤口仍在流血，这么不断地流血下去，不要几刻钟自己便会昏迷过去，以至死亡。他幼年时几乎每日都在饥饿中挣扎，知道几近饿死的感受，如今又经历了濒临重伤而死的感受。

他苦苦一笑，知道自己无父无母，舅舅胡星夜也已死去，天地之间便只有他孤伶伶的一个人，死活都得靠自己。他想到此处，奋力撑起身，一寸一寸地往河水边爬去，不过七八步的距离，他好似爬了一整日才爬到。终于到了水边，他将头放入河水，让激流冲过自己的头脸面颊，感到一阵冰凉刺痛，头脑似乎清醒了些。他甩了甩头，勉力撑起身来，抹去脸上血水，开始查看身上各处伤口。

他发现背后被打了一锤，伤口仍流着血，左边肋骨断了两三根，右大腿受了刀伤，大约三寸长，血已凝结；然而最严重的，他也最不敢去看的，自是他的左膝。这膝盖本被打坏过，又嵌入了楔子，十分脆弱，如今这般痛法，这膝盖不废掉也是不可能的了。他低头望向左腿膝盖，但见该处一团血肉模糊，方才马蹄那一踩，显然已重重地伤了筋骨。他咬着牙，用力撕下衣衫，将身上各处伤口包扎起来，却始终不敢去碰触膝盖。他包好之后，身上各处伤口虽仍如火烧一般地疼痛，但至少已止了血。他躺倒在地，缓缓喘息，勉强安慰自己："我若能活下去，就已经很好了，只废了一条腿，已是不幸中的大幸。"

他躺在当地，忽然感到一阵头昏眼花，意识逐渐不清，心中有个声音道："活下去？你可想得太美了。已经太迟啦。你流血太多，终究要死在这河边了！"他感到一阵难以言喻的绝望，伸出手想抓住什么，却只抓到一片虚空，眼前一阵空白，神智陷入昏迷。

恍惚之中，他感到似乎有人将自己抱了起来，但他无论如何也睁不开眼睛，只觉自己的身子一忽儿高，一忽儿低，不断摇晃，彷佛被人抱着飞奔，又彷佛在大浪中的小船上摆荡，最后他感到自己停了下来，再次躺在坚硬寒冷的地面上，迷迷糊糊中，他隐约听到不远处有

人在交谈：

"张太医，圣上龙体如何？"

另一人回答道："自您上回诊视后，头晕目眩的情况已不再有了，夜间睡眠也好得多。"

"药服得如何？"

"很好，服后血气平稳，脉象温和。"

"那就好。我只担心……咦？"

"怎么了，扬大夫？"

"我闻到血腥味儿。"

"血腥味儿？"

"好像有人在外边。我去看看。"

一片迷茫之中，楚瀚感到这段对话与自己毫无关系，望出去只有一片无止尽的漆黑，再次昏过去之前，眼前似乎浮现了上官大宅藏宝窟中光亮耀目的种种异宝。

楚瀚发觉自己深陷泥沼，奋力挣扎，却无论如何都爬不出来，挣扎了不知多久，他才一惊醒来，发现原来那只是个梦。但即使清醒过来，他仍感到全身无法动弹，只有眼睛能勉强睁开。睁开眼后，却只见到一片漆黑，他第一个念头便是："我已经死了，被人埋了起来。"随即又想："我若死了，又怎能睁开眼睛？难道别人误以为我已死了，将我活埋？"

他想到此处，不禁毛骨悚然，赶紧试图移动手脚，却觉得自己的手和脚似乎全都没了，完全无法使唤。他心中更加恐惧，暗想："难道我得在这土中再死一次？"

他喘了几口气，冷静下来，心想："或许我只是躺了太久，手脚麻痹，过一阵子就能动，可以想办法爬出地底，重见光明。"

但镇静了没多久，随即又恐慌起来："如果我被埋得很深，爬不出去呢？如果我必须在此慢慢等死，还不如快快死去来得痛快！早先在那河边，虽然全身疼痛，但至少不必受这慢慢等死的煎熬！"

想到此处，他忽然注意到一件十分奇怪的事：身上的伤口都已经不痛了。背部、肋骨、右腿，甚至左膝，不但不痛，而且毫无知觉。

他不禁再度感到惊恐，这是怎么回事？难道我的身体四肢都已经没了？他努力睁大眼睛，但眼前仍是一片无情的漆黑。

便在此时，他耳中听见一个声音说道："你醒了？"声音离自己不过数尺。

楚瀚一直认定自己被埋在土中，全没料到身边竟会有人，而这人还会说话，不禁吓了一大跳，脑中出现一个可笑的情景：另一个濒死之人也跟自己一样被误埋在土中，比他先醒觉，见他醒了，便开始跟他聊天攀谈，两人互相安慰，一起在土中等死。

但这荒谬的念头很快便过去，他开始醒悟到自己并未被埋在土中，但仍不知道身在何处。他感到有什么事物碰触嘴唇，往他口中灌入一些汁液，尝尝觉得有些苦，似乎是汤药一类。他正感到口渴，也顾不得苦，便大口喝下了。

那人又开口了，语音似乎甚是欣慰，说道："很好，很好！好孩子，乖乖吃药，很快就会好起来。"

楚瀚听那声音是个男子，似乎甚是年轻，口气中对自己十分友善关怀，略略安心。他再次努力睁大眼去瞧，感觉眼前有些黑影在晃动，似乎眼前盖了一块厚布，布后微微透出些许光线，隐约能见到有个人影在自己面前晃动，便开口说道："多谢。"

那人影止住不动，似乎十分惊讶这濒死之人开口的第一句话竟然是感谢之辞，回答道："不用客气。孩子，你听得见吗？"

楚瀚答道："听得见。"那人又问："你看得见吗？"楚瀚道："看不见。"那人啊了一声，靠近前来，伸手揭开他眼上的纱布，说道："对不住。我替你包扎额头上的伤口，没留意纱布遮住了你的眼睛。"

楚瀚眼前一亮，出现在自己面前的是一张清俊的脸庞，是个二十来岁的青年，眼神温润，却是从未见过。

那青年微笑道："我还道你不会醒来了。孩子，你身上感觉如何？"

楚瀚道："毫无知觉。"青年点点头，说道："你昏迷了二十多日，四肢血路不畅，那是自然的。你试试动动手脚？"

楚瀚试着运动右手臂，过了许久，只觉整条手臂酸麻刺痛，直到费尽了全身力气，才将右手的两根手指抬起了半寸。

那青年笑道："很好，很好。不要急，你既然醒了，往后应会恢复得更加快些。安心多睡一会儿，嗯？"说着便收拾药碗，离开了床前。

楚瀚确知自己没有被埋在土里，手脚也还连在身上，长长吁了一口气。但觉全身伤口的疼痛又慢慢地回来了，但都是隐隐作痛，没有在河边时痛得那么剧烈难忍，唯有左膝仍旧毫无知觉。他心头一凉："或许膝盖伤得太重，整条腿都没了。"但想到自己能够活下来，已是大幸，便也释然。

之后数日，那青年每隔几个时辰便来喂他服药，替他检查伤口，换药包扎。楚瀚偶尔清醒过来，大多时间都在昏睡中度过。又过了许多天，他清醒的时候渐渐多了，慢慢可以坐起身来。这日那青年又来替他换药，他便问道："救命恩人，请问您贵姓大名？"

那青年道："我姓扬，名叫钟山。"

楚瀚一呆，脱口说道："您就是扬钟山？"

扬钟山道："正是。你便是楚瀚吧？"楚瀚又是一呆，问道："您怎么知道？"扬钟山道："我原本也不知道，是见了你膝盖中的楔子才知道的。"

楚瀚心中激动，想起舅舅临行前的话语，问道："扬大夫，我舅舅胡星夜曾来找过您，是吗？"扬钟山点头道："是的。去年年中，胡先生曾来京城找我，跟我提起了你的事情。他预先给了我一笔医药费，托我在一年后替你取出膝盖中的楔子。我正想着一年将至，你或许就将来找我，却绝没想到你会全身是伤，突然出现在我家里。"

楚瀚大感奇怪，说道："我……我出现在您家里？"

扬钟山道："正是。一个多月前，我正在书房中跟人谈话，忽然闻到血腥味儿，出去一看，便见到你满身鲜血，躺在我书房外。我见你伤得严重，赶紧将你抬进屋来救治，幸好一条命是保住了。之后见到你膝盖中的楔子，才想起你可能就是胡先生曾提起过的孩子。"

楚瀚心下疑惑："我在京城受锦衣卫围攻，只记得最后滚到河边，在石墩旁昏了过去，却是谁将我送到扬大夫家的？"他当时昏迷过去，毫无记

忆，问道："我当时身受重伤，昏了过去，应是别人将我抬来这儿的。大夫可见到了将我送来的人？"

扬钟山摇摇头，说道："我没见到人。送你来的不是你舅舅吗？"楚瀚低声道："我舅舅已在几个月前去世了。"

扬钟山略感惊讶，却也没有多问，只皱起眉头，语气中不乏怒意，说道："你当时的伤势……唉！我却不曾想到，竟有人会对一个孩子下这等毒手！"他说话一向温和平静，这两句话已是最严厉的指责了。

楚瀚想起锦衣卫来三家村捉人抄家，上官无嫣被押解入京，自己受锦衣卫围攻的前后，感到自己不应将扬钟山卷入这些险恶的纷争，便静默不语。

扬钟山也不追问，只道："你安心在我这儿养伤便是。你年纪小，身上的伤口好得快，不必担心。"

楚瀚再也忍耐不住，开口问道："扬大夫，我的左腿……"

扬钟山摇了摇头，神色黯然，楚瀚只觉一颗心直往下沉。但听扬钟山叹道："你们胡家练功的方法，未免太过残忍，竟想得到在小孩儿的膝盖中塞入楔子！唉，谁忍心对小孩儿做出这种事？小小年纪，就得忍受五六年跛腿的日子，期间一个不小心，这腿就要废了，只有少数极幸运的孩子能够安然取出楔子。就算日后练成了绝世轻功，这牺牲可值得吗？"

楚瀚听他言语，颇有怪责舅舅的意味，忍不住为舅舅辩护道："我这腿原本便受伤了，舅舅是为了替我治伤，才将楔子放进去的。"

扬钟山摇摇头，说道："我不是指责你舅舅。这法门不是他发明的，他自己幼年时也曾受过同样的痛苦。他告诉我，他的亲弟弟就是在膝盖嵌入楔子的几年中出了事，从此成为跛子，忧愤交集，很年轻便去世了。你舅舅极有勇气决断，才决定到此为止，不将同样的痛苦加诸在胡家子弟身上。至于你，我知道你的情况，你舅舅都跟我说了。我只是不赞同这练功的手段，并未有怪责你舅舅之意。"

楚瀚叹了口气，说道："然而我舅舅的一番心血，终究是白费了，我这腿以后自是再也不能用的了。"

扬钟山听了，脸上露出复杂之色，叹了口气，沉吟一阵，才缓缓说道："你膝盖中的楔子，我已替你取出来了。虽然早了些，但你受伤太重，再也无法承受让楔子继续嵌在膝骨之中。"

楚瀚低下头，说道："多谢大夫。"扬钟山又道："你这膝盖确实伤得很重，我替你敷上了扬家的独门伤药'雾灵续骨膏'，三个月内不能动它。过了三个月后，能恢复到何种程度，我也没有把握。"楚瀚点头道："多谢大夫尽力，小子心中感激不尽。"

便在此时，楚瀚忽然直觉感到窗外有人在偷听，他立即回头定睛望去，隐约见到人影一闪，便即消失无踪。扬钟山问道："怎的？"楚瀚迟疑道："刚才外面好像有人？"

扬钟山并未察觉，走到窗边探头望了一下，说道："大约是我家小厮经过吧。"楚瀚却感到一阵毛骨悚然，心知如果刚才真的有人在外偷听，这人的轻功想必出神入化，高明已极。那会是谁？

第十章

青年医神

　　之后楚瀚便在扬钟山家养伤。十多日后，他身上的各个伤口和左腿都好了许多，已可下床撑着拐杖走动，他便常常跟着扬家的小厮们在厅外伺候，聆听扬钟山与其他医者谈论种种治病救伤之法，尽管许多医药术语楚瀚都听不明白，却也听得津津有味。

　　他从扬家仆人口中得知，扬钟山的先父扬威堂往年曾是御药房御医之长，医术精湛，名望很高。他将一身的绝学都传给了独子扬钟山，因此扬钟山不过二十四五岁年纪，医术却已名传遐迩，广受各方医者敬重，不时有宫中太医或其他京城和外地医者造访扬家，向他请教各种疑难杂症的医治之方，探讨草药针灸之术，执礼甚恭。

　　扬钟山是个衣食无忧的世家子弟，素来受到父亲的保护照顾，自幼便专注于钻研医术，对世务却一窍不通，很有点儿呆气。楚瀚年纪比他小了十多岁，但是吃过的苦头，见过的世面，觑过的人心，却比他要多得多。他在扬家走动不过数日，就已看出这地方的种种不对劲儿。扬家这座宅子位于京城城南，占地甚广，但许多房室却破败肮脏，乏人打理；仆从虽多，大多却游手好闲，好吃懒做。自从老爷扬威堂去世后，更有不少仆从欺负少主人不谙家务，偷偷卷走家中值钱的银器古董，拿去变卖，中饱私囊，又看准了少主人天真纯朴，留在扬家什么活儿都不做，只管混一口饭吃。

然而欺负他善良的不只是家中仆人，还有其他的不肖医者。每当他们来向扬钟山请教时，他总是毫不藏私，有问必答，将父亲传下的种种秘方和针灸之术倾囊相告，甚至殚精竭虑，替问者推想病因以及医治之法。那些医者往往在得到他的指点后，一出门便立即以高价转卖药方，或是收取病家高额诊金，从中大赚一笔。

扬钟山的热心无私，也成了病家占便宜的隙子。每当有病家来求他治病时，他总是兢兢业业，全心全意地诊断施治，只求替病家医治好病痛，不求回报，乐在其中；而有些病家竟也不识好歹，赖在扬家住着不走，甚至不断向他索讨昂贵的药物和珍稀的补品，扬钟山却有求必应，从不拒绝。

在仆人、医者和病家的交相剥削利用下，扬家就算有再庞大的家产，这么任人偷窃、浪费挥霍下去，也定会坐吃山空，何况扬钟山替人诊病从不收诊金，还常常贴钱替病人买药，家财有出无入。

楚瀚暗暗替扬钟山担心，但扬钟山却浑然不觉。由于楚瀚自己在扬家也是个白吃白喝、白住白诊的病家，受惠于扬钟山的慷慨，因此也不好多说什么，然而他对扬钟山的轻视钱财，甚是感动敬佩，心想："我以后若有了很多钱，也该像扬大夫这样，散尽家财，帮助有需要的人。就算被人利

用、讥笑，也是可敬可佩。"

有一回，他在扬钟山的许可下，进入他的书房阅读书籍，见到扬威堂手写的一部《金针秘艺》。他不懂医学，细看之下，才发现这不是医书，却是一部专讲发针点穴的武学秘籍。他向扬钟山问起，扬钟山道："这书吗？我往年曾跟着先父学过一些，不过是从远处掷出金针，刺上人的穴道，没有很大的意思。"说着从怀中掏出三枚金针，往书房另一头的铜人一扬手，只见金光闪处，三枚金针端端正正地插在铜人印堂、膻中和气海三穴之上。

楚瀚只看得目瞪口呆。扬钟山却不觉得有何了不起，摆手道："先父一生行医济世，但为了防身，才研习少许武艺。武艺对我们扬家来说，原是末流。"他兴致冲冲地从书架上取下十多本医书，对楚瀚道："要说珍贵医书，这几部古本药方，和先父数十年行医的札记，才是最珍贵的。"

楚瀚一一看了各书的书名，记在心中，打算等有空时再来慢慢研读，心想："扬家不但以医道相传，更怀藏高深武艺。偏偏扬大夫性子单纯，即使医道、武学都极为精湛，却仍不免被小人蒙骗欺负。"

楚瀚深深为扬钟山感到不平，实在看不过眼时，便决定暗中下手，潜入几个偷鸡摸狗最厉害的管家房中，从深锁的柜斗中取回他们从扬家蒙去的银子，放在扬钟山药柜里的两个小抽屉中，一个上面写着"金钱草"，一个写着"金银花"。似他这等高明的飞贼，出手盗取几个管家的财物自是牛刀小试，半点痕迹也不留。他心想自己身无分文，无法支付医药费，也只能借花献佛，借此对扬大夫聊表一点心意罢了。

这日，扬钟山来为楚瀚查看伤口，脸上露出喜色，说道："不错，不错！这'雾灵续骨膏'的药效比我想象中更好，你的左膝复原得甚佳，再过两三个月，我看这条腿应可以恢复个八九成。"

楚瀚一呆，他老早接受了自己的左腿已经完全跛了的事实，此时听扬钟山说"可以恢复个八九成"，不禁又疑又喜，连忙问道："那我以后……以后可以不用拐杖走路吗？"

扬钟山点点头，说道："不但可以不用拐杖走路，等它全好时，更可以开始练你胡家的独门轻功。"

楚瀚听了，简直如天上掉下宝贝来一般，大喜过望，连声道："谢谢大夫！谢谢大夫！"

扬钟山只微微一笑，说道："不必谢我，是你自己身子强健，才恢复得这么好。"

楚瀚心中感激已极，只觉天下没有比扬钟山更好的人了，暗暗打定主意，此生要尽力回报他救己性命、医好腿伤的恩德。

正此时，一个小厮进来报道："禀报大夫，宫里来了人，说有要事要找大夫。"

扬钟山皱起眉头，露出不快之色，说道："你告诉他们，他们要的东西我都没有，要他们回去吧！"

那小厮迟疑道："但是……但是……来人是个大太监，看来很有权势的模样。说是姓梁。"

扬钟山微微吃惊，说道："莫非是梁芳亲自来了？"对楚瀚道："你好

好休息，别多走动。"站起身往外走去。

楚瀚听那小厮说"姓梁的太监"，立即想起上官婆婆和柳攀安口中的"梁公公"，再听扬钟山说起"梁芳"，记得上官无嫣曾对他说过，上官家和柳家便是通过这名叫梁芳的太监替万贵妃办事，而最后翻脸不认人，派锦衣卫去上官家抄家捉人的，也是这梁芳。楚瀚心中升起一股不祥，暗想："莫非这梁芳知道我放走了上官无嫣，查出了我的下落，派人来捉拿我？"又想："无论如何，他来找扬大夫，绝对不是好事。"忙叫住了扬钟山，问道："扬大夫，这梁芳来找您做什么？"

扬钟山摇头道："他之前已派人来过几次，说是要我献出扬家的家传宝贝，一件是能起死回生的神木，叫作血翠杉，另一件是名为《天医秘法》的医书。这两样东西我都没有，哪里能拿得出来？"

楚瀚听他提起血翠杉，记得往年曾听舅舅说过，血翠杉是一件比三绝还要珍贵的宝贝，传说有起死回生的神效，但这一切都属传说，也没有人知道天下是否真有这等神物，梁芳又为何会向扬钟山索讨这两件事物？

楚瀚侧头凝思，他在扬钟山家居住了不少时日，已约略摸清了扬钟山和皇室之间的关系。扬钟山虽深居简出，但一旦皇亲国戚有了什么疑难杂症，则必定来请他医治，他医术超卓，总是药到病除，而且用药精准和缓，从来没有后遗症，因此深得皇帝欢心。皇帝数次想封他为御医长，但都被宫中有权有势的太监以他年纪太轻为由挡下了，而这梁公公便是其中阻挡最力的大太监之一。梁芳不时会派些小宦官、锦衣卫来扬家骚扰，想逼迫扬钟山远离京城，若非忌惮扬钟山的金针神技，早就强行将他驱离祖宅。

楚瀚想着这些过节，不禁十分担心，说道："他来向您讨这些事物，多半只是借口，背地里可能还有其他意图。"

扬钟山似乎从未想到这一层，恍然道："嗯，你说得是！他老想赶我离开京城，这会儿又来找碴，恐怕真的别有所图。待我出去见他，跟他说个清楚。"便自出屋而去。

楚瀚一等扬钟山出屋，便翻身下床，穿上鞋子，撑起拐杖，轻手轻脚地跟去。他来到大厅边门上，悄悄从门缝望去，侧耳倾听。但见一个锦衣华服的中年人大刺刺地坐在当中，一张满月脸白净无须，皮肤浮肿，疏眉下嵌着一对三角眼，身后站着十来个锦衣卫，身带兵刃，四周张望，神态嚣张。

但见扬钟山跨入厅中，行礼道："梁公公光临敝舍，不知有何指教？"

梁公公仍旧坐着，也不起身，也不还礼，只抬起三角眼望了望扬钟山，哼了一声，对身边的锦衣卫摆摆手。那锦衣卫走上一步，大声说道："扬钟山，你胆子可真不小啊！梁公公向你讨几件事物，你竟敢摆架子，拖拖拉拉地不呈上来？你可知罪？"

扬钟山虽对梁芳和一众锦衣卫绝无好感，但他素来脾气温和，仍旧好言好语地道："梁公公，我已跟众位说过许多次了，我手中没有血翠杉。那是世间少见的救命神物，据说人在濒死弥留之际，只要闻到这血翠杉的香味，就能有起死回生的功效。我虽曾听说先父说起过血翠杉，但是从未见过，家里更不曾藏有这事物。至于那部医书，敝舍确实收藏了不少医药古籍，但并未一部叫作《天医秘法》。公公若是要找《黄帝内经》、《神农

本草经》《伤寒杂病论》《金匮要略》，敝舍都有抄本可以奉上。若是要《脉经》和《针灸甲乙经》……"

梁公公眉头一皱，满月脸上露出不耐烦之色，那锦衣卫立即打断了扬钟山的话头，恶狠狠地道："我们得到的消息，血翠杉和那本医书，确实是藏在你家中。这是你家老爷当年亲口跟宫中的人说的，绝不会有错。你再抵赖，我们可要动手搜了！"

扬钟山听他霸道如此，叹了口气，说道："你们若真要找，我也只好让你们搜了。但是敝舍既没有这些事物，你们就算大搜一番，也不过是白费力气罢了。"

梁公公始终没有开口，只坐在那儿自顾把玩手中一串鸽蛋大小的翡翠佛珠，任由手下鹰犬代他吆喝。这时他微微欠身，三角眼盯着扬钟山，开口说道："扬大夫，咱家跟令先公也算有几分交情。咱家忝为长辈，劝你一句：千万不要敬酒不吃，吃罚酒哪。你不肯交出宝物，我还能放过你，但是你窝藏钦犯，却是不能轻饶的大罪哪。"他说话细声细气，但语气中的威胁之意却再清楚不过。

扬钟山一呆，脱口说道："什么钦犯？"

梁公公不再说话，只向一旁那锦衣卫点了点头。那锦衣卫又挺胸凸肚地呼喝道："我们收到确切消息，说有个三家村出来的娃子藏在你这儿。那可是皇上非常看重的钦犯！那小孩儿跛了腿，你替他治好了伤，是不是？"

扬钟山顿时醒悟："他们要找的'钦犯'便是那小孩儿楚瀚？当初打伤他的很可能就是这些人，现在又来捕捉他，天下怎会有人对一个小孩儿如此赶尽杀绝！"他想到此处，平时温和的脸上露出一丝怒意，摇头道："我这儿没有什么钦犯。"

楚瀚在门外听见了，心中极为感动，"我给他带来这场麻烦，他仍如此护着我！"

梁公公微笑道："既然没有，那就让我们搜上一搜吧。"也不等扬钟山回答，便挥手让手下锦衣卫入屋搜索。这些锦衣卫最擅长的便是擅闯民居，抄家搜人，这时一个个如狼似虎地冲向后屋，守住四门，大声呼喊："扬家所有男女老少、仆从佣妇人等，全数出来候命，不从者死罪！"

借住在扬家的病家听见了，慌忙从房中奔出，都被锦衣卫赶到祠堂中关着，一众管家童仆也被赶到院子之中，由锦衣卫持兵器看守着。

扬钟山脸色十分难看，他虽可以发射金针制住梁公公和那锦衣卫首领，但他一生从未出手伤害过人，虽身负武功，却不会施用，只能眼睁睁地坐视这些豺狼虎豹在自己家中肆虐。

众人搜索了一阵，将大宅中所有的人都赶了出来，却始终没有找到楚瀚。这时不仅梁公公和锦衣卫感到诧异，连扬钟山也颇为奇怪："他们这么多人，怎么竟找不到一个小孩儿？"

梁公公见揪不出钦犯，不好下台，幸而他早有借口，当下说道："那钦犯想必已闻风逃跑了。我们原本便是要来搜索血翠杉和《天医秘法》的，这是万岁爷要的东西，大伙儿仔细搜查，一定要搜出来！"

搜索财宝也是锦衣卫的专长之一，众人如鱼得水，登时冲入屋中翻箱倒柜，砸桌踢椅，乒乒乓乓地大搜起来。扬钟山恼怒已极，再也看不下去，

拂袖而出。梁公公知道他脾气温和，不知反抗，便也不阻止，只示意两个锦衣卫跟上监视。

众锦衣卫既无法揪出钦犯，便也不再看守一众病家和仆从，任由他们离去。这群人原本因贪图便宜而寄居于此，此时眼见扬家大难临头，纷纷卷起铺盖，夺门而出；管家仆人也抱头鼠窜，赶忙将多年来从扬家搜刮来的财物打包起来，潜逃出门。扬家大宅便如树倒猢狲散状，不多时一干仆从病家便都逃了个干净，人声消歇，只剩下锦衣卫在各处乱翻乱砸的声响。

扬钟山信步回到自己的书房，只见书柜中的医书古籍散了一地，药箱药柜也都被打开，一片狼藉，心中不禁悲怒交集。他蹲下身，想找出父亲最珍爱的几本遗著，在地上翻过一遍之后，竟然一本也找不着。他大为焦急，站起身来，忽然听见头上一声轻响，他抬头望去，屋梁上却空无一人。他低下头，忽听身后一人轻声道："扬大夫，别出声，是我。"

扬钟山一惊回头，但见身后站着一个瘦小的身形，正是楚瀚。他无声无息地出现在书房之中，直如鬼魅一般，扬钟山知道他是三家村传人，倒也不太惊奇，压低声音，担心地道："他们正到处搜索你，你还不快逃出去？"

楚瀚往窗外看了一眼，见到两个锦衣卫守在门外，低声道："别担心，他们捉不到我的。扬大夫，我给您带来这么多麻烦，真是过意不去。他们现在以此借口在贵府大搜，搜完也不会放过您的，您应该尽快离开京城。"

扬钟山茫然道："离开了京城，我还能去哪儿？"

楚瀚问道："您可有叔伯亲戚？令先公去世前，有没有跟您说起可以去投靠什么人？"

扬钟山摇头道："我们扬家三代单传，没有近亲叔伯。"皱眉想了一阵，忽然眼睛一亮，说道："有了，先父往年与大学士文天山交好。文学士有个独子，名叫文风流，我们素有来往。他最近给我写了信，说他住在庐山上结庐读书，邀我去游玩小住。"楚瀚道："那好极了。您赶紧去庐山找这位朋友，先住一阵子再说。"

扬钟山除了医道之外，对世事一无所知，更没有出门行走的经验，听说要离开熟悉的京城去往陌生的江西庐山，一时全慌了手脚。楚瀚早已有备，打开那两个药柜抽屉，取出他替扬钟山从管家仆人手中夺回的银两，包好了交给扬钟山，说道："大夫，这些钱财您带在身上，一路上贴身而藏，别弄丢了。"

扬钟山见他交给自己这么多钱财，甚是惊讶，连忙推辞，说道："不，不，我怎能收下这么多的钱？"楚瀚笑道："这都是您自己的钱，我只不过是帮您取回来罢了。"他望向门外，说道："门外的锦衣卫不难解决，请大夫发射金针，令那两名锦衣卫昏厥过去便可。"

扬钟山依言发射金针，正中两人后脑的风府穴，两人登时软倒在地。楚瀚抢出门外，将两个昏倒的锦衣卫拖入书房，踢到书桌之后。他领扬钟山出了书房，快步来到大宅之侧的马房，却见一个小厮抱着一包行囊，背着一箱书篋，正坐在角落等候。原来楚瀚在锦衣卫到处搜人之际，便已着手准备，替扬钟山收拾好了一包衣物行囊，并将扬钟山平时最珍视的医书古籍预先收藏起来，没让锦衣卫搜去或毁坏。他过去一个

月曾留心观察，发现杨家有个姓刘的小厮，性情老实忠厚，十分可靠，当其他人都做鸟兽散时，这小厮却乖乖地待在下人房中，楚瀚找到了他，将行囊书箧交给他，嘱咐他到马房去备马等候。

三人牵了两匹马，准备从边门出去。扬钟山担忧地道："那些锦衣卫呢？会不会追上来拦截？"

楚瀚道："您别担心，我在后仓房门口装了一把大锁，让他们以为里面藏了什么重要的事物，他们这会儿都去对付那锁了，一时不会留意的。"扬钟山听了，不禁大为佩服。楚瀚又道："他们若是听见马蹄声，追了上来，请大夫发金针解决了便是。"扬钟山点头称是。

楚瀚让两人从边门溜出，果然没有引起锦衣卫的注意。楚瀚道："快往南去，到大运河的渡口，上船往南，之后再向人问路，寻找庐山。快去吧！"

扬钟山一怔，问道："你不一起来吗？"楚瀚摇头道："大夫不必担心，我自有办法躲藏起来，不被他们找到。"

扬钟山颇不放心，但想楚瀚年纪虽小，但行事世故老练，比自己强上百倍，凭着他出神入化的身手，自保应当不是问题，便与他洒泪为别，上马离去。他频频回头，望向楚瀚撑着拐杖的小小身影，心中万分感动；他对病家向来只有照顾和付出，从未想到在自己危难之时，竟有病家会挺身而出，帮助自己逃脱，而且还是这么年幼的一个孩子！他怎知楚瀚天性最重恩情，胡星夜收留他并教他飞技，他打从心底感激；扬钟山一片善心救回他的性命，又替他医治腿伤，他也同样决意以死相报。

第十章　青年神医

第十一章

太监梁芳

楚瀚望着扬钟山的坐骑渐渐远去，这才稍稍放心。他口中虽说"我自有办法躲藏起来"，心中却知道自己必得留下，才能设法阻止锦衣卫追上逮捕扬钟山。锦衣卫很快便会发现扬钟山逃脱，发现之后定会立即追上，凭着锦衣卫在京城周围的势力，加上扬钟山毫无江湖经验，捉回他绝非难事。他心知要救扬钟山，自己必得去面对梁芳和他手下那群穷凶极恶的锦衣卫。虽不久前才被锦衣卫围殴，险些致命，如今却不得不自愿回到锦衣卫的魔掌之中，想到这点，他头皮也不禁一阵阵发麻。他吸了一口气，一咬牙，转身回入扬家大宅。

这时已是傍晚，一众锦衣卫打着火把，围绕在仓库前，努力对付楚瀚留下的那把大锁，个个满头大汗，忙得不可开交。楚瀚出身三家村，他拿出的锁自非一般人所能开得，这锁不但构造繁复，而且以精钢制成，连刀斧也砍之不断。

梁芳贪心又好奇，也凑到仓库外来观看，口中不断说道："快加把劲儿，加把劲儿！里面一定有好东西。说不定血翠杉就藏在这仓房里头哪！"

楚瀚躲在暗处冷眼旁观，暗暗好笑。忽见一个锦衣卫从前进匆匆奔来，叫道："扬钟山逃走了！扬钟山逃走了！"显然已发现扬钟山击昏两名锦衣卫，逃出扬宅了。

梁芳脸色一变，怒道："还不快去追了回来！"

便在此时，一个瘦小的身形从黑暗中走出，说道："梁公公，您刚才可是在找我吗？"

众人一齐回头，但见一个跛腿小童撑着一对拐杖，站在墙边，衣着灰旧，土头土脑，一张黑黝黝的脸上毫无惧色。

梁芳不禁一呆，一挥手，众锦衣卫立时上前围住了楚瀚，其中一个锦衣卫叫道："公公，放走钦犯的就是这个小柴头！"京城人惯用土语，唤乡下人为柴头，楚瀚形貌朴素，确实便是地道的柴头一个。

梁芳似乎颇为惊讶，一来没想到"钦犯"年纪这么小，二来众人搜了半天也没搜到他的人，他却便自己这么走了出来，自投罗网，莫非有诈？他挥手命锦衣卫将人带到他面前，睁着一双三角眼上下打量着楚瀚，问道："你叫什么名字？"

楚瀚道："我叫楚瀚。"

梁芳问道："你是三家村的人？"

楚瀚望着梁芳，心中极想知道这太监究竟扮演着什么角色，他原是上官家在京城中的撑腰，但却反目出卖了上官家，甚至派锦衣卫去上官家抄家捉人。他并未从舅舅口中听说过此人，但自己拼凑之下，也知道了个大概，也猜到了什么事情最能引起他的兴趣。为了让扬钟山有多点时间逃脱，此时只能先用话将梁芳钓住，当下点头说道："不错，我是三家村的人。你派锦衣卫去三家村捉走了上官家的姑娘，如今她已远走高飞了。出手救她的就是我，你们想抓个人抵罪，捉我去便是了，我也正好向公公禀报一件机密大事。"

梁芳的一对三角眼仍旧凝视着他，满月脸上阴晴不定，过了一会儿，忽然笑了起来，说道："咱家知道啦。你不是上官家的人，也不是柳家的人，你是胡家的人！"

楚瀚缓缓点了点头。

梁芳怀疑地道："你有什么机密，要向咱家禀报？"

楚瀚做出神秘状，上前一步，压低了声音，说道："公公想必很想知晓，三家村藏宝窟的所在，以及龙目水晶的下落。"

梁芳一听见这两样事物，果然生起了极大的兴趣，半信半疑地望向楚瀚，一时不知该否相信这老气横秋的小童，莫非他当真知道宝窟和水晶的所在？他想了一阵，毕竟无法按捺心中的贪婪，说道："好！你跟咱家回去。"他望向手下，不耐烦地道："这门还是打不开吗？还不快去将扬钟山追了回来，叫他开门？"

楚瀚插口道："不必追了。"撑着拐杖上前，来到仓库门外，一伸手，翻转两下，便将门上的锁打开了。一众锦衣卫见了，无不啧啧称奇。

楚瀚回过头，对梁芳道："这锁是我给装上的，只不过是跟公公开个玩笑罢了。仓库里面什么也没有，你们进去看看便知。我已在扬家住了一个多月，早将他家上下翻了个遍，我们三家村的人可是识货的，梁公公刚

才说要扬大夫交出的两件事物，这大宅中都没有，若是有，我老早便已取去，远走高飞了。"

梁芳对三家村人的能耐毕竟有些认识，不禁便相信了几分，问道："这里既然没有什么好处，那你又留下来做什么？"

楚瀚道："不为别的，只为请大夫治好我的腿伤。如今扬家确实没有什么宝物，你又原本就想逼扬大夫离开京城，现在他失魂落魄地逃跑了，你又何必追他回来？"

梁芳此时对这小子愈来愈有兴趣，心想三家村藏宝窟和紫霞龙目水晶果然比没有半点眉目的血翠杉要紧得多，不愿分散人力去追捕扬钟山，反而让这小子有机会逃脱；又想他所说没错，自己早想逼迫扬钟山远离京城，现在他的家也抄了，人也逃亡而去，又何必追回？当下对手下道："别追了，任他去。替咱家押了这钦犯回去！"一众锦衣卫便上前押着楚瀚，离开了扬家。

楚瀚见梁芳决定不再追捕扬钟山，暗暗松了一口气。他被一众锦衣卫押着往北而去，这一路上那十多名锦衣卫对他看管得甚严，楚瀚左腿伤势未复，需得撑两支拐杖才能行走，本就难以逃脱，而他原也不打算逃脱；一来他生怕梁芳改变主意，又去找扬钟山的麻烦，二来他也很想接近梁芳，从他口中探知多一些的消息。柳攀安当时曾说，胡星夜的尸体是被锦衣卫送回来的，之后锦衣卫更在太监梁芳的主使下，大举出动，来三家村抄上官家。梁芳是万贵妃的得力心腹，也是柳家和上官家的主子，舅舅一直跟他们作对，更让自己出手取得他们垂涎已久的紫霞龙目水晶，莫非舅舅的死与梁芳有关？如今他亲眼见到了梁芳这个关键人物，怎能不利用机会接近他，设法查出真相？

他自负飞技超卓，以为自己只要跟梁芳进了皇宫，在千门万户之中，自己若要逃脱，应非难事，因此决定留下探索真相。他却不知自己毕竟年轻稚嫩，太过自信，这留下来的决定将给自己带来无数的灾难。

梁芳虽见楚瀚是个孩子，又跛了腿，但绝不敢掉以轻心，吩咐锦衣卫严加看守，将他押到自己在城中的大宅里去。

楚瀚见那房子美轮美奂，抬头四处张望，问道："这是皇宫吗？"一个锦衣卫嘿了一声，嗤笑道："小柴头没点见识！这是梁公公的宅邸。"

楚瀚幼年虽曾在京城中乞讨，但对京城诸事所知甚少，只道宦官都住在宫中，却不知如梁芳这般深受皇上眷宠的大太监，早蒙皇恩在城中御赐巨宅居住，因此他晚间并不住在宫里，只在白日入宫伺候皇帝和贵妃等人。

梁芳十分谨慎，让手下将楚瀚带入屋后一间坚固的石牢，关上了沉重的铁门。楚瀚见那室中有铁铐铁链，还有种种刑具，显然是间牢房，心下暗叫不好。梁芳让他坐在一张凳子上，自己在他面前的太师椅上坐下，仔细打量了他几眼，但见这孩子皮肤黝黑，粗眉大眼，一副傻楞楞的模样，脸上丝毫看不出能说出早先那番话的精明痕迹，心中不免又起疑心，问道："小娃儿，你几岁了？"楚瀚答道："我十一岁。"

梁芳又问道："你和胡星夜是什么关系？"楚瀚道："他是我舅舅。"梁芳皱眉道："我没听说胡星夜有姊妹啊？"楚瀚道："我是他收养的，他让我唤他舅舅。"

梁芳心想："这小孩儿看来土头土脑，但他既然是胡星夜的传人，肚中想必藏有不少秘密，我得好好从他口中问个清楚。"当下点了点头，说道："你要向咱家禀告的事儿，现在可以说了。"

楚瀚心中暗暗叫苦："上官家的藏宝窟被上官无媪藏起，紫霞龙目水晶被舅舅带走，这两样的下落我都不知道。"当下只能硬着头皮说道："我想先请问公公，我舅舅是怎么死的？"

梁芳微微一怔，轻哼一声，说道："咱家怎么知道？"

楚瀚仔细观望梁芳的脸色，说道："舅舅说，如果他的冤情没有洗雪，我就不能将秘密告诉任何人。"

梁芳疏眉倒竖，冷冷地道："怎么，你说有话要告诉咱家，难道就是这几句废话么？"楚瀚道："你有你想知道的事情，我也有我想知道的事情。你若不告诉我，我为何要告诉你？"

梁芳眨眨眼，忽然仰天大笑，说道："你这小毛头儿，胆子可不小哪，竟敢跟咱家讨价还价？"他笑完了，脸色转为冷酷，说道："不知死活的小子，你若不说出三家村藏宝窟的所在，以及龙目水晶的下落，咱家定要让你求生不能，求死不得！"

楚瀚脑筋急转，心想该编出个什么谎言，先骗过了他再说。不料便在此时，一个锦衣卫悄然进入石室，在梁芳耳边说了几句话。梁芳疏眉竖起，眯起三角眼，望向楚瀚，冷冰冰地道："原来你是为了放走扬钟山，才用话哄着咱家，是吗？"

楚瀚向那锦衣卫望去，但见他蒙着面，在梁芳耳边说完话后，便迅速退了出去，身手十分矫捷，浑身上下都透着几分神秘。他正猜想那是什么人，又怎会看穿自己的用意，但见梁芳的脸色已变得十分难看，原来他此时怒悔交集，暗想："我竟然上了这小娃子的当！他用那两样宝物吊住我的胃口，故意骗我放走了姓扬的。扬钟山身上一定藏有什么秘密，我怎能如此轻忽，白白放走了到手的宝贝！"愈想愈怒，大吼道："说！扬钟山逃去那儿了？"

楚瀚眼见梁芳的神情语气，知道自己大祸临头，此时说什么都无法再骗倒他了，只能硬气地道："我不知道！"

梁芳勃然大怒，向左右道："给咱家绑了起来，先打一百鞭再说！"便有几个锦衣卫冲上前，七手八脚地将楚瀚扳倒在地。楚瀚即便飞技过人，但腿伤未愈，又怎敌得过这许多身强体健的锦衣卫？

这些锦衣卫都是对付罪犯的能手，一将他扳倒，便用牛皮索子将他的手脚绑了起来，一个锦衣卫伸手剥去他的上衣，另一个取出一条小儿手臂粗的皮鞭，向梁芳望去。梁芳点了点头，那锦衣卫惯于整治犯人，望见梁芳的神色，便知道他要重重地打，但不能真打死了，当下举起皮鞭，唰的一声，打在楚瀚的背脊上。

楚瀚感到背后如火烧般疼痛，咬紧牙根不叫出声来。之后又是一鞭落下，一鞭重过一鞭，楚瀚被打了二十多鞭后，便觉眼前发黑，喉头发甜，晕了过去。半昏迷中但听梁芳冷冷地道："小子不经打。用水浇醒了，再补上八十鞭，直到他肯说了为止！"

那锦衣卫用冷水浇醒了他，喝道："公公问你的话，你说不说？说了便不必再挨鞭子！"

楚瀚呸了一声，更不言语。那锦衣卫又持鞭往他背后招呼去，打在层

层血痕之上，每鞭下去，便喷起一团血雾。楚瀚被打了十多鞭后，便又昏了过去。

整个晚上，楚瀚便在皮鞭狠打、剧痛昏迷、冷水浇醒中度过，也不知被打了多少鞭，昏迷了多少次，他心中只想着扬钟山回答梁芳的那一句话："我这儿没有什么钦犯。"他咬牙暗想："扬大夫不但治好我的伤，更出头维护我，我怎能供出他的去处！"

直到清晨，鞭打才告一段落。梁芳不耐烦在旁观看拷打，老早歇息去了。拷打的锦衣卫见这孩子硬气如此，自己也打累了，在一旁坐下抹汗休息，望着楚瀚骂道："小子何必自讨苦吃，打死了也是自找的！"

楚瀚勉力睁眼，断断续续地说道："大人有所不知，我……我不过十来岁年纪，根本不知道……不知道什么秘密……也不知道……扬大夫去了哪里……他逃走时又没跟我说……公公是问错人了呵。"

那锦衣卫骂道："你奶奶的，不知道还装知道，分明欠打！"楚瀚道："我……我见到公公威仪好像天神一样，吓呆了，信口……信口胡说……罢了……"

那锦衣卫也曾审问过不少犯人，大多打个二三十鞭便招了，不招也几乎打死了。这小童被打了两百多鞭还不招，要不就是个硬汉，要不就是个傻子，要不就是真不知道。他见这孩子年幼瘦小，怎么看也不是个硬汉，大约是傻的，或是真不知道。那锦衣卫也懒得再打，天明后便将楚瀚的言语禀报给了梁芳。

梁芳哪有耐心处理这乳臭未干的小儿之事，也实在不确定这孩子知不知道藏宝窟和龙目水晶的秘密，便对手下道："再拷问两日，不说，便押去东厂大牢，关他一辈子！"那锦衣卫领命去了。他不敢违背梁芳的命令，却也不愿花太多精神拷问这无关紧要的小毛头，便命人不给他饮食，随便又拷问了三回，多打了六十多鞭，让楚瀚又痛昏了三次，才决定功夫做足，可以交差了，便交代手下将这半死不活的小子扔入东厂大牢。

东厂乃是有明一代最可怖的衙门之一，与锦衣卫不相上下，在逮捕臣民、罗织罪名和酷刑拷问上，手段比之锦衣卫还要高出一筹。当时民间只要听见东厂派出的"番役"来到左近，那可比大旱或洪水降临还要惊慌，能逃的立即携家带眷远走他乡，不能逃的也紧闭大门，不敢多吱一声。若让东厂番役找上门来，一家人就算不死，也得脱三层皮。如果不幸被逮捕送入厂狱，那更铁定是有去无回，家人牵衣痛哭，悲惨诀别，知道这辈子是再也无法相见了；如果死能见尸，已该拜谢祖宗，有些极其幸运的，还能活着出来，但也多半被拷问得遍体鳞伤，支离病残，离死不远。因此当时厂狱的大门被人呼为"地狱门"，厂狱中的狱卒被呼为"牛头马面"，典狱长便是名正言顺的"阎罗王"。

楚瀚在半昏迷中被扔入了厂狱，当时他只隐约知道自己的拷打已告一段落，接下来在等着他是如何的人间炼狱，他可是丝毫不知。他奄奄一息地伏在狭小污秽的牢室之中，背后的鞭伤一片火辣辣地疼痛已极。他缓缓睁开眼，只见眼前一片迷蒙灰暗，一股难闻的腥臭味直冲入鼻中。他定睛瞧去，但见囚室角落里堆着一团事物，仔细一看，才看出是一只半腐烂的

人手，几只老鼠正围绕着咬啮，之旁还有一堆粪便模样的事物，上面爬满了蟑螂、苍蝇。他腹中一阵翻滚欲呕，却没力气呕出，伏在地上喘息一阵，渐渐习惯了臭味，知道自己身上只是皮肉之伤，虽痛而不致命，也知道左膝渐渐痊愈，并未更受伤害，心中略觉安慰。

他此时虽身陷厂狱，生存希望渺茫，却感到一股奇异的振奋。他知道扬钟山已经逃走了，也知道自己暂时虚应了梁芳，短期间内他大约不会再来找自己麻烦。只要好好休养，这牢狱未尝不是大好的安身之所。他强忍身上痛楚，暗暗对自己道："我要报答扬大夫的恩德，就难免得吃一点苦头，这没什么。但教有一口气在，我就不能辜负恩人。"

过了不知多久，有个狱卒过来踢了一下他的栅栏，粗声喝道："起来，吃饭了！"从栅栏间扔给他一团脏臭的馒头，放下一瓦罐清水。楚瀚勉强抓过馒头吃了，躺在地上闭目休息。之后数日，每日都有人给他送来馒头和水罐，他有得吃喝，精力稍稍恢复了些，可以勉力撑着坐起身来。

他的这间牢室两面是土墙，一面是栅栏，呈三角形，狭小非常，仅仅够他屈着身子躺下，坐起来时背脊靠着墙，勉强能够伸直双腿。一面土墙的高处有一扇巴掌大的窗户，透出微弱的光线，有时能听见外面小贩叫卖的喊声，下大雨时也会飘进不少雨滴。这间牢房似乎是临时在墙角加上的，因此特别狭小，楚瀚见到对面和旁边的牢房都是四方形，都比这间大上许多，关的囚犯也多上许多，拥挤不堪。楚瀚心想这间牢房虽小，但自己却能独居一室，也未尝不好。

他能坐起身后，便摸摸裤子，把藏在裤子夹层中的《蝉翼神功》图谱取出，趁狱卒不注意时，将图谱藏在牢室角落一个干燥的缝隙中。他坐在地上喘了几口气，再将破碎不堪的衣衫撕成数片，在瓦罐中沾湿了，慢慢清洗背后的伤口。他记得幼年时行乞的经验，知道伤口若不洗净，很容易便会感染溃烂。洗净了伤口后，他便动手赶走一众老鼠虫蚁，将牢房中的污秽之物一一清理干净，堆在栅栏边的角落。之后才用水洗净了手，开始吃馒头。

那狱卒发完吃食回来，见到他坐在小小的牢房中，四下干干净净，不禁一呆，多望了他几眼，没有说什么，只收走了那堆秽物。

楚瀚就这么每日自行清理伤口，打扫牢房，背后的伤口慢慢愈合，身子也渐渐恢复。

不多时，时序已入初冬，这日楚瀚躺在牢中，忽听噗的一声，从高高的窗口跌下了一团黑漆漆、毛茸茸的事物，在干草堆中瑟瑟发抖。他心中好奇，低头去看，见是一只刚出世没多久的幼猫，一身黑毛稀稀疏疏，眼睛都还未睁开，大约是出生后被母猫留在街角，不小心滚入了厂狱的窗户，跌入了自己的牢房。这么小的猫儿，离开母亲自是难得活了。楚瀚不禁生起了同病相怜之心，轻轻将小猫捧起，搂在怀中，每当狱卒送水和馒头来，便用手指沾些水，加上浸软了的馒头喂它吃下。

一个冬天过去，小猫竟也活了下来，长成了一只活蹦乱跳的猫儿，全身皮毛尽是黑色，没有一根杂毛。楚瀚在痛苦、孤独、绝望之中，见到这只幼猫从死亡边缘活转过来，还长得如此健壮漂亮，心中又是安慰，又是欢喜，因它全身漆黑，便唤它为"小影子"。天冷时楚瀚将小

影子搂在怀中，互相偎依取暖，一人一猫在牢狱中一起度过了严寒的冬日。

却说梁公公贵人事忙，早将楚瀚这小娃子忘得一干二净，此后再也没有派人来探问。厂狱中这等被公公们陷害并遗忘了的囚犯甚多，狱卒们习以为常，也不以为意。

冬天过后，春日降临，牢狱中日渐潮湿，加上密不通风，甚是闷热难耐。几个狱卒见楚瀚小小年纪，不但喜爱干净、手脚勤快，而且样貌老实，彼此商议之下，决定让他带着脚镣出来帮忙清扫牢房，自己也好省点事儿。楚瀚乖顺地答应了，此后便每日戴着脚镣，一跛一拐地去各间牢室清除秽物。他左膝中的楔子已然取出，腿伤也逐渐痊愈，走路已能如常人一般，毫不跛拐，但他仍旧假装跛腿，免得引人注意，也好降低狱卒们的戒心。他到处打扫时，黑猫小影子总跟在他的脚跟之后，将原本猖狂横行的老鼠、蟑螂一赶而尽，其他狱卒见这猫十分管用，便也任由它去。

楚瀚发现这厂狱中共有百来间牢房，此时还不是"生意"最兴旺的时候，只有一半关着犯人。这儿与一般大牢不同，一般大牢关着的多是真正作奸犯科的强盗和杀人犯一流，这儿关的却都是朝廷高官，被东厂中人诬陷入狱，从此不见天日，病死、打死、饿死者皆有之，情状悲惨，莫以名状。

楚瀚心中恻然，他只道自己幼年沦为跛腿乞丐已是十分悲惨，此时见到厂狱中的因犯，才知道"人间炼狱"是什么意思。他无能帮助这些身陷囹圄的因犯，只能尽量替他们打扫囚室，给他们干净的食物，替他们清洗伤口，以免发炎感染，偶尔坐下听他们泣诉生平，历数冤屈，表示同情之意。他一个十来岁的囚犯兼杂役，能做的也只有这么多，但一众囚犯对他都十分感念，掏心挖肺地跟他说了不少心底话，他也因此对每个囚犯的生平往事知之甚详。

楚瀚想起扬钟山当时曾说过，两三个月之后，自己的腿伤应可以恢复个八九成，如今已数月过去，他感觉左膝恢复得甚好，便决定开始修炼蝉翼神功。他白日清扫厂狱，夜晚人静之时，便取出图谱，在自己的牢房中偷偷修习。这飞技乃是从内功开始修炼，先在丹田内累积一股清气，接着让清气在身周游走，最后聚积于双腿。练完气后，再练习不同的姿势，如双膝交盘，以右手二指撑地，将身子撑起离地半尺；或将双手交叉背在身后，以额头顶地倒立；或以左手肘抵地，身子笔直向旁斜斜伸出等。有的姿势得维持一炷香时间，有的得持续一整夜。他细心研究图谱，慢慢摸索，依样练功，渐渐有了一些领悟，开始明白练气和每个姿势的目的，都是为了锻炼身体各个部位的肌肉和平衡，让他的飞技能更上一层楼。

这时他已取得所有狱卒的信任，为了避免练功时被人撞见，便请求狱卒让他住在最里面的一间角落牢房，左近的牢房都没有关犯人，狱卒也鲜少来此，更无人打扰，实是练功的最好所在。至于这间牢房的锁，狱卒们只在门上装模作样地挂了一把锁，更未锁上，免得楚瀚出入打扫不便。

东厂位于东安门之北，厂外便是好大一片野地。夜晚楚瀚偷偷练习飞技时，有时也会离开囚室，在东厂大院的高树和围墙上来回纵跃，或在厂

外的野地中练习快奔。小影子总睁着一双金黄色的眼睛，在黑暗中好奇地望着他，偶尔也游戏般地跟着他一起飞纵跳跃，甚至喜欢站在他的肩头，随着他轻快的身形在夜空中飞跃。

　　白天的时候，楚瀚总装出楞头楞脑的模样，干活儿时老实勤恳，任劳任怨。狱卒们见他听话乖顺，都十分喜欢他，对他愈来愈少防范，也几乎不将他当成囚犯对待了。他也乐得继续住在厂狱中，白天干活，晚上练功，日子便这么过了下去。

第十二章

赎尸生意

又一个寒冬过去了，次年春天，听说东厂的主子换了，皇上任命个叫作刘昶的太监担任东厂提督。便在东厂主子换人之际，典狱长也跟着换了人，这给了楚瀚一个绝佳的机会；他日日打扫厂狱已超过一年，一众狱卒习惯见到他四处行走清理洒扫，又见他年纪幼小，乖觉听话，人缘甚好，久而久之，见到他不戴脚镣了，众人也不以为意。后来牢房太挤，他便名正言顺地"让"出牢房给新囚犯住着，自己住到厨房后的柴房去了。这时一众狱卒们谁也没将他当成囚犯，反倒把他当成同僚一般，拉他一起吃饭喝酒，有事还会找他商量。

他跟一个擅长文书，名叫何美的狱卒成为好友。何美是个二十出头的白瘦青年，绍兴人，家中世代做师爷，因此熟悉缮写书案。何美见楚瀚年幼，对他十分照顾，当他小弟弟一般。他自然知道楚瀚原是狱中囚犯，有次喝了点酒，一拍胸脯，说要助好兄弟一臂之力，便趁着典狱长换人之际，神不知鬼不觉地在狱卒名册中添上了楚瀚的名字，又将他的名字从囚犯名册中删除。楚瀚就此摇身一变，成为正式的东厂狱卒，其余人自然见怪不怪，新来的典狱长自然也全被蒙在鼓里。尽管厂狱中各种稀奇古怪的事情都有，但似楚瀚这般由囚犯而转为狱卒的，倒也少见。

却说这位新任的东厂提督刘太监不知是无能还是懒惰，虽然仍旧诬陷捕捉了不少文武官员，但过了好几个月都未曾来厂狱视察，关进来的人也就在狱中蹲着，无人闻问。偶尔狱卒想要邀功，将犯人拉去酷刑拷打，逼其告白认罪，但就算犯人认了罪，在供辞上画了押签了名，呈上去后也都没有下文，渐渐地，众狱卒也都意兴阑珊，懒得去施刑拷问。

厂狱中的犯人因此愈来愈多，百来间都住满了，许多牢房得同时关了十多个犯人，拥挤不堪。到得夏日，天气酷热，整间厂狱有如蒸笼一般，散发出刺鼻的汗臭味、腐烂味、粪便味，众狱卒都掩鼻不敢进入，只有楚瀚仍旧如常入内清洗牢房，发派食物。黑猫小影子此时已然长成，总是静悄悄地跟在主人腿边，楚瀚清扫囚室时，它便在一旁专心追赶虫鼠。许多囚犯在黑暗中见到一对闪亮亮的金黄眼睛，便知道楚瀚快要来了，连忙挤到牢门边上哀号，伸手索取食物。

狱卒们因不熟识这新来的东厂提督，摸不清上意，都大感头痛，不知该将人满为患的犯人暗中扑杀了了事，还是得尽责地看守着，让他们无止境地关在狱中？楚瀚也感到自己的差事愈来愈不好干，开始动脑筋设法变通。

一回，楚瀚和何美闲聊，说起有个名叫王吉的狱卒，家中是干杵作的。楚瀚灵机一动，想出了个主意。他和何美便约了王吉一起喝酒，秘密讨论起这件事来。

何美首先试探道："咱们狱里的人实在太多，大家的工作都不好干。依我说，我们要狠一点儿，就把人扑杀了，省点事儿。"

王吉是个三十多岁的矮胖子，尽管每日家里见的都是棺材死人，却也颇有好生之德，脸上露出不忍之色，说道："这不好吧？这些囚犯现在虽然被关着，日后仍有可能被释放出狱，若是就此杀了，倒也可怜。"

何美连连点头，说道："王兄说得极是。但是他们长年被关在这儿，出狱无期，难道就不可怜了吗？"王吉瞪眼道："上头主子不放人呀，这哪里轮到我们来说？"

楚瀚道："两位哥哥，上面主子是个不管事的，上任后一次也没来过这儿。我瞧他根本不知道这里关了多少人，想来也不怎么在乎。不如我们做做好事，让犯人早日解脱吧。"说到此处，压低了声音，说道："活的不能放出去，死的总可以吧？"

王吉睁大了眼睛，呆了一阵，这才明白过来，一拍大腿，说道："使得！我家棺材多得是，送一个进来，把人接出去了便是。"

何美拍掌笑道："王兄这主意好极！这办法不但让犯人解脱了，也给大伙儿方便，何乐而不为？"楚瀚道："只是我们得严密保守这个秘密，绝对不能泄露了出去，不然大伙儿都脱不了干系。"王吉和何美一齐点头，连声称是。

三人说得投机，便决定放手一试。他们挑了一个关禁已久的犯人，名叫李东阳的，听说是个进士出身，被人无端栽了个贪赃的罪名，落入厂狱成为囚犯，一关便是五六年。

这日楚瀚借口上面要拷问李东阳，将他带出牢房，来到刑房之中。楚瀚请何美守在门外，关上刑房的铁门，悄悄说道："李大人，小人有一事相告，还请大人勿疑。"当下说了要他装死逃狱的计划。

李东阳只道自己又有一顿好打，不料楚瀚竟说出这么一番话来，又是吃惊，又是欣喜，他在这厂狱中生不如死，楚瀚就算是要谋害他的性命，也比继续蹲这苦牢要好得多，当下便一口答应了，并告知楚瀚自己家在何处，家中有些什么人，议定在三日之后动手。

当夜楚瀚便悄悄潜出厂狱，去找李东阳的妻子，告知逃狱之策。李夫人早为丈夫身陷厂狱、释放无期而忧急不已，整日以泪洗面，此时听了楚瀚出的主意，自是感激不尽，立即取出重金作为报酬。楚瀚原本不肯收，但心想若不收钱，人家恐怕不信自己会好好办事，便将钱收下了，回去分作三份，自己与王吉、何美一人一份。王吉和何美没想到李家这么有钱，笑得眼都花了，开开心心地收下了银子。

三日之后，李东阳假作腹痛，在牢中翻滚哀号，接着便翻起白眼，口吐白沫，僵死在地，其他囚犯只道他患了什么恶疾，都不敢靠近。

何美来到牢门外，叱骂道："鬼叫什么？作死吗？"过了一阵，见他不动了，便打开牢门进去，探探他的呼吸，说道："死了。"唤了楚瀚进来，两人将李东阳抬了出去，放在屋角，用草席盖着，又让王吉叫家人送口薄木棺材来。

不多时棺材送来了，王吉让家中杵作"收殓死尸"，之后便将棺材抬了出去，扔弃在乱葬岗上。楚瀚事先早与李家家人联系好，李家已暗中派了人在当晚前来"收尸"，撬开棺材，将躺在棺材中的李东阳悄悄背回家去。事情一切顺利，李东阳逃出生天，隔日便带着家人暗中逃离京城，远走高飞了。

自此而始，楚瀚便与王吉、何美着手干起偷运"死尸"出狱的勾当。何美擅长文书，事情干完后便负责缮写文案，写明哪个犯人在何日何时因何病症死去，好让事情呈报在案，有档可查。大多的病人都只写上"瘐死"两字，楚瀚不识得"瘐"字，向何美询问。何美解释道："在狱中受不了折磨寒冷饥饿，或是害病而死，都可以称为瘐死。"

楚瀚这才恍然，心想："这厂狱肮脏拥挤，一时酷热，一时严寒，饮食又差，就算不遭受酷刑，囚犯便要不瘐死也难。"

他们每月放走三五个"瘐死"的罪犯，尽量不引人注意，收到的银子三人均分，一方面做了好事，一方面也赚了一笔不小的财富。厂狱在不知不觉中空旷了起来，气味不再那么难闻，其他狱卒也都松了口气。狱中死人本是常事，夏季瘟疫一来，一下子死一大群也是家常便饭，因此其他狱卒全没想到其中夹杂了不少假死的囚犯，而楚瀚等三人竟借此大饱私囊。

如此半年过去，又到了春天，听说东厂提督刘昶被人告了御状，流放边疆充军去了。新任提督还未定下，先来了个代理提督，不是别人，正是大太监梁芳。

梁芳经营设计多时，终于扳倒了刘昶，赚到了个代理东厂提督，一朝得势，趾高气扬，上任当日便来厂狱巡视，清点犯人。楚瀚眼见冤家上门，老早躲在厨下避不露面。

梁芳多年来敛财有道，早已调查好犯人的身家财产，能够狠狠敲诈一笔的，便派人去犯人家中索取"清白费"，说明白点就是"赎身费"，直压榨到人家钱财散尽，才不情不愿地将半死不活的犯人放将出去。原本楚瀚等干的"赎尸"勾当还是出自好心，随家属财力状况自行出价，收费不高，最多十两银子，而且收人之钱，忠人之事，几日后一定将"尸体"运出，因此受惠家属对楚瀚等的行事都颇为满意，保持缄默。如今梁芳穷凶极恶地不断索钱，拿了钱后又不放人，家属都不禁恼怒，许多便来走楚瀚的后门，要求"赎尸"而不"赎人"。

楚瀚等的生意因而大为兴隆，狱中"瘐死"的犯人陡然增多。梁芳渐渐感到不对头，怎的家中最肥、最可勒索的犯人，竟然一个个都不明不白地死了？他心中起疑，便派了亲信宦官来东厂调查，命令狱卒将囚犯名册、死亡纪录都呈上来检阅，又下令每当狱中有犯人瘐死，便得立即禀告他，不可延误。

楚瀚警觉到梁芳已然起疑，他若发现许多瘐死犯人的文案都是由何美所写，事情迟早会查到他们头上来，心生警戒，便不敢再偷放犯人出去。王吉和何美却不肯收手，希望能借机狠捞一笔。楚瀚苦劝他们不听，便心生去意。他此时虽尚未练成蝉翼神功，但飞技已极为惊人，在此又不是囚犯，若要离开厂狱，自是随时可以走人。

不多久，狱卒间便有耳语，说狱卒中有内鬼跟头子作对，争抢生意。这时王吉和何美也怕了，开始收手，却已来不及了；所有受到怀疑的狱卒都被牢牢监视住，无法逃脱，几个倒霉的已被下狱拷问逼供。

风声愈来愈紧时，楚瀚确曾想过要一逃了之，凭他的本事，原本不必留下来做什么狱卒，一旦离开京城，何处不能容身？但他却忍住了没走，心知自己一走，王吉和何美两个必然逃不过一劫。王吉心地善良，除了有些贪财之外，心地倒是好的；何美则是个重义气的好朋友，自己能从囚犯变成狱卒，全靠他妙笔一挥，仗义相助。这两人在京城都是有家有业的，不似自己孤身一人，没有牵累。自己若是丢下他们远走高飞，这两家都非落个家破人亡不可。

果然不出几日，便有狱卒招出王吉家中是干仵作的，王吉立即被捕下狱，拷打逼供，很快地，何美也被拖下水了，打入厂狱。楚瀚见此情势，便偷偷去狱中会见王吉和何美；两人看到他，都是涕泪纵横，悔不当初。楚瀚道："我早先劝你们不听，现在可难办了。但是事情仍有转机，你们听我说来。那典狱长是个贪财的人物，你们快将积蓄都拿了出来，我去试着替你们求情，这可是唯一的生路了。"王吉和何美自知身处死地，忙写下书信，命家人将所有的积蓄都拿出来，请求楚瀚帮忙周旋解救。

楚瀚又去探听梁芳那边的消息，得知他最近对柳家的办事很不满意。楚瀚此时年纪大了一些，也亲身经历了许多东厂和京城的人事，见识增广，不再是两年多前那个刚从乡下进城的傻小子了。他心中盘算："这或许是我的可乘之机。两年前我年纪还小，腿仍跛着，也尚未开始习练蝉翼神功。如今我飞技有成，对梁芳应当大有用处，他不会轻易杀我。"

他计议已定，便拿了王吉何美的钱，加上自己存下的钱财，去找上任刚半年的厂狱典狱长冯大德，禀告道："冯狱长，关于那赎尸一案，小的有

重要线索告知。"

冯大德已被梁芳催了好几次，要他尽快查出犯人，听楚瀚这么说，当然极有兴趣，忙道："你快说！"

楚瀚让他屏退左右，说道："不瞒冯大人，这一切都是我的主意。你捉到的那些狱卒们并不知道内情，也不是共犯。"一边说，一边将一个布袋递过去给冯大德，里面装了他们三人大半年来的积蓄。

冯大德闻言不由得一呆，伸手拿起那个布袋打开了，但见里面满是银钱，甸一甸总有四五百两，心中惊疑不定。他对这跛腿的少年狱卒原本颇为欣赏，觉得他是手下狱卒中最勤恳耐劳的一个，不但老实可靠，而且办事能干，怎想到他竟是"赎尸"勾当的背后主使者？冯大德想了想，问道："你为什么不逃走，却来自承其事？"

楚瀚道："因为我有事相求冯大人。"

冯大德伸手摸着那包银子，心中雪亮，这银子自是用来买通自己的。自己若照他的话去做，他便不会招出自己收下银子的事；如果自己不肯合作，那这银子也绝对不可能留在他的手中。他熟知官场规矩，便爽快地道："好！你说吧。"

楚瀚道："我想请冯大人放了王吉和何美。他二人跟我是好友，我得对他们讲义气，让他们平安脱身，全部的罪名，就由我来承担吧。"

冯大德狐疑地凝望着他，说道："如此说来，你要一个人顶罪？"

楚瀚点了点头，又道："我还想请冯大人将过去一年的囚犯书案全数烧毁，让梁公公无法查出哪些犯人被送了出去。"

冯大德沉默了一阵，才道："这两件事，我都办得到。但如今追究此事的是梁公公，你虽出身狱卒，我却保不了你。"

楚瀚道："我并非出身狱卒。我原是被梁公公打入厂狱的囚犯。"

冯大德一听，惊得脸都白了。他上任时，楚瀚已"升格"成了狱卒，狱卒名册中载有楚瀚的姓名，因此冯大德从未怀疑过楚瀚的来历。此时听楚瀚自己道出来历，不禁震惊难已，想不到厂狱中竟能有这等事！他想将银子推走，但又有些不舍，一时犹豫不决。

楚瀚直望着他，说道："我知道冯大人是守信重义之人，因此才来相求。我和梁公公以往有些渊源，我自有办法应付他。王、何两个确实无辜，我不愿连累他们。至于放走的囚犯，他们原本是受了冤屈，如果再行追究，一来搞得天怒人怨，二来这些人早已离京躲藏，只怕很难追回。"

冯大德心中雪亮，自己若查出楚瀚过去都放走了些什么人，梁公公只需命自己将囚犯一一捉回，那自己便要吃不了兜着走了。上上之策，自是一把火将证据烧光了事。他想了许久，才摇了摇头，说道："杀头的事有人干，赔钱的事没人干。我看你这么干，可是又杀头，又赔钱哪！"

楚瀚一笑，说道："要请人办大事，自然得花大钱。我请冯大人办的，可非小事。至于我么，也并非就此去送死，我自有对策。"

冯大德点点头，爽快地道："好！我便帮你这个忙吧。"当下便将那袋银子包好收下了。他知道这少年年纪虽小，心思却十分细密，当下干脆地问他道："你直说吧，我该怎么做最好？"

楚瀚道："事情要办成，千万不能让梁公公怀疑到冯大人身上。我建议大人这么做：今夜子时，我偷闯入狱长室，将书案全数烧毁。冯大人警

醒谨慎，在巡逻时发现了，当场将我逮捕，之后派人在我房中床下搜出五十两银子，另外再加上王吉和何美的口供，说一切都是我在搞鬼，他们并不知情，那么便可以将案情上报了。"

冯大德点了点头，两人又将细节讨论了一遍，当晚便依计划进行。

到得次日，冯大德将案情上报，梁芳当日便赶来了，见到狱中的少年十分面熟，不禁一怔，隔着栅栏啧啧道："小跛子，原来是你哪！你还没死啊！"

楚瀚笑道："梁公公，您老可是愈老愈清健了。"

梁芳冷笑道："小狐狸倒有几分能耐。咱家将你打得半死不活，下在厂狱，你竟然有办法变身狱卒，还敢出鬼点子跟我抢生意！怎么，这几年可赚得挺饱了吧？"

楚瀚道："怎么比得上公公的手段？几百两银子是挣到了，但也给我花光啦。"

梁芳自然已听说他房中只藏有五十两银子，心中不信一个孩子真能花去几百两银子。他在栅栏外踱了数步，忽然问道："你的腿如何了？"楚瀚道："那年给公公的手下打跛了，如今托公公的福，已好了大半。"

梁芳嘿了一声，说道："小狐狸说话，半句也不能信。如今你又落入咱家的手中，咱家自有办法将你整得极惨。但你若对咱家还有用处，或许可以让你少吃点苦头。"

楚瀚听他口气松动，当即打蛇随棍上，说道："只要公公不追究这儿的事，到此为止，那么小人愿意任您差遣一年。"

梁芳听了一怔，随即哈哈大笑，说道："就只一年？"

楚瀚道："一年已足够干上许多许多的事情了。公公想要什么宝物，我上山下海都替您取到；公公想要探听什么消息，我一定及时替您打探个清清楚楚。水里去，火里去，绝不皱一皱眉头。"

梁芳听了，不禁心动。他自与上官家决裂以来，只剩下柳家在暗中替他办事，但柳家父子行事谨慎小心，拖拖拉拉，一件小事往往几个月也办不下来，梁芳早已感到不耐烦。他暗自筹思："这小狐狸出身胡家，识得一切三家村的本领，年纪又小，容易掌握。若能得到他一年的效劳，或许确实十分值得。"又想："这孩子看来是个贪财的货色，我若以金钱笼络他，一年之后，他多半还会继续替我办事，得此手下，此后一切都容易得多了。但我该如何牢牢掌握住这只小狐狸，让他跑不出我的手掌心？"

他眼珠一转，心中已有了主意，当下脸一沉，说道："胡家子弟，说话可不能反悔。小子，你当真愿意一年之内都听咱家差遣使唤，咱家让你水里去，火里去，你都不皱眉头？"楚瀚道："一言既出，驷马难追。"

梁芳心中暗笑，满意地道："好！此后一年，你每夜亥时正来咱家府中报到，听咱家指令。但在这之前，咱家得先送你去一个地方。"

楚瀚问道："什么地方？"梁芳满月脸上露出奸险的笑容，说道："不久你便会知道。"说完便转身离开了牢房。

楚瀚望见梁芳脸上的奸笑，心中感到一阵强烈的不安，知道他定然设下了什么奸计或圈套给自己钻，但却猜不出究竟是什么。

又过数日，他从其他狱卒口中得知梁芳履行承诺，已将王吉、何美及其他狱卒都放了，也未曾追究那些被自己放走的囚犯。楚瀚心中却愈来愈焦躁，这日他吃过晚饭后，忽然感到一阵头昏眼花，俯身扑倒在地，耳中听得小影子在自己耳边不断喵叫，用粗糙的舌头舔着自己脸颊，但觉眼前一片黑暗，心中只动了一个念头：“饭中有迷药！”便已不省人事。

第十二章

刀房惊魂

　　楚瀚恍惚之中，听得身边有不少人在叽叽喳喳地说话。其中一人声音粗厚洪亮，但听他怒喝道："看什么看！排好了队！一个个来，你们懂规矩不懂？不听话的，待会儿一刀砍歪了，我可不管！"

　　楚瀚努力睁开眼，但见面前人头攒动，一间小屋中满满地挤了十多个男童，有的七八岁，有的十来岁，个个脸色苍白，双目发直，其中有两个眼睁睁地望着自己。他一低头，见到自己被绑在一张木板床上，全身动弹不得。那两个男童瞪大眼睛望着自己，脸上露出好奇之色，但更多的是惊恐担忧。楚瀚甩了甩头，勉力清醒过来，开口问道："这是什么地方？"

　　那两个男童互相望望，都不回答。但听不远处那粗厚的声音又响了起来："在这厂子中，我韦来虎便是老大！你们这些领人来的通通给我出去！我今日要给二十个人动刀，你们挤在这儿，待会谁家子弟净身不成，我可不管！"

　　楚瀚听见"动刀"和"净身"等字眼，猛然一惊，顿时醒悟自己竟然被送入了净身房！原来梁芳这老狐狸竟险恶至此，打算干脆阉了自己，将我变成和他一样的太监，入宫办事，好借此控制我！自己答应为他效劳一年，说水里水里去，火里火里去，可没想到他竟狠到将我送入净身房，准备让我做一辈子的太监！

楚瀚这一惊非同小可，全身冷汗直冒，奋力挣扎，但那麻绳绑得死紧，不管他如何挣扎，都无法移动半分。他感到肚腹极饿，全身无力，却不知自己和一众男童已被禁闭在这密不通风的小屋中三四日，为的是让他们清理肠胃，免得动刀后粪便失禁弄脏了伤口，引起发炎致命。

楚瀚挣扎不开，只能空流冷汗。此时乃是春末夏初，天气不冷不热，正是下刀的最好时机。他眼见那名叫韦来虎的刀子匠关上了门，走到屋子当中，此人歪眼斜嘴，面貌十分丑陋可憎。他手中拿着一迭纸张，仔细检阅了，却是每个男童呈上的"文书"，即净身合同。之后他便呼喝男童排成一行，唤第一个男童进入净身间。

楚瀚从纸窗的破洞中，见到韦来虎命那男童脱去全身衣服，躺在搭在炕面的一块门板上。韦来虎用布蒙上男童的眼睛，又用麻绳将他的手脚腰股都绑得结实，接着给男童的下身涂满药油，瞟了那文书一眼，说道："叫什么来着……嗯，张小狗，你可是自愿净身的？"那男童颤声答道："是。"韦来虎又道："你若反悔，现在还来得及！"男童嗫嚅道："我不反悔。"韦来虎道："你绝子绝孙，与老子毫无干系，是不是？"男童再颤声道："是……"

韦来虎满意地点点头，喂男童喝下一大口臭大麻水，令那男童神智昏沉，持起一把半弯的阉割刀，下手割去，但听男童登时高声惨叫，声震屋瓦。韦来虎不耐烦地道："别动！愈动血流愈多。刚才那刀是取丸；下一刀是去势。这刀最最紧要，一定得割干净。你千万别动！"说着又是一刀，又是一声惨叫，惨叫后便是痛哭哀号。接着便见韦来虎取过一根麦杆，插在伤口中央，又粗手粗脚地抓过一只猪苦胆，敷上伤口。他俯身将割下的事物从瓦盆中拾起，小心翼翼地放在一个盛有石灰的升中，跟那男童的文书收在一起，叫道："完了！下一个！"

便有一个韦来虎的助手上前来，喂男童喝完那碗臭大麻水，搀扶男童在屋中缓缓行走，不让坐下，免得血气阻塞，就此丧命，或留下后患。

楚瀚只看得全身寒毛倒竖，眼望着男童们一个个乖乖地进去挨刀，一个个惨叫痛哭，心中恐惧惊惶，无以复加，心想自己真是错上加错，竟跟老狐狸梁芳讨价还价，如今陷此绝境，可真是万劫不复了。

眼见十九个男童都挨了刀，只剩下楚瀚一个。韦来虎持着血淋淋的净刀走上前来，说道："囚犯也来净身，倒是少见。我却不知今时今日还有宫刑的？喂，小子，你全身已绑好，我也就不费事替你解开了，就躺在这儿挨刀吧！"

楚瀚惊慌已极，大声叫道："慢来，慢来！你要什么我都给，你要钱，要我替你偷什么宝物，我都干！"

韦来虎更不去理会，皱眉道："死到临头还大声嚷嚷，未免太迟了些。"随手将手中一块棉布按在楚瀚的口鼻之上，楚瀚只闻到一股刺鼻的辛味，知道那是强烈的迷药，脑中一昏，就此不省人事。

过了不知多久，楚瀚醒来时，只觉下半身麻木，毫无感觉，伸手去

摸，却只摸到一层层厚厚的纱布。他猛然想起己身遭遇，忍不住万念俱灰，痛哭失声，心想："我以往只道左膝是身上最紧要之处，哪里想得到身上还有更重要的东西可以失去！"

他哭了一阵，侧过头，见到房中一片漆黑，只有微弱的月光从窗外洒入，想是夜半时分。净房中的其他孩童少年都躺在板床上，昏睡未醒。他挣扎着想坐起身，手脚上的绑缚虽已解开，但仍感到头昏眼花，想是迷药的药效还未去，又倒回了床上。

便在此时，忽见板门打开，一个高大的身影走了进来，正是那净房刀子匠韦来虎。楚瀚心中又痛又恨，不愿意见到这人的面孔，便闭上了眼睛装睡。韦来虎却直直走到他的身旁，低头望了他一阵，压低声音道："不必装了，我知道你已经醒了。小子，睁开眼来！"

楚瀚睁开眼，但见韦来虎咧嘴一笑，一张歪斜的脸庞更显丑陋。他低下头，嘴巴靠近楚瀚的耳畔，悄声道："此事你知我知，天知地知，你千万不能说出去，不然你我都要掉脑袋。听明白了吗？"

楚瀚侧过头，呆望着他，心想这刀子匠莫不是喝醉了酒，却跑来跟一个刚净了身的小太监说什么胡话？便静静地等他说下去。

但听韦来虎极小声地道："有人要我莫给你净身，因此我没有下刀。"

楚瀚闻言一呆，心中喜出望外，一时不敢置信，脱口问道："当真？是谁？"韦来虎摇了摇头，更加压低了声音，说道："总之是有这么回事，其余的你就别多问了。现下你有两条路，你自己考虑考虑要如何。"楚瀚点了点头，静待他说出是哪两条路。

韦来虎道："第一，你净身失败，死在净房中，我将你的尸体用草席一包，拿出去扔掉，之后你便好自为之了。"

楚瀚听这条路跟自己"卖尸"的勾当相去不远，挺不错的，便问道："那第二条路呢？"

韦来虎道："你净身成功，跟其他小太监一起入宫去。"楚瀚问道："难道没有人检查吗？"韦来虎道："只有刚入宫时会验身。验身官姓洪，跟我相熟，混入宫去是没问题的，之后便不会再有人查验。只要你别让人看见，在开始长胡子前想法子离开皇宫，那便没事。"

楚瀚听了，陷入沉思。他已在厂狱中待了不短的时间，东厂和锦衣卫中人都见了不少，却始终未曾见到武功精妙，能够正面对敌，一刀斩死舅舅的高手。莫非真正的高手都潜藏在皇宫之中？而舅舅之死，万贵妃又扮演了什么样的角色？若要寻得这些答案，他便非得入宫去不可。

此时他听了韦来虎的话，心想："若选第一条路，我便可逃离梁芳的掌握，若选第二条路，梁芳想必仍会紧咬着我不放，命我替他办事；但我若能入宫去，便有机会探寻杀死舅舅的仇人，这可是难得的机会！"当下答道："我要入宫去。"

韦来虎咧嘴一笑，伸手拍拍他的脸，不知是笑他无知，还是赞叹他的勇气。他随即又板起脸，说道："小心谨慎，别出任何漏子！"又补了一句："这儿的事，你谁都不能告诉，包括梁公公也不能说。知道吗？"

楚瀚点了点头，心想："梁公公一心想阉了我，这事自然跟他无关。加上这人刚才给了我第一条路走，显然不是出于梁公公的指使。"心中不禁极为好奇，究竟是什么人会冒着触怒梁公公的险，甚至冒着违反宫禁的险，从刀下救出自己？

他还想多问，韦来虎已走了开去，俯身检视一个个刚净过身、昏睡不醒的男童。楚瀚感到一阵毛骨悚然，这些男童想必没有自己那么好运，未能逃过这一刀之厄。想起他们失了男身，此后再也无法回头，只能是一辈子在皇宫中侍奉皇帝后妃的太监，打理宫中杂役，永无脱离之日，心中不禁为他们感到一阵悲怜难受。

却说楚瀚和一众刚净身的男童们一同在净身房里休息了一个月。动刀后的四五日中不能饮水进食，半个月内不能见风。同一日净身的二十个男童中，有三个熬不过去，伤口发炎溃烂死了，连入宫的机会都不可得。其余的慢慢恢复过来，渐渐可以下床走路，但每回如厕都得用鸡毛管子插入伤口，引导出尿，痛苦万分。楚瀚从不知成为宦官得承受如此惨痛恐怖的经历，不禁对梁芳等人暗暗生起怜悯之心。

这一日，一个宫廷派出的验身官来到净房，说是时候该领小宦官们入宫了。那验身官名叫洪昌，自身也是个宦官，肥头肥脑，一身赘肉。韦来虎跟他显然极为熟稔，两人见面时先互相臭骂几句，又天南地北地聊了好一阵子，之后韦来虎才吩咐一众刚净好身的小宦官排排站好，松解裤带，准备验身，并故意将楚瀚排在最后一个。

韦来虎给了洪昌一纸名单，洪昌煞有介事地让头五个男童脱下裤子，仔细检查，用朱笔在男童的名字旁画押，表示通过；这时韦来虎走上前来，揽着洪昌的肩头，说道："洪老兄，炉上的羊肉刚刚炖好，快来趁热吃吧！我有坛陈年绍兴，特地留下等你老兄来饮用的，走，走！先吃喝完了再验不迟。"

洪昌最爱美酒美食，顾不得一一验完身，胖手一挥，便将名单上所有的小宦官全数画押验收了，自去与韦来虎大啖羊肉，畅饮美酒，好不快活。

次日，楚瀚和其他小宦官便换上了最低等的宦官服色：圆领灰衫，黑布长裤，配上红布靴子，一行人在一个管事宦官的带领下，战战兢兢地从西华门进入宫中。入门不远，左首便见到一座高耸的牌楼，牌楼后有座宏伟的宫殿，屋顶以黄琉璃瓦铺成，在阳光下熠熠闪烁，十分耀眼夺目。一个圆脸的小宦官忍不住低声问道："皇帝就住在那间大屋里吗？"

领头宦官嗤地一笑，说道："咄！没见识的！喏，那道门叫作武英门，门后是武英殿。这殿堂原本是给皇帝斋居时住的，眼下让一些画师们住着，等候传奉。你要觉得这宫殿雄伟，等见到奉天殿，可要吓坏你了！"

众小宦官抬头望去，但见武英殿高大宏伟，雕梁画栋，众小宦官都是穷苦出身，哪里见过这等高大华美的房舍？只看得目瞪口呆，赞叹不已。

一行人过了武英殿，左转经过断虹桥，来到一座园子。但见那园子好生宽广，众人从园子中央的石板小径走过，左右草地上各有数株巨大的古槐树，枝杈分歧，绿叶茂密，巍巍而立，十分壮观。那领头的宦官说道："这儿是十八槐园，你们好生记住了。"小宦官们伸指数去，果然共有一十八棵槐树。

过了十八槐园，迎面又是一座大殿。领头的宦官说道："这是仁智殿，俗称白虎殿，是大行皇帝停灵之所。如今万岁爷春秋鼎盛，英宗皇帝已然下葬裕陵，此地自是空空荡荡的了。"

众小宦官只听得一愣一愣的，什么"大行皇帝"、"春秋鼎盛"，都不

甚明其意，只猜想"停灵"应当是指放棺材的地方。放眼望去，但见仁智殿外只有几个宦官闲散地在打扫着，众小宦官心中都想："画师待的地方已然了不得了，皇帝放棺材的地方也一般壮观。却不知皇帝住的地方却是如何？他刚才说的奉天殿又是什么所在？"

领头宦官带着众人往北行去，过了仁智殿，来到一处低矮房室前的空地，当地已有几个衣着光鲜的中年宦官坐着等候，看来都是位阶甚高的大太监。楚瀚后来才知道，这是司礼监南司房，乃是专供宫中大太监办公的处所。

领头的宦官将名单交给了一个职司宦官，那职司点了点头，尖着嗓子催促一众小宦官列队站好，接着便开始唱名，分配职务。一众小宦官有的被分发到御用监、御马监，有的被派去惜薪司、钟鼓司，也有的去兵仗局、银作局等。明朝内官共有十二监、四司、八局，号称"二十四衙门"，各设专职掌印太监，属下各设数十以至数百名宦官，人手众多，职务庞杂。楚瀚当然立即被分派到大太监梁芳所掌管的御用监之下。

众小宦官被分配了衙门后，便分别跟随各衙门派来的管事宦官去往各衙门报到。被派到御用监的除了楚瀚外，还有一个小宦官，八九岁年纪，身材高瘦，模样甚是伶俐，唤作麦秀。两人跟着御用监派出的管事宦官往北行去，经过一条长长的窄廊，左右依稀能见到更多高大的宫殿，却都不知其名。走出好长一段，窄廊才往左转，又往北去，复折往东行，从一扇门出了紫禁城。楚瀚抬头一望，见门上匾额写着"玄武门"三个大字。

一出了玄武门，迎面便是好高一座山，正是皇帝的御用庭苑万岁山；往西走去，则一片尽是衙署，大门旁各自悬挂着衙署名称，有"尚衣监"、

"银作局"、"兵仗局"等，御用监也在其中，是众衙门中较大的一座。

进了御用监的大门，左首便见一间大仓库，里面放满了各式檀木和乌木家具，有围屏、床榻、茶几、座椅，等等，有的尚未完工，还有木匠在刨木修整；有的业已完成，木面已刨光上漆，光鲜亮丽。之后又经过好几间仓库，有的堆放各种原料，有的是已完工的成品；除了刚才见过的大件家具外，另有小件的珍玩用品，如象牙、玉器、瓷器，等等。原来御用监专职为皇室制作各式家具和珍玩，监内聘有巧手工匠制作各物，分批送入宫中待用。因所存不乏珍贵之物，为防窃盗，御用监的守卫甚是严密，高墙上装嵌了尖刺，大门紧闭上锁，门内门外都有守卫巡逻。但在楚瀚这等高明飞贼眼中，这些防卫自是不值一哂的了。

那管事宦官领了二人来到后进的值房，说道："这儿是值房。刚入宫的都住在这值房后面，随时等候传召。一会儿有执事来分配工作。"他让那高瘦小宦官麦秀住进一间大通铺，对楚瀚说道："上面吩咐了，让你住在别处。"领他往后走出一阵，来到角落的一间偏房，指着旁边的一间大屋道："这儿便是大太监梁公公的办公房。你平时小心谨慎、安安静静的，莫吵扰了公公。"楚瀚答应了，但见自己的住处虽又暗又小，却是一间独门独户的单房，十分隐密。

当日下午，梁芳便召楚瀚去办公房相见。楚瀚早已想好应对，一见到梁芳，便佯作怒发如狂，破口大骂，冲上前去朝他吐了一口唾沫，才被其他人阻止拉住。

梁芳毫不介意，哈哈大笑，说道："你自己说了，一年之中，咱家让你水里水里去，火里火里去。咱家不过是让你净身入宫，又没要了你的命，

你恼个什么？”

楚瀚只顾臭骂不绝，将梁芳骂了个狗血淋头，祖宗十八代都骂了个遍。

梁芳却愈听愈高兴，笑嘻嘻地道：“骂也无用。一朝净了身，你这辈子就是做定了宦官啦。乖乖待在咱家身边，总有得你好处的，你慢慢便会明白了。”

楚瀚心知自己装得愈怒，梁芳愈不会怀疑自己其实并未净身，便足足发了一个月的脾气，将自己锁在单房中又摔又闹，不肯见人。梁芳也不着急，一个月后，等他冷静下来了，才让一个御用监的执事来教他各种宫中规矩。

这执事在宫中资历甚久，他向楚瀚详细讲解宫中各级嫔妃、宫女和太监、宦官的服色，又教他种种进退礼仪，在何处遇见什么人需回避让路，遇到什么人需立即跪下磕头；又告诉他上奉御膳的种种规矩。当时皇帝每日三时所进御膳，分别由司礼监掌印太监、秉笔太监和掌管东厂的太监轮办。但梁芳受到皇帝信任，虽掌御用监，却也不时供应皇帝和贵妃的御膳，借以亲近帝妃，并讨得二人的欢心。

那执事又教了楚瀚种种宦官应守之道，说道：“在主子身边时，需弯腰低头，不可直视；主子召唤时，需立即答应，站在主子面前左方五步之外，躬身领旨；答主子的话，需自称‘奴才’；主子责骂时，切不可分辩顶嘴，只能认错赔罪，跪下磕头领责。被主子打了，得立即磕头谢恩，感激主子的教诲。”

楚瀚口中答应，心中暗想：“太监真不是人干的活儿。我宁可被关在厂狱之中，至少挨打时可以破口大骂，不必磕头谢恩。"

他不愿太早开始替梁芳办事，便尽量拖延时间，故意装成傻头傻脑的模样，那执事教他一个规矩许多次，他都装作听不懂，学不会，只将那执事急得不住跳脚。这执事受到梁芳严令，必得在一个月内教会这小子，只好一遍遍不厌其烦地教他，急起来时，不免打骂兼施。教好之前，那执事更不敢让楚瀚在宫中乱闯，只留他在御用监中干些简单的杂役。

第十四章

初入禁宫

　　便在楚瀚入宫不久，于御用监干杂役时，宫中发生了废后的大事，惊动朝野。楚瀚不明宫中状况，听得机灵的小宦官麦秀转述，才知道原委。麦秀外号小麦子，他不知道楚瀚是梁芳特意召入宫来的，但见他楞头楞脑，老挨执事的骂，便总在暗地里帮他的忙，偷偷提点他，对他好生照顾。楚瀚心中感激，暗想："这孩子心地倒好，对我这惹人嫌的蠢小子竟如此关照。"不多久，他便与麦秀结为好友。

　　废后事件发生时，小麦子刚好随一个执事入宫，替后妃们送上新制好的镶金彩玉发饰，亲眼见到第一场剧变。他气喘吁吁地跑回御用监，向大家叫道："事情不好了，万贵妃给人打了！"

　　众宦官一听，尽皆瞠目结舌，不敢置信，忙问给谁打了。小麦子缓过气来，说道："是给皇后娘娘打了。"众人都是怔然，交头接耳，议论纷纷。

　　楚瀚私下向小麦子询问，才知当年英宗皇帝曾给太子择了一位吴氏为太子妃，成化皇帝登基后，便封吴氏为皇后。但万贵妃早在此前便已得皇帝专宠，哪里将年轻的皇后放在眼中？在宫中骄横如故，对皇后更无丝毫尊重，连觐见皇后时的礼节都省了。

吴皇后自然将跋扈的万贵妃视为眼中钉，两个女人争风吃醋，明争暗斗了起来。不久前万贵妃好不容易生了一个儿子，不料皇子还未满月便死了。万贵妃怨天尤人，更加愤恨吴皇后，认定是吴皇后在背后搞鬼，使符术诅咒她，从此禁止皇帝去见吴皇后。吴皇后大恼，便找了个机会，捉住万贵妃的错处，命人将万贵妃狠打了一顿。

这个宠冠六宫的横霸女子竟然也会被打，所有的宫女、宦官听闻后都暗暗称快，但也不禁感到惊悚忧惧，知道事情绝不会善了。梁芳是万贵妃的亲信手下，如果万贵妃失宠，那么御用监这批人大约也要跟着遭殃，因此当小麦子传来这消息时，大伙儿都惊恐万分。

楚瀚却丝毫不担心，他对小麦子道："万娘娘怎会轻易被打？这其中必然有诈。"小麦子奇道："什么有诈？"楚瀚道："这是苦肉计。万娘娘故意被打，好借机斗倒吴皇后，拔掉她的眼中钉，除去这个大对头。"小麦子听了，将信将疑。

果不其然，次日便传来消息，说万贵妃挨打后，立即去向皇帝哭诉，声泪俱下。皇帝震怒，禀告周太后，隔日便下诏指吴皇后"举动轻佻，礼度率略，德不称位"，将吴皇后给废了，谪去西内居住。吴皇后的父亲原本封了官，这会儿也被罚戍边去了；当初举荐吴皇后的司礼监太监叫牛玉的，被发配到孝陵种菜，而吴皇后亲属、朋友受牵连丢官的，更是不计其数。

自此之后，宫中更没有人敢质疑万贵妃的无上权威。小麦子见楚瀚料事甚准，不由得对他另眼相看，暗想："瞧他傻楞楞的，原来实际上再聪明不过。"

吴皇后被废之后，众人只道皇帝会册立万贵妃为皇后，万贵妃也不断向皇帝恳求厮缠。小麦子问楚瀚怎么看，楚瀚摇头道："她当不上皇后。"小麦子奇道："你怎知道？"楚瀚道："只要皇帝的娘不准，她便当不上。"

小麦子啧啧称奇，说道："我们同时入宫，你还没离开过这御用监，怎的知道得倒比我还多！"

楚瀚只笑了笑，没有回答。事实上，他自住入御用监起，便每夜从玄武门潜入紫禁城，探索宫中宫殿厅堂的方位，辨明谁人住在何处，并开始偷听偷窥。皇帝所居的乾清宫，万贵妃所居的昭德宫，皇太后所居的仁寿宫，还有诸多嫔妃居住的六宫，他早已在暗中探勘过好几遍。

他也见到了刚入宫时那领头宦官口中所说"会吓坏你们"的"奉天殿"，那是紫禁城中最高大、最宏伟的一座殿堂，坐落于以汉白玉包筑的三层石台之上，石台四边围以白石栏杆，栏杆上的雕刻精美细致。殿广三十丈，深五十丈，面阔九间，进深五间，取其皇帝九五之尊之意；屋顶的金色琉璃瓦全以最大件的头样瓦铺成，金碧辉煌，极为壮观。平时这奉天殿很少使用，只有最盛大的皇家典礼仪式才在此举行。殿中陈列的珍奇异宝甚多，楚瀚一一细览，但觉华贵有余，而精致不足。后来他才知道，整座紫禁城中最珍贵的古董珍宝早就全被万贵妃搜刮了去，收在她的昭德宫中。这奉天殿中的珍宝都已被调换过了，因此只属次品。

他也曾数度潜入万贵妃所居的昭德宫，但见宫中陈设着诸般古董珍奇字画，件件都是精品，果然不同凡响。楚瀚留意到其中数件显然出自三家村，想是上官家或柳家进献的。昭德宫的主人万贵妃显然是个喜爱宝物的人，但她似乎偏爱精巧细致的手工艺品和稀罕华丽的珠宝，对于真正有古董价值和历史意义的宝物却并不如何珍惜，大多搁置在较远的偏厅之中，摆设杂乱，毫无章法。楚瀚不禁暗叹："这女子不懂得珍惜真正的宝物，搜罗了这许多好东西，却随处乱放，真是暴殄天物。"

昭德宫守卫森严，多设机关，尽管大多数的机关楚瀚都曾在三家村中学过或见过，他却不愿打草惊蛇，并未在昭德宫中停留细观。

却说他几夜前潜入紫禁城时，恰好见到万贵妃在成化皇帝的寝宫乾清宫中大哭大闹，吵着要皇帝封她为皇后。二十来岁的成化皇帝看来稚气未脱，手足无措，满面难色，口中只道："不成的，不成的，太后不会答应的。"万贵妃怒道："太后不答应又有什么关系？只要皇上下一道圣旨，不就成了？"成化皇帝被她逼迫不过，忽然红了双眼，顿足说道："别说啦，别说啦！朕好生心烦，你再说下去，朕就要哭啦！"

万贵妃见皇帝闹起小孩儿脾气，只好温言道："算啦，算啦！好，臣妾不说了。"

皇帝见她让步，更撒起娇来，一头滚到她怀中，腻声道："爱妃，朕想

睡了，你帮朕拍背，唱首歌儿，好吗？"

万贵妃见皇帝摆出这副憨态，也拿他没办法，只好搂着他，开始拍背唱歌，但仍不肯放弃，轻声说道："那皇上明日去请示太后，太后若同意了，您便封臣妾做皇后，好不好？"皇帝闭着眼，点了点头，哼道："好啦，朕知道了。"万贵妃这才满意了，替皇帝唱起歌来，皇帝便在万贵妃的怀中缓缓沉入梦乡。

楚瀚看得不禁皱起眉头，心想："皇帝这么大个人了，还像个小娃娃一般，万贵妃简直便如皇帝的奶妈一般。不知皇帝会听亲妈的话，还是听奶妈的话？"

他又潜入周太后住的仁寿宫，倾听了好几夜，偷听到周太后与亲信太监怀恩之间的交谈。两人一致反对立万贵妃为后，认为她不但出身低微，而且年高无子，加上性格暴虐骄纵，无德无能受封皇后，更无法母仪天下。楚瀚听到此处，知道太后是反对到底了，也知道皇帝稚弱无能，无法决断，立后这等大事，毕竟得让身份地位较高的太后来决定。

果然，皇帝不敢违背母亲周太后的懿旨，终于册立了另一个当初曾入选太子妃的女子王氏为后。这王氏天性淡薄，更不与万贵妃争宠，独居于坤宁宫中，与世无争，自顾过着她清净无为的日子，宫中倒也一时无事。

但自从废后事件后，万贵妃的骄纵专横只有更变本加厉，所有曾经忠于吴皇后的嫔妃、宫女和宦官都倒了大霉，成了万贵妃的出气筒；有的直接赐死，有的无缘无故暴病身亡，有的被她抓去狠打一顿，打个半死不活。其他无关人等也牵连甚众，宫中各人都战战兢兢，生怕一不小心拂逆了万贵妃的意，就此丢掉性命。

梁芳当初并未押错宝，他素来专心致力于奉承讨好万贵妃，吴皇后被废后，万贵妃虽未能当上皇后，但威势如日中天，梁芳仍旧得宠不衰，他属下的御用监连带受到庇荫，御用监内的一众大小宦官不但不必害怕万贵妃的淫威，还颇受青睐照顾。

梁芳扬扬得意，对手下大小宦官们说道："咱们在宫中办事的，最要紧的就是跟对了主子。主子权力愈大，咱们便愈安全，愈发达，日子也愈好过。好似贵妃娘娘，便是宫中掌握大权的主子，咱们的生死荣辱，全都掌握在她老人家的手中，伺候好了贵妃娘娘，大家便都有好日子过。"

楚瀚听在耳中，心想："梁芳这人老奸巨滑，但在跟对主子这一点上，倒是精细聪明得很，有万贵妃这样稳固的靠山，他才能放手去干他的坏事。"

楚瀚受那御用监执事调教了几个月，言行举止全然像个小宦官了，梁芳便升他为御用监的长随，那是从六品的官位。御用监众人闻讯后，尽皆愕然，都没想到这呆头呆脑的小宦官竟会如此受到梁芳的重视，甚至特意破格拔擢。只有小麦子和楚瀚交好，暗暗知道楚瀚这人颇不简单，除了头脑清楚之外，定然还有着不为人知的本领。

这一日，梁芳见楚瀚情绪平稳，规矩也学全了，便准备让他开始干正经事了。梁芳命楚瀚换上整齐的新衣新鞋，叫他进来自己的办公房，关上房门，悄声吩咐道："咱家现在带你入宫，让你觐见贵妃娘娘。你记清楚了

昭德宫的方位，咱家也会指出万岁爷的居处所在。以后你便每夜潜入宫中，到这两处地方打探消息。听明白了吗？"楚瀚心道："昭德宫和乾清宫，我都已去过几十次了，岂会不知道它们的所在？"当然也不说破，只点头答应了。

梁芳便让他捧着一只以锦绣装饰的华丽盒子，吩咐道："这是要献给贵妃娘娘的，小心捧着，别砸了！"领着他和两个随从宦官，从玄武门进入紫禁城，往东行去，再转南走入一道长廊，由长寿宫旁的宫东门进入后宫，这是进入后宫东六宫的重要门户。一行人在东六宫间的回廊走了一阵，才来到万贵妃所居的昭德宫外。

昭德宫是东六宫中央靠西的一间，就在皇后所居的坤宁宫之侧。万贵妃很早就被册封为"贵妃"，但对更上一层的"皇后"封号垂涎已久；她选择居住在离坤宁宫最近的昭德宫，显示出她对皇后之位仍旧虎视眈眈，从未放弃。她住在此地，更可将皇后的一举一动尽收眼底，牢牢掌握。每当皇亲国戚、内外命妇、掌权太监、得宠嫔妃来向皇后请安，都得先去万贵妃所居的昭德宫叩见送礼，才能获准去坤宁宫觐见皇后。若不曾先向万贵妃报备，便去觐见皇后，来人必然要吃不了兜着走，灾祸立即临头。

不多时，昭德宫中便有宫女出来，请梁公公入内觐见。万贵妃对梁芳甚是信任，在便厅之中接见他。早前楚瀚已来过昭德宫偷窥数次，这是第一次正式拜见这权倾天下的女人。但见一名女子斜倚在一张梨花镶玉雕凤躺椅上，约莫四十来岁年纪，身形肥大臃肿，脸上厚施脂粉，容貌实在说不上秀丽，眉目间更带着一股凶猛戾气。楚瀚不禁暗想："这么一个凶老婆子，任谁看了都要害怕躲避，亏得皇帝还如此亲近爱惜她！"想起上官无嫣曾说起，万贵妃比皇帝大了十九岁，在皇帝年幼蒙难时曾照顾保护他，想来皇帝感念其恩情，才会对这臃肿丑陋的妇人如此依赖痴黏，成年后仍丝毫不改。

楚瀚依照宫中规矩，将手中捧着的锦盒交给一旁的宫女，便跟着梁芳一起趋前，向万贵妃磕头请安。他偷眼望去，见这万贵妃不但毫无女子该有的娇贵秀雅，举手投足间更充满了粗率霸气。他听小麦子说起，每回皇帝出宫游幸，万贵妃便身穿戎服，骑马在前引导，威风八面，俨然是个豪壮武勇的女中丈夫。楚瀚心中暗暗警惕："这万贵妃并非简单人物，看来很可能是会武功的。但她手下众多，想来什么事情都不会需要她亲自动手，往后来窥探她的动静，可得万分小心。"

磕完头后，楚瀚便退在一旁，垂手伺候。梁芳趋上前，媚笑着向万贵妃道："娘娘精神奕奕，神采飞扬，面色光润，福体康健，真是可喜可贺啊。奴才特别给娘娘带来了御用监刚刚烧好的一套精瓷茶具，请娘娘过目。"说着从宫女手中接过那只锦绣装饰的盒子，双手呈上。

万贵妃让贴身宫女接过盒子，命她打开，见是一套斗彩凤茶具，一只托盘，一把茶壶，八只茶杯，做工精致，彩绘的凤形活灵活现，展翅欲翔。托盘上写着"大明成化年制"及"御赐昭德宫珍藏"等字样。

万贵妃低头检视，似乎十分满意，凶悍的脸上露出一丝笑容，说道："我说梁公公，你手下工匠的手艺，可是愈来愈好了。你瞧这凤，画得多有精神！"

梁芳笑道："这飞凤的姿态，正是模拟娘娘的高贵仪态而画的，只可惜

画师功力有限，没法完全将娘娘的精神表露出来啊。"

万贵妃笑道："可不是？要真画出了我的精神，这凤可就要展翅飞走啦。"

梁芳显然清楚她最欢喜飞凤图案，因为唯有皇后才可以称得上"凤"，而她又一心想当上皇后而不可得，便爱在图腾上争取多一点儿的荣耀地位，自我陶醉一下。梁芳当下又说了好些奉承谄媚的言语，只哄得万贵妃眉开眼笑，合不拢嘴。

楚瀚眼见万贵妃自大高傲，不可一世，心想："上官婆婆当年事奉的便是这女人，却弄得家破人亡，柳家至今仍对这女人尽忠；舅舅入京后死于非命，很可能跟这女人有关。"心中对她十分忌惮，立誓要探明舅舅之死是否出于万贵妃的指使。

梁芳在万贵妃面前做足了功夫，才率领楚瀚退下。经过乾清宫时，梁芳暗暗指点道："那就是万岁爷的居处。"楚瀚点头领教，梁芳便领着他和两个随从，沿原路离开东六宫，出了紫禁城，回到御用监。

楚瀚自入宫以来，不但勤练蝉翼神功，也在暗中将梁芳的底细摸了个遍。他的飞技原已十分精熟，住处离梁芳的办公房又近，一有机会，便潜伏在梁芳办公房的窗外，偷听梁芳与手下宦官对话。他也趁梁芳入宫执勤时，闯入梁芳在城中的宅第，找到他收藏账簿、信札的秘密柜子。这柜子当然层层锁着，但怎难得倒三家村的传人？楚瀚随手便开了锁，取走其中的账簿、信件，带回住处仔细翻阅，看完后再送回梁芳宅邸，小心地一一放回柜中，归还原位。

如此慢慢偷听偷看之下，楚瀚得知梁芳对奉承万贵妃可是用尽了心思，四处搜罗各种稀奇珍宝呈献，以博得其欢心。他从万贵妃处当然也得到了不少好处；在万贵妃的默许下，梁芳安排自己的党羽出监大镇，派了太监钱能出镇云南，太监韦眷任广东市舶太监，两人贪污搜刮，每年替梁芳送回上万两银子，一部分进献给万贵妃，一部分用以替万贵妃采买珍奇宝贝、制造精巧器物，剩下的一部分当然便进了梁芳的口袋。

此外，梁芳绕过负责任免官员的吏部，直接向皇帝取得"中旨"，任命了数千名号称"传奉官"的闲俸冗员。这些官员给他的酬谢自也十分可观，甚至依照官爵大小订出价格，只要送钱给梁芳，立即便有官做。梁芳将这卖官鬻爵的生意搞得轰轰烈烈，坐收暴利，家中有一整柜的账簿记载与这些"传奉官"的金钱来往。

楚瀚也找到了梁芳与三家村互通的书信，大多是柳攀安和上官婆婆写信向梁芳禀报盗取某某宝物的进展，其中半句也没提到胡家或龙目水晶。楚瀚心中满是疑团："当时舅舅带着龙目水晶来到京城，这水晶却似乎并未被送入宫中，不然梁芳又怎会拷打逼问于我？那这水晶究竟去了何处？舅舅如果不是被梁芳害死的，却又是被谁害死的？"

梁芳在领楚瀚见过万贵妃后，便召他来自己的办公房，问道："楚瀚，你说说，咱们在宫中办事的，最要紧的是什么？"楚瀚已听过他的"教诲"许多次，当下答道："我们要跟对了主子，尽心替主子办事。"

梁芳满意地点点头，说道："不错，不错，你学得倒是挺快的哪。那你

说说，咱们的主子是谁？"楚瀚道："是贵妃娘娘。"

梁芳点点头，又摇摇头，说道："对，但也不对。娘娘是咱们的顶头主子，但是千万别忘了，宫中还有别的主子，也同样紧要。"楚瀚当即醒悟，说道："公公是说万岁爷，还有太后。"

梁芳微笑道："不错。每一位主子，咱们都得伺候好，千万不能轻忽，更加不能得罪，这一点紧要非常，千万不可忘记。"楚瀚点头受教。

梁芳又道："咱家今日再教你第二件紧要的事，那就是咱们不但得伺候好了主子，还得防范好对头。"楚瀚一呆，他从未想到过这一点，心想："我道三家村中，三家之间的明争暗斗已是十分复杂的了，看来宫廷中的权谋斗争还要更加复杂百倍。"

梁芳倾身向前，说道："咱家的对头，你想必不知道是谁，因为咱家也说不准是谁。台面上的大太监，个个都在争权夺利，这么说起来，他们全都是咱家的对头。但是只要他们跟咱家相安无事，不来抢我地盘，夺我财源，或是想扳倒咱家，那咱们便可以不去理会。这些大太监中，咱家比较担心的有两人：司礼监的怀恩和尚铭。你得帮咱家留意他们的动静。另外还有一些台面下的宦官，尚未成气候，但或许有一日忽然受到主子重用，一朝飞黄腾达，这等人咱家们也得防范。"楚瀚点头道："楚瀚明白。"

梁芳挥挥手，说道："好，你明白了就好。好好去干，以后每日来此向咱家报告，大小事情都别放过。"楚瀚便行礼退出。

他离开了梁芳的办公房，心下寻思："我若要取得梁芳的信任，便得做出一番成绩来，好让他觉得我对他有用，未来才有跟他讨价还价的本钱。"

第十四章　初入宫禁

157

便决意认真替梁芳探听出一些消息。

之后数日，楚瀚日夜潜伏在紫禁城中，暗中偷窥皇帝的生活起居，记下他近期最宠幸哪几个嫔妃，又打探万贵妃近来对哪种珠玉宝贝胭脂饮食最为偏爱；有空时，也去监视其他几个得势的大太监的动静，特别留心司礼监的怀恩和尚铭二人。

楚瀚凭着超凡的飞技，加上在三家村学得的采盘本领，不到半个月，便替梁芳探听到了不少绝密消息。他也不全数告诉梁芳，只说了几个大的：皇帝好色无度，近来有雄风渐失之征，梁芳得知后，立即暗中进献秘制春药，令皇帝龙心大悦；另一个楚瀚探听得到的消息，则是万贵妃人入中年，口味偏爱甜食，梁芳听闻后，立即找了三名巧擅制作精致甜点的苏州厨子，让他们净身入宫，专为万贵妃调理甜食。在这几位苏州厨子的用心钻研下，发明了闻名天下的"丝窝虎眼糖"、"玉食糖馕"、"佛波罗蜜"等，成为一朝最脍炙人口的宫廷甜点，万贵妃每餐必食，赞赏不绝。

奉天殿始建于永乐年间，建成不久便毁于雷火，于正统年间重修，规模略逊于前。楚瀚所见到的奉天殿，便是重修于正统年间的那一座。嘉靖年间，奉天殿再次被雷火烧毁，重建后规模大大地缩小了，与原有的石台不成比例，琉璃瓦也由原来的"头样瓦"缩小为"二样瓦"，并改名为"皇极殿"。清朝又改称为"太和殿"，即今日在北京故宫可以见到的太和殿。此殿数度毁于祝融，数度重建，重建的规模愈来愈小，今日犹存的

太和殿，比之明永乐初建时的奉天殿已小上许多。即使如此，太和殿仍是故宫中最核心、最庞大的主要建筑物，也是中国现存最大的单体木造建筑。

万贵妃居于昭德宫，乃有史实根据。今日仍流传不少明朝的古董瓷器，上书"大明成化年制"及"御赐昭德宫珍藏"等字样，应是成化皇帝为讨好万贵妃而特意命御用监精制的工艺品。

第十五章

小试身手

　　却说梁芳对楚瀚探秘的本领十分满意，不时唤他进办公房，秘密吩咐他去探听各种消息，对他日益信任重视。

　　这日梁芳叫了楚瀚进去，楚瀚见他怒气冲冲，门才关上，梁芳便拍桌骂道："尚铭那老家伙，竟敢拆咱家的台！可恶，可恨！"

　　楚瀚垂手侍立，等他骂完了，才问道："公公，请问尚铭如何得罪您了？"

　　梁芳怒道："我代理提督东厂好好的，眼看就要扶正，岂知这位子竟被尚铭横刀夺了去！"这件事情楚瀚早有听闻，他曾多次提醒梁芳，告知尚铭正在暗中谋夺东厂提督的位子，梁芳虽想尽办法阻扰，却终究输了尚铭一等，失掉了东厂提督的位子。此时楚瀚没有答腔，只点了点头。

　　梁芳大步来到他面前，咬牙切齿地道："我不管你怎么做，总之去给咱家挖消息、想办法，咱家一定要扳倒尚铭这老混蛋！"楚瀚垂首应诺，行礼退出。

楚瀚入宫后不久，便已看出梁芳虽炙手可热，仍并非宫中最有威势的太监。司礼监大太监怀恩的威严、权力都远在他之上，梁芳充其量不过是主掌御用监的太监，并较受万贵妃宠眷罢了。因此梁芳想要掌握势力庞大的东厂，仍力有未逮，才会代理提督东厂一阵子，便被尚铭挤了下去。楚瀚知道即使扳倒了尚铭，梁芳仍旧坐不上东厂提督的位子，但梁芳是小人心眼，只要能损人便好，即使不利己也不打紧。

楚瀚此时对宫内诸事已十分熟悉，他之前曾在东厂待过两年，对东厂也不陌生。他在宫内打探过关于尚铭的背景，知道他是司礼监的大太监之一，地位仅次于怀恩，为人却不似怀恩那般正直不阿，贪财收贿的事情干了不少。然而成化一朝的内官，上至大太监，下至小宦官，只要有点儿权势，没有哪个不收贿的，连梁芳那般公然卖官鬻爵者都不乏其人，因此尚铭收点贿赂，也算不得是什么大罪。

楚瀚便想从东厂入手，看能不能探出尚铭的什么隐秘。自从他被梁芳迷昏送入净身房后，便再也没有回去过东厂厂狱，一来他不敢去见昔时同僚，二来也不知自己该如何面对往年好友。

但他想自己总得回去望望，终于鼓起勇气，悄悄回到东厂，去找好友何美。何美此时仍在东厂负责抄缮文书，他见到楚瀚，好生惊喜，连忙问起近况。楚瀚简单说了自己净身入宫的前后，何美听了，当场便流下热泪，伸臂抱住了楚瀚，哭道："楚老弟，你为了保护我和王吉，这牺牲也未免太大了！哥哥一辈子欠你一份情！"

楚瀚虽不愿意欺骗他，但他未曾净身之事太过重大，毕竟不敢轻易透露，便只安慰他道："何兄不必太过介怀。我当时去自首，满以为自己有办法对付梁芳，全没料到他手段竟如此阴狠。这原要怪我自己失算，现在事情都过去了，我在梁公公手下办事，也未必没有前途，我早就已经看开啦。"何美仍旧感动伤心不已，说道："总而言之，哥哥欠你一份情。你往后有什么需要哥哥帮助的，尽管来找我，我义不容辞，一定帮你到底。"

两人聊将起来，楚瀚得知王吉经过那番拘捕刑求，后来虽平反复职，但受惊过度，不久便辞去狱卒之职，回去帮忙家里棺材铺的生意了；而尚铭走马上任不久，便已开始利用东厂的淫威勒索囚犯，跟梁芳一般，让家中有钱的犯人缴付"清白费"，直到缴足了银两，才肯放人。楚瀚心知东厂提督人人都这么干，已属常例，也非不可告人的过恶。当夜他跟何美谈到甚晚，约定往后定期相聚，才道别离去。

楚瀚在东厂没有探到什么消息，便又到京城里继续打探。市井之中，关于宦官作恶的流言可多了；楚瀚很快便听到不少关于尚铭的恶行，包括强占民田、强夺民宅、包揽诉讼、冤枉良善、超征田税，等等，但都不足以动摇尚铭的地位。

这日楚瀚来到京城的烟花街巷，潜入几间去探听，但都没探得什么有用的消息。正想回去时，恰好听见一间院子里传来人声。他潜入偷瞧，正见到两个老鸨和几个乌龟（古代把在妓院里做事的男人叫乌龟）聚在那间院子的后院里，老鸨站着把风，乌龟拿着铲子在地上挖坑。一个老鸨不断催促乌龟赶快挖，另一个老鸨喃喃骂道："我操他十八代祖宗！这什么世道，卖笑的，唱戏的，谁被那尚家的小霸王看上，谁就倒了大霉！这回死的是我们院子的，下回也不知轮到哪个院子的倒霉鬼！"前一个老鸨道："别多说啦，钱都收了，快把人埋了了事。"

不多时，乌龟们挖好了坑，从旁边抬过一具用布包住的人形，放入坑中，又用铲子将坑填上。

楚瀚听她们说到"尚家的小霸王"，顿时留上了心。他继续留在那间院子偷听，几日之后，终于探知枉死的是个年轻的娼女，被一个叫尚德的纨裤子弟给打死了。这尚德便是尚铭的干儿子，之前也打死过一个戏子，但是众人畏惧尚铭的威势，尚家又总肯花钱消灾，因此也没人敢多说什么。

楚瀚知道太监放纵亲友在市井横行，说起来也非大罪，弄出人命来虽麻烦些，但死的若是些娼家戏班里的卑贱之民，官府更不会去查察追究，更别说动摇尚铭的地位了。

但楚瀚并不死心，继续调查下去，发现这尚德最新的相好是个擅长唱苏曲的歌女，恰巧兵部尚书王恕的侄儿对这名歌女也十分有意，请她来家中唱过几回。楚瀚并不出面，只靠何美去传播流言，说道尚德的相好被王恕的侄儿抢了去，让他戴了绿帽云云。小霸王尚德闻言大怒，想也没想，便带了人冲入"情敌"家中，一阵乱打胡揍，将王恕的侄儿打了个半死不活。

打死戏子娼女是一回事，打伤大臣的子侄可是另一回事了。王恕性情耿直，大怒之下，便上奏皇帝，次日文武百官全都听闻了此事，在城中传得沸沸扬扬。事情闹大后，终于惊动了皇帝和万贵妃。万贵妃叫了尚铭来叱骂一顿，免了他东厂提督的职位。

楚瀚将事情经过向梁芳禀报了，梁芳高兴已极，对楚瀚的手段极为赞

第十五章　小试身手

赏满意，着实夸奖了他一番。

这日他唤了楚瀚来，请他喝清茶，吃甜点，闲闲问道："我说楚瀚哪，咱家交办你的这些事儿，你都办得极为妥当，想来对你来说实是大材小用了。你觉着无聊了吗？"楚瀚道："那怎么会？楚瀚日子过得挺高兴的，多谢公公挂心。"

梁芳持着茶杯，三角眼一转，说道："咱家却有件心事，想让你去解决了。"楚瀚道："公公请说。"

梁芳道："有个家伙，之前在朝中老与我作对，我已将他贬到武汉去了。这人颇有才干，我怕他哪天又被召回朝中，找我算账。因此咱家想寻个法子，彻底解决了他。"

楚瀚没想到他竟想派自己出京办事，抬起头，与梁芳四目相接，心中都生起了同一个念头：楚瀚这一去，大可就此不回，天下茫茫，梁芳绝对找不着他。但他会一走了之吗？他对梁芳显然毫无忠心可言，但梁芳愿意赌一赌：赌他一个净了身的小宦官，离开皇宫后便再无安身之所。他在宫中有吃有住，有钱有势，净了身这回事又无法逆转，不如就此安心在皇宫中混下去，安身立命，几年后说不定还能挣得个太监的位子，有何不美？

楚瀚脸上不动声色，只道："请公公告知这人的姓名和处所，我今夜便出发。"

梁芳微微一笑，喝了一口茶，说道："这人姓谢名迁，余姚人，被贬到了武汉的阳逻县担任县令。那人精明得很，只有你去最合适。你替咱家探探，回来告诉咱家该如何下手最好。是栽赃个罪名，让他来尝尝厂狱的滋味呢，还是就地派人毒杀了？咱家期待你的好音。"

楚瀚领命而去，当夜便装扮成个小商贩，收拾包裹，独自骑了快马出京，来到大运河口。他将马匹寄托在驿站，上官船经大运河南行，一路来到长江；换了船，又沿着长江西上，往武汉航去。他虽从未到过这么远的地方，但自幼颠沛流离，自不害怕独来独往，加上身上带着梁芳给的充裕旅费，而且只需出示一张宫中印发的"行通状"，随时可以在驿站吃喝住宿，行路投宿都不是问题，这一路行走得甚是惬意。

　　不一日，他乘官船来到九江府，一问驿站的驿卒，得知离武汉只有两日路程，便想该是藏身匿迹的时候了。其实他老早发现有人尾随在后，想来梁芳对自己并不放心，派了人出来跟踪监视。他一路上乖乖地在驿站落脚，行路不疾不缓，让身后那人跟得十分轻松。楚瀚不担心有人跟踪，却担心在刺探消息时露出形迹，便在九江府悄悄换了装扮，舍了船，买了马，往南疾驰一百里，再次改换装扮，又换了马，缓缓骑入武汉城。这么一兜一转，登时将身后跟踪的人甩脱了。

　　武汉乃是汉中水陆交通的枢纽，市面繁华，号称四大名镇之一。楚瀚在武汉城中绕了一圈，但见江上千帆航行，街上车水马龙，各种商品货物琳琅满目，各式商铺食肆交错林立，果真热闹非凡。

　　楚瀚找了间不起眼的客店住下，心中盘算，他难得出京一趟，而梁芳给的差使又没有一定得回报的期限，不如便在这武汉城中玩上一玩儿，逍遥一番，有何不可？他年轻好玩，身上又不乏银两，便略做改装，独自到街上逛去。楚瀚出身寒苦，即使看惯了宫中的锦衣玉食，仍自奉朴素俭约，不喜花费。他到归元寺旁的小街上吃了武汉出名的石头饼、红烧蹄，又去武大门外吃了红油干面、鸡汁煎包和油炸豆腐等小食，吃得饱呼呼的，便打算回客店休息了。经过一家酒铺时，见酒招上写着"天成糟坊特制"数字，他想起宫中的许多公公们对汉汾情有独钟，往往特别指定要武汉天成糟坊所酿的汉汾。他不喜饮酒，但耐不住心中好奇，便走了进去。

酒馆中好生热闹，总有十来桌，六七十个酒客。他见到好几桌的酒客都以青布包头，捉对儿吆喝招呼、猜枚赌酒，看来彼此都是相识的。楚瀚找了个角落的座头坐下了，叫了一壶天成汾酒，自斟自酌。

但听隔壁座的一个胡子汉子举杯敬酒，说道："老弟难得来一趟武汉，哥哥招待不周，还请多多担待！"对座一个青年汉子回敬道："大哥说哪里话来？你对我甲武坛弟兄盛情招待，兄弟们感激不尽。"胡子汉子道："同是青帮兄弟，还分什么彼此！哥哥虽在总坛干得久些，但地方上的事情，全要靠兄弟们撑持，功劳不可谓不大。来来！这汉汾在我们武汉可是出了名的，兄弟们多喝一杯！"

楚瀚听他们言语，心想："听来这些都是什么青帮中人。青帮又是什么东西？"

但听那青年汉子问道："请问大哥，兄弟来到武汉，可有什么人物应当拜见？"

胡子汉子说了几个当地的武师镖头、成名豪杰，最后说道："然而不瞒老弟，人都说武汉有一武一文两大奇人，不可不见。那一武，自然便是咱们成帮主。成帮主年纪轻轻，但武功高强，英雄豪迈，豁达大度，江湖中人听见他的名头，无不竖起大拇指，称一声'好英雄，真豪杰'！"青年汉子道："帮主英雄过人，自然称得上是奇人了。那么另一位呢？"

胡子汉子道："另一位是个文人。他是个从朝廷贬下来的大官，姓谢名

迁，听说乃是当朝状元，因跟朝中公公们过不去，才被贬来了这儿做个小小的县官。这人满肚子的文章，我们粗人是不懂的。但本地人都说，读书人若不识得谢状元，那可真是白活了。"

楚瀚听他吹嘘自己帮主有多么了不得，不禁有些好笑，但听他提起谢迁，正是自己要找的人，当即留上了心。他继续倾听那伙人的谈话，却听那胡子汉子又说了不少谢迁不畏权贵、秉公办案的事迹，言下甚是钦服，其他汉子也齐声称赞谢公是个难得的清官好官。楚瀚不料一群帮派中的粗豪汉子，竟也对谢迁这一介文人如此尊敬，想来这谢迁确是个十分特出的人物。

之后这伙人又谈了些帮中事务，楚瀚听出青帮是个包办河运的帮会，总坛便设在武汉。青帮成帮主年纪轻轻便坐上了帮主大位，武功了得，才智过人，统领属下数万帮众，无人不服，将帮务整顿得蒸蒸日上。楚瀚心想："听来这成帮主似乎也确实有些本领，不只是这些人自吹自擂而已。"

次日，楚瀚打探到了谢迁府邸所在。当晚过了子夜，他悄悄潜入谢府，暗中观察。县官职位不高，谢迁又是受贬而来，住处不过是间一厅两进的屋子，年久失修，十分破败。楚瀚在屋中绕了一圈，来到书房之外，见到一个容貌俊伟的青年正与一个道士下棋。楚瀚心想："这青年想必就是谢迁了。原来他年纪还这么轻。"

但见谢迁神情淡定，和那道士默然对奕，有时思考良久，才下一子。一个仆人候在门外，不断搓手踱步，唉声叹气，似乎极为焦虑，又不敢放肆打扰。

过了许久，那仆人终于鼓起勇气，伸手轻轻敲了敲门，低声禀道："启禀大人，万老爷的人在外面等了很久啦。"

谢迁皱起眉头，轻轻哼了一声，说道："我不是要你赶他走吗？去，去！莫再来扰我下棋。"仆人道："是，是。但是万老爷差他送来的那许多事物……"

谢迁打断他的话头，提高声音说道："通通送了回去！一件也别给我留下！"仆人听他语气决绝，这才愁眉苦脸地去了。

道士抬眼问道："可是那自称与万家有远亲的万宗山？"谢迁道："可不是！此人无赖，因着姓万，便自称与京城万娘娘攀上了关系，在县里作威作福。他儿子打伤了人，我判他入狱，万老儿不依，一定要我放人。第一回老儿带了一群打手来围住衙门，给我一顿话骂得抱头鼠窜而去。第二回带了京城来的一个什么京官，向我软逼硬求，百般劝喻，我几句话也将那人说得面红耳赤，讪讪地回去了。这次差人送来重礼，想是打算贿赂我来了。"

那道士听了，哈哈大笑，说道："谢公侃侃善言，天下闻名，谁能不被谢公说倒？这帮小人逼之以武，动之以情，诱之以利，当真是无所不用其极！"

谢迁也笑了，说道："我倒要看看他们还有什么花样。我谢迁读圣贤书，以君子自许，还能怕了这群宵小不成？"

道士神色却有些忧虑，说道："谢公需听贫道一言。所谓君子不与小人争，这姓万的若在京城中真有靠山，事情可不易善了。谢公今日已受谗谪居，不好再生事端。"

谢迁轻叹一声，说道："谪居便谪居，我早已死了这条心，不期望有回

去庙堂的一日。我如今只能尽心作好我本分中事。若连县官都干不好，就算回去京城，又能如何？还不是得终日见那些小人的嘴脸，与那群小人虚与委蛇？"道士叹了口气，便不再说，两人继续下棋，直至夜深。

此后数日，楚瀚每夜都来观察偷听谢迁的言行举止，心中对这人愈来愈敬佩。谢迁不但善于辩说，所说皆能服人，而且他在别人见不到之时，亦是个光明磊落的君子。楚瀚一生中接触过的人，不是乞丐小偷，就是宦官宫女，哪里见过如此有胆识、有风骨的读书人？不禁好生钦慕，暗想："这人有德有才，皇帝不用他，却任用万贵妃那几个草包兄弟，岂不是大大地浪费了人才？"心中也不禁担忧，这么一个硬骨头的君子，梁芳顾忌他并非过虑，要自己"解决"他也不是空话一句。要不就是派人来毒杀，要不就是构陷诬指，将他打入厂狱，关上几年，让他瘐死狱中。楚瀚暗暗寻思："我却该如何，才能保住此人？"

第十六章

义保谪臣

　　他又观察了数日，得知常来与谢迁下棋的道人法号无生，面目看来颇有点眼熟。他想了半天，才想起这无生道人原来却是自己的旧识，东厂因犯李东阳！他原是进士出身，后来被人无端栽了个贪赃的罪名，落入厂狱成为因犯，一关便是五六年，生不如死，家人几乎散尽家财，也未能救出他来。楚瀚当时和何美、王吉合伙干"赎尸"的勾当，这人便是他们第一个选中以假死脱身的因犯。听说他离开厂狱之后，便携家带眷悄然离京而去，不料却来到了武汉，出家做了道士。

　　楚瀚心中思量："谢公不识得我，自然不会听信我的言语。或许通过李大人去劝他，能让他躲过这一劫。"

　　当天夜里，楚瀚悄悄来到无生道士所住的道观，潜入内室，往窗内望去，见到无生道士并不在念经打坐，却在灯下读书。楚瀚在外敲了敲门，无生道士只道是徒弟或道婆进来换茶，未曾回头，只说了声："进来。"

　　楚瀚推门而入，低头垂手而立，说道："道长，小人楚瀚，有事求见。"

无生道士听了，一惊回头，待看清他的脸面，登时跳了起来，脸上又是惊愕，又是欢喜，说道："你……是你！"

楚瀚微微一笑，问道："道长近来可好？"

无生道士快步走到门边，往外张望，关上了门，又转身关上了窗户，回过身来对着楚瀚，忽然噗通一声跪倒在地，泣道："恩人！东阳日夜感念您的恩情，无敢或忘！"

楚瀚绝未料到他竟会对自己如此感激，不禁一呆，连忙扶他起来，压低声音说道："李大人快别折煞小人了！小人这回来，是有事情想请李大人帮忙。"

李东阳道："但教恩人吩咐，东阳一定竭心尽力，在所不辞。恩人快请坐下。"楚瀚道："李大人叫我楚瀚便是，千万别再称我恩人了，小人担当不起。"李东阳不肯直呼其名，便称呼他"楚小兄弟"。

二人在蒲团上坐下了，楚瀚问起李东阳的近况。李东阳叹道："东阳能保住一条命，重获自由之身，已是心满意足。如今我将家人都接来了武汉安置，自己假扮成道士，隐姓埋名，只盼能安度余生罢了。"

楚瀚道："大人不必担心。当年的事情，厂狱中一把火，早将囚犯名册烧了个干净，无从查起。我也已离开东厂，另求营生了。大人大可放心，绝不会再有人来追查。"

李东阳听了，略松口气，又问道："楚小兄弟却为何来到武汉？有什么东阳能帮得上忙的，尽管吩咐。"

楚瀚问道："大人可识得谢迁谢大人？"李东阳点头道："谢公是我好友。"

楚瀚道："我离开厂狱后，辗转被派在梁芳公公手下办事。如今梁公公遣我出来暗中观察谢大人，打算伺机出手对付。梁公公说了，不是下毒，便是罗织个罪名，将谢大人下入厂狱，免得谢大人往后有机会翻身，回到京城，跟他作对。"

李东阳闻言，脸色大变。楚瀚又道："我来到武汉后，见到谢大人光明磊落，正直不阿，心中十分敬佩，因此很希望能相助谢大人避过这一劫。"

李东阳听了，凝望着楚瀚的脸，许多往事陡然浮上心头。他幼年时曾是个名闻天下的神童，四岁便会写字，曾在景帝面前书写"龙、凤、龟、麟"四个大字，景帝龙颜大悦，特准他进顺天府学读书。十七岁时，他考中了英宗朝的进士，宦途一帆风顺；怎知到了成化皇帝一朝，宦官当道，无端陷害于他，竟受冤下入厂狱，从此天崩地裂，命运逆转，从天之骄子沦为厂狱中求生不得、求死不能的囚犯。

他仍记得约莫三年前，一夜他独自躺在厂狱的角落里，忍受着刺鼻的臭味、满地的虫蚁和湿冷的石板地，正想着该如何自我了断，结束这狱中无尽无尽、不生不死的苦楚。忽见一个瘦小的身形来到栅栏之前，手中拿着扫帚、铁钳，显然是个来清理秽物的杂役。但这瘦小少年跟一般的杂役颇为不同，他脚上系着铁链，也不知是杂役还是囚犯，而他清理牢房时极为用心，不但将粪罐尿盆收拾干净，更将牢房四下打扫了一番，最后来到他的身边，用清水替他洗净腿上被脚链刮出的一道道血迹斑斑的伤口。

李东阳当时万念俱灰，一心求死，但这少年的奇特举止却让他改变了主意。之后数月，这少年每日都来清理他的牢房，照顾他的伤势，

认真细心，让他第一次感觉到自己仍是个人。他入狱多年，这是第一次有人将他当人看待。李东阳极为感激，心底生起了一丝微弱的希望：或许这还不是我人生的尽头，或许我该活下去，等待离开这人间炼狱的一日。

夜深人静时，他曾抓着那少年狱卒的手，向他述说自己当年受到景帝赏识的往事，以及高中进士的荣耀；也吐诉了自己如何受人冤屈，和下狱后所遭的非人待遇，今昔相较，实是云泥之别。他曾对那少年狱卒说道，此生若能重获自由，他一切都看开了，不再汲汲于功名利禄，但求能心安理得，了此一生。

那干瘦的少年蹲在牢狱一角，默默地听着，稚气未脱的脸上没有什么表情，眼中却流露出理解和同情。能见到这样的眼神，李东阳当时心想，便值得我多活几刻，多撑几日。

一年之后，当楚瀚悄悄来找他，向他诉说装死逃狱的计策时，他一口便答应了，心中没有丝毫怀疑。他甚至请楚瀚传话给自己的妻子，要她拿出最珍贵的传家之宝，一幅唐代书法大家颜真卿的真迹《祭侄赠赞善大夫季明文》，变卖了将银两全数交给楚瀚。

然而楚瀚却不肯收。这个十二三岁的小伙子，似乎对金钱没有什么兴趣，只摇摇手，说他只收定价十两银子，不需要更多。那天晚间，楚瀚和另两个狱卒合力将他放入一口薄薄的棺材，在头旁留了个通气口，便命杵作将他抬了出去。

李东阳在棺材中摇摇晃晃，闷热难受，但心中却出奇地平静，他想象自己已经死了，这会儿正让人抬去下葬；自己的墓志铭上不知会写些什么？随即自嘲起来：我是死囚之身，又怎会有墓志铭？转念又想：如果楚瀚他们骗了他，真的将他活活埋葬了，那又如何？那也没什么不好；我不会感到受了欺骗，反而会感激他们，感激他们结束了我在厂狱中生不如死的痛苦。

当然楚瀚信守诺言，当夜便有人撬开棺板，将他放了出来，正是跟随自己十多年的老家人。老家人一把鼻涕一把眼泪，偷偷将他背回家去。他和妻子连夜收拾细软，天一亮便乔装改扮，逃出京城。那时他便向妻子说道："那个救我出来的孩子，是我此生的大恩人。我要一世烧香祷告，祝愿他善心得到善报。"

这时李东阳听了楚瀚的一番话，心中确知这孩子说的是实话，出自一片真心。即使这孩子仍十分年轻，却因缘际会，手中掌握着许多人物的生死命运；难得他懂得分辨是非善恶，有心保护忠良，不肯盲目诬陷迫害，这一分正直善心，在滚滚浊世中实是极为珍贵、极为罕见的。

李东阳心中感动，对楚瀚道："请楚小兄弟告诉我，我该如何向谢公说明此事，他又该如何，才能躲过这场劫难？"

楚瀚道："很多事情我都不懂得，还须请两位大人商量定夺。依我猜想，梁公公是害怕谢大人哪日翻身了，回京做官，去找他的麻烦，以报当年陷害之仇。如果谢大人立即辞官还乡，或许能躲过这一劫。但是谢大人是否愿意这么做，我却不敢臆测。"

李东阳苦笑道："他若不肯，难道想跟我一样，去厂狱中蹲上几年吗？楚小兄弟且勿担心，待我去劝说谢大人，让他借病辞官，先保住

性命再说。”

两人又商讨了一阵，计议已定，复又谈起京中近况。李东阳听闻东厂仍旧猖狂，不禁唏嘘愤慨，说道："幸好奸人之中，还有楚小兄弟这样的好心人在。今日正道不彰，难遏妖邪，但至少天理良心犹存，犹存于小兄弟的身上！"

楚瀚连连摇手，说道："小人低贱卑微，哪里懂得什么天理良心？只知道办好上面交代下来的事，混口饭吃罢了。李大人和谢大人是读书人，明白道理；小人粗陋浅薄，只盼见到两位大人平安无事，我便放心了。"

第二日，李东阳一早便去找谢迁，闭门密谈，告知楚瀚所言的危机。谢迁是出了名的硬脾气，起初还不肯听信；李东阳便让楚瀚来见他，三人在谢迁的书房中密谈了半夜，才终于说服了谢迁。次日，谢迁便上书称病辞职，说要还乡养病。

楚瀚为了不让梁芳知道实情，特意找到梁芳派出来监视他的锦衣卫，在李东阳的协助下，花钱买通了几个本地胥吏，让他们向那锦衣卫说了一番预先编造的故事：说谢迁脾气刚直暴烈，在武汉得罪了不少人，人人欲去之而后快。又说楚瀚来到武汉之后，便串连了几个小官，写了封黑函给谢迁，威胁告发他对皇帝心存怨怼，狠狠吓了他一顿，他才主动上书辞官。

那锦衣卫听了，信以为真，快马加鞭赶回京城，向梁芳一五一十地禀报了。梁芳得讯大喜，一问吏部，谢迁的辞呈果然已经送到。他立即让吏部批准了谢迁的辞呈，尽快送回阳逻县去。谢迁收到准辞的公文，当即让家人收拾书籍衣物，简简单单一车子，启程回往家乡浙江余姚泗门，耕田隐居去了。

数日后，楚瀚回到京城，梁芳高高兴兴地召他来见，直夸他办事妥当，手段灵活，不过一个月的工夫，便拔去了自己背后的这根芒刺；而且他乖乖回京入宫述职，毫无逃走的意思，梁芳心中极为满意，知道此后还有许多事情能派他出京去办，对楚瀚大大赏赐了一番。

之后梁芳便时时派楚瀚出京探访消息，偷取宝物，总之干的尽是些不可告人、污七八糟的勾当。凭着楚瀚在胡家学得的飞技取技，要刺探什么消息、偷取什么珍宝，对他而言都非难事，要逃走也是轻而易举。但他衡量局势，在梁芳手下办事十分轻松容易，虽然干的都不是什么善事，倒也并不伤天害理，更有余暇苦练蝉翼神功，并能趁机在皇宫中探索紫霞龙目水晶的下落和杀死舅舅的凶手，何乐而不为？便安然留在御用监替梁芳办事，未曾动过离去的念头。

他偶尔回去东厂，与何美叙旧闲聊，探听消息。一次到厨下取水时，恰巧见到一只黑猫从灶上跳下，竟然便是自己当年收养的黑猫小影子！楚瀚心中大喜，当即出声招呼，小影子甚有灵性，回头见到了他，兴奋非常，快步奔上前来，喵喵叫个不停，一纵便跳上了他的肩头，不断用脸摩挲他的脸颊。

楚瀚想起那些跟小影子相依为命的日子，满心怀念，便将它带回了御用监住下。小影子日夜跟在他身边，冬日替他取暖，夏日替他赶虫驱鼠，还能听从他的指令去叼回事物，极为乖巧。

春去秋来，楚瀚入宫已将近一年，感觉自己飞技日进，不但能够点纸而走，甚至庶几能够御风而行。这夜他夜晚出外练功，感到一股清气充满脉络，轻轻一提气，身子便陡然高升，飞到了树梢之上；再轻轻一纵，身子便如落叶一般飘过墙头，无声无息地落在隔壁园中。

楚瀚欣喜若狂，从没想到一个人的飞技竟能达到这等境界，也才领悟胡家子弟为何一定得在幼年时在膝盖中嵌入楔子；唯有这么做，双腿才能累积足够的力道，在一瞬间爆发出来，达到飞技绝顶之境。

此后每到夜里，他便在皇宫中四处遨游，宫中数万名宫女太监、嫔妃选侍、御前侍卫，甚至皇帝、万贵妃和其他得宠妃子，每个人的一言一行、一举一动他都能尽收眼底，但却从来没有任何人见到他的身影，或察觉到他在左近。他好似清风树影一般，穿门入户有如轻风拂过，阒然无声，神不知鬼不觉。他当时并不知道，除了已过世的舅舅胡星夜之外，自己乃是百年来唯一练成蝉翼神功的人。

然而尽管他在宫中不断探查偷窥，却始终没有找到关于紫霞龙目水晶或杀死舅舅凶手的任何线索。他怀疑万贵妃，一一跟踪观察接受万贵妃指令的锦衣卫，但发现这些人都武功平平，不可能正面挥刀杀死舅舅。他不禁臆想舅舅当时到底有没有入京，有没有将龙目水晶交给任何宫中之人？最后杀死他的又是何人？为什么送舅舅遗体回来的竟是东厂的锦衣卫？

他曾去东厂探问过，却没有人知道这回事，都说从未奉命送过什么人的尸体去三家村。当时柳攀安说送尸体回来的乃是东厂锦衣卫，或许消息并不真确，也或许根本是他胡诌的障眼之辞？

楚瀚百思不得其解，也只能继续暗中探访。他又想起舅舅离家之前，曾有位神秘客在深夜来拜访他，舅舅告诉自己那人乃是虎侠王凤祥，是专程来告诉他一些事情的。楚瀚不知内情，只能暗自揣测："舅舅在王凤祥造访的次日，便仓促决定出门，难道他离家竟跟王凤祥告知他的消息有关？王凤祥又会有什么重大的消息要告诉舅舅？"

楚瀚曾向江湖人物探听关于虎侠王凤祥的事迹，知道他是一位特立独行的侠士，武功奇高，名声斐然，为人卓然不群。这样一位公认的武林高手、江湖侠客，怎会在半夜三更来到三家村探访舅舅，这跟舅舅的死又有什么关联？楚瀚曾想去江湖上寻找虎侠，探问此事，但他知道虎侠行踪不定，极难找寻，才打消了这个念头。

李东阳、谢迁和刘健乃是明孝宗弘治朝的三位贤相，时人有言："李公谋，刘公断，谢公尤侃侃"。谢迁口才便给，在殿堂上议论国事，每能服人。明史说他"仪观俊伟，见事明敏，善持论……天下称贤相。"

李东阳幼为神童，四岁能写字，成年后以书法诗文闻名。李、谢二人宦途顺遂，于弘治朝受到重用；正德朝时曾受宦官刘谨排挤，但在成化朝并无陷身厂狱或遭贬谪的经历，此乃小说家所编造也。

第十七章

惊艳红伶

　　却说梁芳眼见楚瀚为自己刺探出许多极有用的讯息，办事又十分利落明快，对他日益赏识关照，在御用监配给了他一间独门独户的大屋居住，又提拔他连升数级，担任御用监右监丞，那是正五品的官，对一个十多岁刚入宫的孩子来说，实是求之不得的高位。梁芳也给了他大笔银两花用，更带他去见京中重要人物，增广他的见闻，不时指点他如何巴结主子，讨主子的欢心。

　　楚瀚仍旧装得傻楞楞的，升了官也不显得高兴得意，给他钱也不知道花用，见到大人物也总跟呆子似的，既不趋炎附势，也不奉承巴结。梁芳只当他年纪幼小，还未开窍，也不在意。

　　然而楚瀚却非没有心计之人，他瞒着梁芳，暗中将钱都花在手下一众宦官身上。许多比他年长的宦官，入宫十多个年头，仍没谋得任何有品的职位，对他这少年得志的小孩儿自然甚感嫉妒眼红。楚瀚一来对这些净身入宫的宦官们颇感怜悯，二来也知道自己需要收买人心，便在暗中将梁芳给他的银两都分给了御用监及其他衙门的宦官们。二十四衙门中凡是赌输的、家中贫穷的、家人需急用的、不得志的，都多多少少得到过楚瀚的好处，大家交相称赞这位小公公急公好义，心地善良，出手大方，一时在宫中人缘极好。

楚瀚常居宫中，整日接触到的都是宦官宫女，不由得对这群皇室奴婢生起了由衷的怜悯。宦官净身后已不复是男身，其悲惨卑下自是不消说的了。有些便认了命，乖乖在宫中服役干活，了此一生；有些不死心的，便着力巴结主子，尽力将主子服侍得舒舒服服，好逮着机会往上钻营攀升，汲汲营营，求官求财，争权夺利，梁芳便是其中极为成功的大好例子。

至于宫女，情况又更悲惨些，尽管所有选入宫中的宫女都可能受到皇帝的临幸，但真正能够得到皇帝青睐的却是万中无一。如果有机缘得侍皇寝，怀孕生子而攀上枝头变身凤凰，那也值得宫女们企盼想望。但事实上六宫全在万贵妃的严密掌控之下，那女人残狠忌刻，哪个宫女嫔妃若得皇上临幸，怀了身孕，万贵妃立即便派手下宫女去强逼该女灌药打胎，最后往往母子不保；即使没有身孕，万贵妃也不轻饶，总有办法将那倒霉的宫女整得死去活来。因此宫女们都战战兢兢，谁也不敢奢望得到皇帝的注意，只能祈求自己一辈子都不受到关注，平平安安地活下去。

楚瀚所领职务是个虚衔，所有梁芳真正交办的事务，都是在夜晚或到宫外去办。他平日清闲，便让小麦子出宫去买些精致昂贵的好酒好菜，请相熟不熟的宦官们来他的大房中吃喝玩耍，有时也开个赌局。楚瀚自

己从来不赌，只偶尔赊钱给输光了的赌徒，就算那赌徒再度输光了，他也从不去讨还本钱。因此人人都说楚小公公出手最是大方，都爱上他这儿吃喝开赌。楚瀚借此遍识二十四衙门的大小宦官，消息灵通，哪一宫哪一殿哪一衙门发生了什么事情，他总是第一个知道。众人都知他是梁芳手下，起初对他颇有些忌惮回避，但见他年纪轻轻，样貌老实，出手又十分慷慨，逐渐放下戒心，纷纷与他交往。

楚瀚手中有钱，办起事来便方便了许多。自从上回他花了许多功夫探查尚铭的把柄之后，便醒悟在紫禁城中布置眼线并不足够，需得将之拓广至整个京城。于是他便常常怀抱着小影子，领着小麦子去京城街头闲逛，见到穷苦的乞丐上来乞讨，便大方地施舍几文钱。他仍记得当年自己流落街头行乞之时，常常瞪着过路人的银包，咬牙切齿，压抑不住心中的愤愤不平："我已经三天没吃东西了，你囊中的几文钱，对你来说不过是个零头，却够我吃好几餐。瞧你紧抓着银包，半文钱也不肯施舍的劲儿，难道我的命就比你的命低贱这许多？"

此时换成他囊中有钱，施舍起来便大方得很。街头乞丐一见到楚小公公到来，便满面喜色，欢呼雀跃，一齐围将上来，知道未来三天可以不愁吃喝了。当年曾经打断楚瀚左腿的城西乞丐头子也受过他的施舍，却早认不出他来，楚瀚也装作不识得他，不提旧事。

他知道宫中事情全由宦官、宫女掌持，但宫外的事情就得靠其他的眼线了。他因此物色了几个聪明伶俐、值得信任的年轻乞儿和街头混混，请他们吃喝，顺便询问城中琐事。这些人刚开始时也只来跟他说些鸡毛蒜皮的小事，后来楚瀚慢慢训练他们特意去打探一些消息，又给了他们不少银两，这些人很快便替他搭起了一个眼线网，专事搜集传递消息，此后城中大小事情，他都了如指掌。

同一时候，梁芳野心渐大，不只想掌握宫中情形，更想探知宫外诸事。因此冬天过后，梁芳每出宫去，便叫楚瀚跟在身边，让他跟着到各阁臣、尚书、侍郎等人的府第造访，并让他开始搜集各个重要官员的动向隐情。这时楚瀚在宫外的眼线网早已布好，办起事来驾轻就熟，轻松胜任，梁芳对他的倚赖也日益加重。

这日万贵妃的兄长万天福做寿，梁芳带了楚瀚和小麦子来到万府祝寿。万贵妃权倾朝野，两个哥哥万天福和万天喜也被封为大学士，入值内阁。但这两兄弟正事是不会干的，只顾着在京中兴建巨宅，极尽华丽奢侈。楚瀚眼见那万宅富丽堂皇，华美壮观，气派比之皇宫有过之而无不及，心想："人人都说天下迟早是万家的，我看今日天下已经是万家的了。"

寿宴之上，楚瀚跟其他宦官们一起喝酒吃菜，之后便与贺客们一同去院中看戏。万家请来的戏班乃是京城中正正走红的"荣家班"，尤以武戏闻名。荣家班这回得着机缘来万大学士家中唱戏，自是极为卖力，摆出大戏《泗州城》。楚瀚出身寒微，从无机会听戏，也不十分懂，坐在台下一边嗑瓜子，一边随意听听。

方开场时，但听台后一声清脆的暗唱，却是"南梆子"倒板："五湖四海——为我尊！"

便见一个妙龄女子身穿抢眼的大红裤衫，挑着两桶水，碎步出场，体

态婀娜，步履轻盈。她右手持线尾子，左手扶担，走花梆子，面对上场门一亮相；之后扭三步，扔线尾子，颠颠担子，转身面向前台又一亮相。只见她面目姣好，精神抖擞，顿时赢得台下一片喝彩。胡琴声中，少女捋捋头发、理理衣服、颠颠担子，接着唱道："来了我卖水的二八佳人，小金莲忙往前进。"侧头见到台上一个老婆婆坐着哭泣，又接着唱道："却为何老妈妈脸带泪痕？"

这几段一做一唱，台下已是掌声如雷。楚瀚虽也看过几场戏，但从未见过如此精湛的演技，只觉眼前一亮，问身边小麦子道："这戏演的是什么？"

麦秀是个戏迷，当即答道："这是《泗州城》，这女子扮的是水母。"

楚瀚又问："水母是做什么的？"小麦子答道："水母是个妖精，专爱兴风作浪，淹了泗州城几回了。她这会儿提了两桶水，就是来淹城的。"

楚瀚点点头，问道："那老婆婆又是谁？"小麦子道："那是南海观音大士。泗州城的州官怕水母发水淹城，请求南海观音大士出手保护，她便装成个老婆婆，特意来此阻止水母为恶。"

但见台上那老婆婆哭着答道："老身口渴得紧！"水母便将担子放下，让老婆婆取水桶中的水喝。不料水母才走开几步，老婆婆一仰头，已将一桶水喝了个干净，伸手抓过第二桶又待喝下。水母回头望见，大惊失色，冲上去一把抢回水桶，桶中却只剩下几滴水，不够淹城了。水母大怒，指着老婆婆破口大骂。老婆婆现出观音大士真身，水母全无顾忌，依旧向观音大士怒骂叫阵。

之后便是一场热闹非凡的大战。但见观音大士派出神将轮番上阵，水母独战众神，先用女大刀战孙悟空、灵官、玄坛，再用枪战青龙、白虎、伽蓝、金咤、木咤，又用鞭战哪咤、孙悟空。只见水母愈打愈精神，刀枪棍棒满台飞舞，抛、蹬、踢、接，目不暇给。水母动作利落，施展拍枪、挑枪、踢枪、前桥踢、后桥踢、虎跳踢、乌龙绞柱踢和连续跳踢等种种绝技，将惊险的打斗场面发挥得淋漓尽致，台下掌声、喝彩声不绝，楚瀚也看得目眩神驰，心想："要练就这样的武戏功夫，恐怕不比练蝉翼神功容易！"

他问小麦子道："这演水母的是谁？"小麦子只看得目不转睛，一时没有回答，直等到这一幕完了，才在如雷掌声中扯着嗓子回答道："这演水母的武旦，又称刀马旦的，名叫红倌，听说才十五岁年纪，是荣家班的挑班台柱。他出道不过一年，便已红遍京城，大家都称他为'京城第一刀马旦'。"楚瀚点了点头，口中念道："红倌，红倌。"

《泗州城》演完之后，荣家班又演了几出祝寿惯演的《玉枕记》、《蟠桃宴》等，就没那么精彩了，红倌也未出场。戏散了后，万天福赞不绝口，命人赐茶与荣家班班主及几位挑班名角。不多时，但见三两个卸了妆的武生、花旦从后堂转出，身形最小的一个便是饰演水母的红倌。他身形虽瘦小，但神采飞扬，面容秀丽无匹，一走出来，便让人眼前一亮，当时在场的贵宦子弟着实不少，都争相上来与红倌攀谈结识。

荣家班班主是个势利之人，眼见红倌如此受人瞩目，自然想在万家多留一会儿，好跟这些皇亲国戚多攀些关系，便让红倌坐在席间，陪一众子弟饮酒谈笑，自己赶紧去跟几个名门望族的管家攀交情去了。红倌年纪虽

幼，性情却极为豪爽大方，毫不腼腆，与一众子弟干杯猜枚，说笑戏谑，玩得不亦乐乎。

万天福的小儿子名叫万文贤，此人文才是没有，贤德更是缺，生得小眼龅牙，容貌颇让人不敢恭维。此时他借着酒醉，便对红倌言语轻薄起来，将脸凑到红倌的脸旁，笑嘻嘻地道："不知红师傅愿不愿意赏脸，今儿晚上便在我们府上小住一夜吧？"

尚铭的干儿子小霸王尚德也在座，他上回打伤了兵部尚书王恕的侄子，害干爹尚铭丢了东厂提督的位子，被尚铭狠狠训斥了一顿。事情平息后，他又依然故我，旧态复萌，开始花天酒地、任性放荡起来。他显然也对这红倌大有兴趣，挨上来涎着脸道："那怎么行，红师傅今夜当然要陪我哪！"瞪了万文贤一眼，嗤笑道："你也不照照镜子，红师傅哪里看得上你？"

万文贤听他出言侮辱自己的长相，一拍桌子，回骂道："你这太监的干儿子又是什么货色了？"两个少爷高声互相谩骂起来，一来二去，几乎便要卷起袖子，大打出手。

梁芳坐在上首喝酒，远远望见了，眼看便要出事，让小宦官叫了楚瀚过来，对他道："那姓尚的小子又要闹事了。快去阻阻，别扰了万大爷的兴致。"

楚瀚躬身答应，快步上前，拦在万文贤和尚德的中间，行礼说道："两位公子快别争吵，休要打扰了寿宴，吓着了红师傅。"

万文贤认出他是大太监梁芳手下的人，稍稍收敛了些，说道："楚公公何必管这闲事？是那姓尚的浑帐出口骂人在先……"尚德听他出口伤人，又高声喝骂起来，两边的家仆纷纷拥上护主，眼看便是一场群殴混战。

楚瀚眼见万文贤一副准备开打的架势，心想这是在他老子万天福的寿宴上，若是真打起来，最后被怪罪倒霉的，很可能还是那几个戏子。他熟知这些权宦子弟的下流行径，不禁甚为红倌担心，心想此时最好的办法，莫过于釜底抽薪，赶紧将红倌带离此地，便让小麦子上前拦阻两边的子弟，自己拉起红倌，说道："红师傅也喝多了，还是先到外边醒醒酒吧。"说着不由分说，便将他拉出了内厅，来到庭院之中。

红倌确实已喝了不少酒，醉眼乜斜，脚步不稳，对两个公子为自己争风吃醋似乎司空见惯，毫不惊惧，只觉得十分有趣。此时他被庭院的凉风一吹，酒略微醒了些，笑嘻嘻地道："这位公公，请问你贵姓大名啊？"

楚瀚道："我姓楚名瀚，在梁公公手下办事。"

红倌向他打量了几眼，见他甚是年轻，似乎跟自己年岁相仿，问道："楚小公公，你拉我出来干什么？"

楚瀚心想："你被那小霸王尚德看上，不死也得脱掉一层皮，留在里面实在危险得紧。"但这话他也不能明说，便递上刚才从桌上顺手取过的一杯浓茶，说道："你喝醉啦，该醒醒酒了。"

红倌却不接，摇头道："醒什么酒，醉了不是更好？喂，你爱看戏吗？"

楚瀚老实道："我很少看。"红倌啐了一声，转过头去，似乎感到跟此人没什么可以谈下去的。楚瀚对他台上的武打本事着实钦佩，诚恳地道："我虽不常看戏，但我今夜看你演水母，委实精彩极了。你小小年纪，却

是如何练成这等出神入化的功夫？"

红伶撇嘴一笑，说道："我从七岁开始练功，花了八年时光才练成这样。你要问我，这八年时光等于全扔水里去啦！"楚瀚奇道："这话怎么说？"

红伶脸上似笑非笑，接过楚瀚手中浓茶，仰头一口喝尽了，将杯子随手往地上一扔，在花园中的一张石凳上坐下了，往内厅投去不屑的眼光，说道："整日得跟这等俗物打交道，又有什么意思？你说，这八年不等于是白费了？"楚瀚默然不对。

红伶哈哈一笑，说道："'人生得意须尽欢，莫使金樽空对月。烹羊宰牛且为乐，会须一饮三百杯！'"说着站起身，似乎还想回内厅去喝。楚瀚连忙拉住了他，说道："别进去了，我送你回家去吧。"

红伶点头道："好，好，回家也好。"站立不稳，忽然扑倒在楚瀚身上，笑嘻嘻地道："我走不动了。小公公，请你背我回去吧？"

楚瀚心中暗自嘀咕："这家伙怎的如此无赖？"但他向来沉稳忍让，当下也没说什么，俯身将他背起，往万府大门走去。门房识得楚瀚，上前行礼。楚瀚道："梁公公吩咐了，让我送红师傅回家去。"门房问道："楚公公要马车轿子不要？"楚瀚还未回答，红伶已在楚瀚背上大呼小叫道："不要马车，不要轿子！你没见你家爷四肢健全，能跑会跳？"

楚瀚见他借酒装疯，微觉窘迫，对门房道："不必了。"背着红伶快步走出大门。

此时夜已深，他背着红伶走在黑暗的巷道中，但听背后红伶以男声唱道："月色溶溶夜，花影寂寂春。如何临皓魄，不见月中人？"

又改为女声唱道: "兰闺深寂寞, 无计度芳春。料得行吟者, 应怜长叹人。"

这是《西厢记》中张生和崔莺莺初识时的对诗, 流传甚广。楚瀚甚少听戏, 并未听过, 只觉这几句唱词十分好听。但听他娇声唱了下去: "碧窗下, 轻画双蛾, 脸儿上, 粉香淡抹。小兔儿轻轻, 撞胸窝, 脸庞儿烫烫似烧灼。"

楚瀚听他声音娇嫩细柔, 实在无法相信他是个男子, 忽又感觉背后软绵绵的, 心中一动, 慌忙将他放下地。红倌一呆, 问道: "怎的?"

楚瀚凝望着他, 说道: "你是女子!" 红倌脸色一变, 喝道: "胡说八道!"

楚瀚却知道自己说中了, 心中不禁甚是吃惊。当时唱戏班中男女戏子都有, 女戏子抛头露面, 上台演出者虽颇为常见, 但身为一间戏班的挑班主角, 更是京城当红武旦, 而蓄意女扮男装者, 却属少见, 甚至可说十分胆大妄为。

红倌一张俊脸陡地煞白, 忽然一跃上前, 挥拳打向楚瀚面门。楚瀚出其不意, 赶紧脚下一点, 往后退出一丈, 躲过了这一拳。红倌不料他身手如此矫捷, 也是一惊, 快步追上, 矮身一个扫腿。楚瀚轻轻跃起避过了, 回了一拳, 两人在小巷中交起手来。楚瀚身形快捷, 拳脚却并不擅长; 红倌拳脚虽利落, 却追不上楚瀚, 忍不住叉腰骂道: "没种的小太监, 就知道逃!"

楚瀚平时甚少跟人说笑, 但面对这泼辣可喜的小女戏子, 忍不住笑道: "小太监原本是没种的, 你一个姑娘家, 知道得倒多!"

红绾怒极，忽然抽出腰带，向前甩出，卷住了楚瀚的脚踝。楚瀚不防，被她一扯，摔倒在地。红绾扑在他身上，用手肘紧紧抵住楚瀚的脖子，恶狠狠地道："臭太监，我是男是女，不准你乱说！"

　　楚瀚左手用力在地上一撑，身子一翻，反将她压在身下，说道："你是男是女，原本不关我事。你怕我乱说，那也容易，何不脱了裤子给我瞧瞧，验明正身？"

　　红绾呸了一声，骂道："你臭太监才要脱裤子验明正身！"膝盖一顶，正撞在楚瀚下身。楚瀚不料她出此阴招，大叫一声，痛得滚倒在地。

　　红绾原本只想将他踢开，没想到他竟痛成这样，连忙爬起身，拍手笑道："我道太监下面啥都没了，不会痛的。莫非你是个假太监？"

　　这下换成楚瀚恼了，翻身站起，一纵上前，伸手抓住了她的双腕，喝道："胡说八道，不准你乱说！"

　　这下红绾笑得更开心了，咯咯咯地笑得弯下腰去。楚瀚见她如此，也情不自禁放松了手。红绾笑了好一阵子，才终于止住，站直了身，努力板起脸，直视着楚瀚，严肃地道："我是堂堂正正的男子汉，往后还要唱戏攒钱的。你若敢散播谣言，毁了我的生计，白费了我八年功夫，我定要以牙还牙，揭发你是个假公公！"

　　楚瀚也板起脸，说道："只要你不散播谣言，我便也放你一马。"

　　红绾咯咯娇笑，伸出小指头来，说道："勾勾手，信约守。小瀚子，我信了你！"楚瀚还没回答，红绾已抓起他的手，跟他勾了勾小指，嘻嘻一笑，转身快步跑去了。

　　楚瀚望着她的背影发了一阵子呆，一时不知是何滋味。

189

自从那夜赴万家寿宴听戏之后，楚瀚虽曾随梁芳出宫做客多次，却再未见到红倌，心中不时挂念。

《泗洲城》是近代京剧，明朝时并不存在。故事中关于《泗洲城》的场景形容，大体忠于原剧。

第十八章

善心保赤

几个月过去了，楚瀚愈来愈无心留在宫中，去意渐强，心想自己反正没有净身，在宫中又查不出舅舅身亡的线索，何不离开京城，另觅天地？唯一让他无法割舍的，是他在宫中优渥舒适的生活；他在这儿饮食丰足，钱财地位无一不缺，对这样一个乞丐出身的孤儿来说，能挣到今天的地位，毕竟十分不易。若要离开，就得放弃这一切，从头来过。凭他的取技本领，当然也不致于挨饿受冻，但终归是无法享受到此时拥有的地位和权势了。

这日晚间，他一如往常，潜入昭德宫外偷窥，正见到万贵妃大发脾气，将一本书册摔到地上，怒道："岂有此理！我定要叫这小贱人知道厉害！"

楚瀚见她的情状，猜知定是宫中又有哪个嫔妃怀上身孕了。万贵妃年高不育，这在宫中已是公开的秘密；而皇帝正当壮年，雨露遍沾妃嫔宫女，却始终无子，皇帝为此十分忧心，虽遍请太医开药，恭请方士作法，却毫

无成效。宫中众宦官宫女都心知肚明，原因其实简单得很：只要哪个妃嫔宫女被发现有娠，立即被万贵妃派人强迫灌下打胎药，或者干脆将这胆敢威胁她无上地位的女人逼死。有万贵妃严密掌控后宫，皇帝似乎命中注定不会有子，服药作法自然无济于事。

楚瀚感到十分无趣，正想离开，却听万贵妃气冲冲地质问道："一个管理藏宝库房的小小女官，万岁爷怎会无端看上她？你说，你说啊！"楚瀚听见"藏宝库"三个字，被勾起了兴趣，便没有离去，留下继续偷听。

跪在她面前的宫女当然答不上来，为了平息万贵妃的怒气，只能惶恐地答道："启禀娘娘，听说万岁爷几个月前去内承运库巡视，刚好她在那儿值勤，万岁爷询问她库中的收藏，她回答得体，万岁爷一高兴，便召她侍寝。"

万贵妃更怒，伸脚乱踢地上的册子，怒道："哼！侍寝不过一回，就怀上了身孕，岂有此理！"

楚瀚自然知道那是什么册子，皇帝每夜临幸了哪个嫔妃宫女，这些女子的月事以及是否有娠，宫中都有专职的宦官负责记录，因此并非什么机密，也用不着楚瀚去打探。这些专职记录的宦官自然老早被万贵妃买通，不时将册子呈上给万贵妃阅览。万贵妃妒心极重，每见到哪个女子有了身孕，便怒气勃发，绝不放过，尽管这管理库房的女官身份低微，远远摸不着受封嫔妃的边儿，但万贵妃怎肯让任何人替皇帝生下龙种？当即对亲信宫女碧心道："你这就去找那贱人，将胎儿给我了下来！"碧心低头应了，便即离开昭德宫。

那宫女碧心约莫三十出头年纪，身形高瘦，跟万贵妃身边其他的宫女一般，无甚姿色，面容平凡甚至有些丑陋。她从十多岁入宫起便服侍万贵妃，因忠诚老实而受到万贵妃的信任。万贵妃派手下宫女去治有娠宫人，这等事情在宫中时时发生，谁也没多理会，楚瀚却留上了心。他之前来万贵妃的昭德宫偷窥时，曾多次见到碧心，知道她笃信观音菩萨，心地十分善良，尤其不喜杀生。楚瀚不禁好奇，想知道她会不会真的下手杀胎儿，便悄悄跟上去看。

但见碧心皱着眉，咬着唇，显然甚是苦恼。她到后面藏药室中取了一帖堕胎药，收在怀中，愁眉苦脸地在宫中行走一阵，来到皇宫边缘的一排窄小房舍。此地乃是宫女的聚居之所，许多低阶宫女都在此通铺而睡，有官职的宫女则大多住在单间的房室中。碧心向人询问，来到纪女官的住处外，敲了敲门。门内一个柔弱的声音说道："是哪位？请进来。"

碧心跨入房中，见到一个二十来岁的女子病恹恹地斜躺在炕上，一双黑亮的眼睛充满疑惧地望着自己，颤声问道："姊姊半夜来访，不知有什么事？"

碧心见她面貌温婉柔和，生得十分讨人喜欢，心就先软了，又见她面色苍白，娇瘦羸弱，更下不了手，心中暗想："她身子这么弱，胎儿想来是保不住的，我又何必多造杀业？"于是便关上了门户，坐在炕边，拉起了纪女官的手，说道："我叫碧心，在昭德宫伺候。妹妹，我为何而来，你想必清楚。但我跟你往日无冤，近日无仇，又怎能多造罪业，残害性命？你身子不适，多多保重吧。"

纪女官自然已猜知她是万贵妃派来堕胎的，听她竟肯放过自己，不禁又惊又喜，含泪向她拜倒道谢，二女手拉着手，一会儿哭，一会儿笑，又低声说了好些话语，碧心才告辞离去。

楚瀚瞧在眼中，甚感惊讶，心想这宫女碧心的胆子着实不小，竟敢违背万贵妃的旨意！他也不禁暗暗佩服碧心的勇气，心想："在皇宫内院这等乌烟瘴气的地方，也仍有好心人默默地做着善事。"

碧心当然不曾知道，楚瀚在暗中将自己的所作所为都偷听偷看了去，离开时怡然自得，神情十分轻松。她回到昭德宫，向万贵妃禀告道："那女官不是有了身孕，而是生了怪病，月事停潮，肚腹胀大，看来已没有多少日子好活，不如把她送到安乐堂去吧。"

万贵妃听了，虽有些怀疑，但她知道碧心素来老实忠心，便也没有再深究，依照碧心的建议，免去了纪女官的职位，将她贬到安乐堂去住着，好让皇帝再也没有机会见到这可恶的女子。

这事情原本这样也就结束了，唯有楚瀚按捺不住好奇心，仍不时去安乐堂探访这纪姓宫女的消息。安乐堂乃是遭贬、病重或年老宫女居住之所，偏僻破败，冷冷清清，住着一群毫无希望和生趣的宫女，在此打发余生。纪宫女被分派到其中最肮脏破旧的一条小巷中，叫作"羊房夹道"，顾名思义，往年这一带曾是养羊之所，今日的房舍都是昔时的羊房所改建的，其简陋可知。被贬宫女中稍有一点办法的，都不愿住在此地，早早搬出，因此这条巷子十室九空，冷清荒凉已极。

当初纪宫女当然是真的有孕，苍白羸弱一部分自是害喜的征兆，但她的身子原本便也十分虚弱。如今被贬到羊房夹道中住着，忧惧交加，加上住处饮食都十分简陋，病势更加严重，几乎无法起身，只能在饥饿病弱中挣扎求生。

神偷天下 ❶ 跛脚小巧

194

楚瀚见她仍怀着身孕，知道这是件大事，她若生下个儿子，便会直接威胁到万贵妃的地位。这事情眼下还没有人知晓，自己若去禀告梁芳，让他去向万贵妃报密，便是大功一件。但楚瀚始终不忍心这么做，他虽在梁芳手下办事，但向来能不做伤天害理的事情，便尽量不做，能不伤人命，便尽量不伤。他想："如果连碧心都有勇气违抗万贵妃的旨意，我又怎能没有这点勇气？"

　　这一日，楚瀚来到安乐堂羊房夹道纪宫女所住的陋屋之外，见到她躺在炕上，气息奄奄，虚弱得没有力气出门觅食，不禁想起自己做乞丐时日夜受饥饿煎熬的情状，心生同情，便去御用监的厨房取了几个馒头，送到她房中。

　　纪宫女在半昏半睡中，见到一个少年宦官走进自己的屋子来，吓得清醒过来，全身发抖，颤声道："这位公公……请问……请问有什么事情？"

　　楚瀚道："我看你很饿了。我最见不得人挨饿，快吃了吧。"放下馒头，便出去了。

　　纪宫女只道他是万贵妃派来毒死自己的，不敢吃他送来的食物。当晚楚瀚又送了一碗粥来，见馒头放着没吃，登时明白，对她道："我不是来害你的。"当下将馒头拿起吃了一口，又喝了一匙粥，说道："你看，没有毒。"

　　纪宫女饿得狠了，见他如此，才端起粥喝了，馒头也吃了个干净。她吃完后，说道："小公公，谢谢你。请问你贵姓大名？"

　　楚瀚道："我叫楚瀚。"

　　纪宫女听了这名字，大吃一惊，双眼圆睁，直瞪着他，颤声道："你……你就是楚瀚……楚公公？"

楚瀚心想："我是梁芳手下红人，宫中知道的人自然不少，她大约也听闻过我的名头。"当下好言说道："你别担心，我不会去向梁公公告密的。"

纪宫女向他上下打量，眼中疑惧似乎并未减少，良久都没有说话。楚瀚也向她打量去，见她年纪并不很轻，似乎将近三十，身形娇小，面容生得十分婉丽，肤色略黑，双眼甚大，不似汉人。但见她眼中忽然噙满泪水，哽咽道："谢谢……谢谢你替我送吃的来。"说着掩面而泣，一时竟泣不成声。

楚瀚见她如此，心想："她独自在这儿与死神挣扎，自是满心孤独恐惧。有人对她稍微好些，便如此感动感激。"不禁想起自己初到三家村胡家时，舅舅不但供他吃住，还对他十分亲切爱护，跟他做小乞丐时受到所有人唾弃鄙视的处境实有天壤之别，自己当时便感动得热泪盈眶，立誓要报答舅舅的收留照顾之恩。

他想到这里，心头一暖，不禁动念："没想到有一日，却轮到我来照顾别人了。"想起万贵妃凶恶的嘴脸，残狠的手段，种种张扬跋扈、霸道滥权的举止，心中憎恶，更生起了保善护弱之心，当下说道："你不要担心，我会想办法保全你的。"

纪宫女仍旧无法收泪，紧紧握着楚瀚的手不放，激动得不能自已。楚瀚轻拍她肩膀，安慰了她好一阵子，才告辞离去。

之后楚瀚便时时来探望纪宫女，为了避免被人看见，他总在三更半夜造访，替她送来各种饮食用物。纪宫女的病状由此渐有起色，身子慢慢健朗起来，胎儿也保住了。羊房夹道太过偏僻，纪宫女又极少出门，因此她怀胎十月，竟然始终没有被人发觉。

这一日，纪宫女就将临盆。楚瀚对这等事情自然毫无经验，那天晚上他来到安乐堂时，见纪宫女已请了一个早年被贬到安乐堂、有接生经验的老宫女，来此帮她接生。楚瀚虽是个"宦官"，那老宫女仍将他赶了出去，要他在门外等候。

楚瀚在门外走来走去，只听得纪宫女在屋中喘息呻吟，显然极为痛苦。老宫女不断安抚道："再忍忍，再忍忍。还早呢！"

楚瀚彷徨不安，手心出汗，只听屋内纪宫女的喘息愈来愈粗重，呻吟也愈来愈凄厉，生产过程艰难漫长，似乎永无止境。好几个时辰过去了，才听老宫女道："可以了。现在你得用力蹦了。"接下来传出的不是喘息呻吟，而是惨叫了。那老宫女忙道："别叫，叫有什么用！愈叫愈分散了力气。听我数到三，用力蹦！"

楚瀚只听得心惊肉跳，一颗心怦怦乱跳，只能勉强压抑心头的焦虑忧急，继续等候，最后终于听那老宫女道："很好，很好！就是这样。是了，是了，头出来了！再蹦！"接着便听纪宫女长长吁出一口气，屋内响起了婴儿的哭声。

此时正是三更时分，老宫女开门对楚瀚道："快进来帮手！"楚瀚正在外面探头探脑，听她呼唤，只吓得跳了起来，连忙答应，冲入房中。

老宫女命楚瀚端过装了温水的木盆，自己将初生婴儿放入盆中清洗。楚瀚见那婴儿黑黑瘦瘦，全身血迹，半截脐带还连在肚子上，模样十分吓人，只看得头皮发麻。

纪宫女在炕上虚弱地问道："婴儿可好？"老宫女沉声道："是个男娃娃。"楚瀚这才注意到，水盆中的确实是个男娃娃。

老宫女将婴儿清洗干净了，用布包起，交给楚瀚抱着，自己去替纪宫女冲洗穿衣，扶她躺好。老宫女知道这事情干系不小，不敢多留，处理完后，便匆匆去了。

楚瀚从来没有抱过初生婴儿，不禁有些着慌，小心翼翼地抱着那团襁褓，眼见那婴儿皱起小脸，似乎便要哭泣，连忙轻轻摇晃，口中哄道："不哭，不哭！"但婴儿仍旧哭了出来，人虽小，声音却十分洪亮，直哭得楚瀚心慌意乱，不知所措。

纪宫女声音微弱，说道："请你把孩子抱过来，让我喂他。"

楚瀚将婴儿抱到炕边，纪宫女苍白的脸上露出微笑，双手接过孩子，望着他的小脸，低声道："真像！"

楚瀚心想："真像谁？像万岁爷吗？"他回想成化皇帝的脸容，皮肤白白嫩嫩，脸颊浮肿，双目无神，唇厚皮松；而眼前这小婴儿干干皱皱，肤色紫黑，双目紧闭，如何也瞧不出他跟皇帝有什么地方相似。

他正疑惑时，纪宫女已将孩子放在胸前，开始喂奶。楚瀚离开炕边，忽然听见窗外传来极细微的声响，似乎有人碰触到了屋旁小树的枝叶。他心生警觉，一个箭步抢去窗边，但见黑影一闪，一个人影快捷无伦地疾奔而去，消失在转角。楚瀚心中大惊，这人身法灵巧，显然轻功极高，而且似曾相识。

他勉强镇定下来，想了许久，忽然脑中灵光一闪，这才忆起："我在扬大夫家中养伤时，有次大夫来我房中替我换药，谈起我的身世，我忽然警觉窗外有人在偷听，但一转头往窗口望去，那人影便消失无踪了。扬大夫以为是他家小厮经过，但那身法绝非寻常人物。难道刚才窗外那人，跟出

现在扬家的是同一个人？莫非从那么多年前开始，便有人在跟踪监视我？我怎的一点也未曾警觉？”

他心中虽怀疑，却毕竟无法确定，只能祈求是自己眼花多心，或希望那人并不是万贵妃的手下。但如果自己并未看错，却又如何？那人若真是万贵妃派出来的眼线，回去向万贵妃报告纪宫女生子之事，万贵妃定会火速派人赶来“善后”，这对母子性命定然不保。他心知纸是包不住火的，宫中除了自己之外，还有不少宫女宦官充当万贵妃的眼线，皇子诞生这等大事，即使在偏远的安乐堂中，也不免会传到万贵妃的耳中，只是时间迟早罢了。而事情一旦爆发，自己很可能也会被牵连在其中。此时此刻，他该怎么做才是？

楚瀚站在窗前，望向迷蒙的夜色，回想起童年的经历：舅舅收留了孤弱无依的他，即使上官家和柳家对自己充满敌意，舅舅始终尽力保护他，直到舅舅离村身亡；扬大夫收留重伤濒死的他，当梁芳带着锦衣卫来搜索拿人时，扬大夫也不曾将他交出，只说自家这儿没有钦犯。如今自己是世间唯一能保护纪宫女和她的孩子的人，自己又怎能舍弃她们？

他回过头，望向纪宫女，但见她疲惫的脸上满是慈爱，嘴角带着一抹微笑，低头望向怀中的婴儿。楚瀚陡然意识到这对母子是多么地珍贵，又是多么地孤弱。他知道自己绝不能置身事外，他不能眼睁睁地看着万贵妃下手荼害这对母子。

他回想当初自己因同情纪宫女的处境，不忍见她饿死，出于一念善心，才开始替她送些饮食来，当时并没认真想过事情会走到这一地步，而在亲历今夜那场漫长的生产挣扎，婴儿终于呱呱落地之后，他才意识到自己面对的，乃是两条性命的生死存亡。

他默默地守在纪宫女的炕前，感受落在自己肩上的重担，和这重担带来的莫大责任和危险。他一定要保护她们，但是，他能做什么？

就在这时，纪宫女喂完了奶，婴儿沉沉睡去。她轻声道："楚公公，夜已深了，你也早些回去歇息吧。"

楚瀚如从梦中惊醒，说道："我……"他想说出自己担心事情会传到万贵妃耳中，万贵妃就将派人前来加害，但随即又想："说出来又如何？不过徒令纪宫女担惊受怕罢了。除非我有办法解救二人，不然多说也是无益。"当下说道："娘娘也请多歇息，我明日再来探望。"

他离开纪宫女的住处后，便立即赶去昭德宫探听消息。他才来到昭德宫外，远远便听见万贵妃的怒吼声。楚瀚心中一跳："三更半夜的，老婆娘恼怒如此，莫非已知道了那事？"当下悄悄掩上，隐身在屋檐偷看。但见黑暗的宫中点起了许多烛火，万贵妃叉腰站在昭德宫正殿当中，戳指怒骂："一群蠢才！这么大的事情，竟然到现在才发现？你们都是干什么吃的？"七八个宫女宦官匍伏在她面前，惊得簌簌发抖，头也不敢抬起。

万贵妃大步走上前，伸脚重重踢上一个宫女的脸颊，喝道："死娃子碧心，我不是叫你去将那孽种了下来？你却说那狐狸精是病了，命不长久！现在孩子生下来了，你怎么说？"

那宫女正是碧心。她被踢得满嘴鲜血，倒在地上不敢回口。万贵妃又狠狠踢了她几脚，怒喝道："你说话呀！"碧心趴在地上，口齿不清地颤声道："娘娘息怒，奴婢……奴婢……看她可怜……"

万贵妃大怒道："你看她可怜，你凭什么？谁来可怜我呀？来人，将这

贱婢拖下去，给我活活打死了！"便有两个宦官上来，将碧心拖了下去。

万贵妃生性残暴，隔几日便打死一两个宫女宦官也是常事，碧心胆大包天，竟然敢蒙骗忌刻好疑的万贵妃，死罪原也是难免。

楚瀚心中不忍，悄悄跟了出去，但见两个宦官将碧心拖去后边院外的空地，持大棍子一五一十地打了起来，碧心哀号几声，便昏厥了过去。

楚瀚看不下去，决意出手相救。他从怀中摸出一枚三家村的法宝"落地雷"，往墙角扔去，但听轰的一响，炸碎了好几个花盆。那两个宦官一惊，转头望去，一个宦官站着没动，另一个宦官走上前去探视，说道："大约是耗子撞倒了花盆吧。"走回来还想继续打时，却发现地上只剩一摊血迹，碧心的身子竟已凭空消失了！两名宦官脸色大变，互相望望，一股恐惧直窜上心头，同时低呼："有鬼！"

两人扔下棍子，惊恐莫名，四下张望，生怕那鬼怪会来取己性命，却又不敢张扬此事。两人低声商议了一阵，都认定是遇上了妖魅鬼怪，约定三缄其口，只向万贵妃回报人已打死，扔入井中去了，绝口不提遇上鬼魅之事。

碧心自然是被楚瀚救了去。他施展高超的飞技，趁两个宦官分神的一刹那间，飞身落地，抱走了碧心，又闪身躲入暗处，那两个宦官竟然更未瞥见他的身影。

楚瀚救了人，一时却没想到该如何处置她，抱着她的身子奔出一段，远远见到一个老宦官提着灯笼在巡夜，打从夹道经过。楚瀚看清了他的脸面，却是自己曾关照过的尚衣监马源。楚瀚生怕万贵妃就将出手对付纪娘娘，自己时间不多，当下从怀中掏出一些银两，上前塞给马源，说道："老马，万娘娘的宫女受了责罚，伤得很重。你将人抬去我那儿，交给小凳子，让他照看着。"

马源之前向楚瀚借过不少钱，一直很感念他的大方慷慨，这时忙道："能为楚公公办事，马源荣幸之至，一定办得妥妥贴贴，公公请放心。"

楚瀚又低声道："别张扬，也别让人看见了。"马源连忙点头，扛起了昏死的碧心，快步从夹道中奔去了。

第十九章

蒙面锦衣

　　楚瀚望着马源走远，等到四下无人，又赶紧飞身回到昭德宫，此时万贵妃又已发了一回飙，将其余的宫女劈头臭骂了一顿，最后吼道："张敏，天亮以后，你立即去安乐堂，替我溺死了那孽种！"

　　楚瀚侧过头，见到门监张敏趴在地上磕头道："奴才遵旨。"万贵妃气冲冲地转身入内。

　　楚瀚稍稍放心，万贵妃命他天明去动手，那么时间尚不紧急，还有几个时辰可以想法应付。他与这张敏并不甚熟，只知他是从南方一个叫作金门的小岛来的，因家境贫穷而净身入宫。平日他谨慎少言，是宦官之中少见的厚道老实人。万贵妃派他去溺死婴儿，他真的会下手吗？他亲眼见到碧心被拖下去乱棒打死，想来是不会敢违背万贵妃的意旨。

　　楚瀚又想："婴儿才出生没多久，万老太婆立即便知道了这件事，那么报密的人必然是刚才躲在窗外偷听、轻功高绝的家伙。那人究竟是谁，我怎的从未在宫中见过他的身影？"

他一时想之不透，只能暂且将这件事置诸脑后。他心想："我要保住婴儿，必得事先到安乐堂布置好，最好是假装婴儿已死，甚至将张敏也骗过了，才是上策。"他赶紧向安乐堂奔去，不料却见一人躲躲藏藏地走在自己之前，手中提着一盏小油灯，看清楚了，那人正是张敏。楚瀚甚是奇怪："万老婆娘不是要他天明才来动手吗？他却为何提早赶去？"

当下悄悄跟在张敏身后，来到安乐堂的羊房夹道，纪娘娘的住处之外。楚瀚生怕张敏一入门便对婴儿狠下杀手，躲在窗外偷窥，心中打定主意："张敏若动手伤害婴儿，我便立即冲进去阻止。"又想："最好他将婴儿抱了出来，我便能重施故技，跟救走那宫女碧心一般，趁黑将婴儿夺走。这样既能保住婴儿，张敏也无从追究到纪娘娘头上。"

正思量时，张敏伸手敲门，纪娘娘清醒过来，低声问道："什么人？"语音满是惊恐。

张敏答道："昭德宫门监张敏。"

纪娘娘听见"昭德宫"三个字，脸色煞白，双手抱紧了怀中的婴儿，不再出声。张敏又敲了几下门，眼见门内没有回应，便伸手推门，门应手开了，原来楚瀚刚才离去后，她无力下炕闩门，因此门并未闩上。

张敏跨入屋中，见到纪娘娘坐在炕上，怀中抱着一个初生婴儿，一时竟似傻了，站在昏暗的屋子当中，手中仍提着那盏小油灯，没有出声。

房中静了一阵，只有几声婴儿发出的嘤咛声响。

张敏开口问道："孩子……多大了？"

纪娘娘冷冷地道："有劳公公相询，才出生几个时辰。"张敏点头道："健壮结实，长得好样儿啊。"

纪娘娘听了，忍不住怒从心起，提高声音道："我道你还有些人性，竟有脸说出这等话？你为何而来，我岂有不知？你若要像猫捉耗子那般玩弄我母子，不如趁早给我们个爽快来得干净！"

张敏甚觉窘迫，涨红了脸，静了好半天，才低声道："皇上至今无子，这孩子可宝贵啊。龙种福德齐天，我又怎有胆量下手呢！但是……但是……唉！"只听噗通一声，却是张敏跪倒在地，哽声说道："娘娘，奴才这点良知还是有的。这事我不能干！娘娘好生保重，我们想个法儿，将皇子藏了起来。宫中地方大，不会那么容易便被人发现的。"

纪娘娘大出意料之外，直望着张敏，颤声道："公公可是认真的？"张敏连连点头，说道："不瞒娘娘，主子命我天明来干这事儿。我心里不安，因此立刻赶来了，希望早些通知娘娘，赶快想法将小主子藏起来了才好。"

纪娘娘哽咽道："多谢公公大恩！纪善贞永生不忘。"

楚瀚心想张敏毕竟甚是个淳厚之人，不肯做那弑婴之事，而纪娘娘得知爱子获救有望时，语音中的狂喜、欣慰、感激等情，虽只是几句话，已将一个母亲深爱孩子的心思表露无遗。楚瀚不禁眼眶湿润，大大地松了一口气。

纪娘娘和张敏便开始商议该将婴儿藏去何处。张敏道："我往年有个妹妹在宫中，因病被送到安乐堂休养。我来这儿照顾过她一段时候，知道安乐堂的水井曲道上有间角屋，平时用来堆积杂粮布料，少有人去。我曾见到放置黄豆的仓房墙后有个夹壁，甚是隐密，不如先将孩子藏去那里，再做打算。"纪娘娘同意了，两人便着手准备。

楚瀚心想："若是动作快些，要将事情藏得不露痕迹，也是可能的。"

他正要入屋相助，忽听夹道一端传来细微的脚步声，听来是好几个练过武功之人，正快步奔近。

楚瀚心中一凛，飞身上屋，沿着屋顶奔到西首观望，但见来者共有四人，身穿锦衣卫服色，大吃一惊："莫非万贵妃不放心，另外派了人来杀害婴儿？"

果见那四人悄声来到纪娘娘的屋外，分散在门外监视，显然正是为了杀死婴儿一事而来。

楚瀚知道事不宜迟，立即从屋顶跃下，转到后门，从窗户跃入屋中，向张敏和纪娘娘做个噤声的手势。二人正快手打包婴儿的衣物用品，见到他忽然出现，都吃了一惊。纪娘娘松了一口气，张敏认得他，张口想叫："楚公公！"却被楚瀚上前按住了嘴巴。张敏心中惊惶无已，他知道楚瀚是梁芳手下的人，而梁芳又是万贵妃的亲信，此时见到他出现，只道事机败露，后果难料，一颗心直如沉到肚子底下一般。

楚瀚压低声音道："张公公莫要惊慌，我是来相助的。此刻门外已有四个锦衣卫监视着，我们得赶紧行动。"

张敏仍旧怀疑地望着他。楚瀚悄声道："张公公的话我都听见了。这孩子我们一定得保住。"他四下张望，见到床角的木盆，盆中有一堆生产时留下的血污和胎盘。他灵机一动，快手抓过床上棉被，将血污胎盘裹了一包，低声道："张公公，你将这包事物拿去宫后的乱葬场，赶紧埋了。"转向纪娘娘，说道："娘娘留在此地，只管放声大哭便是，我带孩子藏到水井曲道的角屋里。"

张敏完全慌了手脚，僵立当地，无法动弹。他未曾按照万贵妃的命令

杀死婴儿，本是出于一念不忍，一念好心，一念侥幸；此刻被人发觉了，不知自己是该信任这小孩儿，与他一起解救小皇子，还是干脆反脸，放声呼唤门外的锦衣卫进来杀了小皇子，以保住自己的性命？一时天人交战，全身冷汗直冒，无法委决。

当此情境，纪娘娘竟出奇地镇静，她一眼便看清了张敏心中的挣扎，知道必须敲钉转角，让他不能反悔，当下走上前来，对张敏拜倒，说道："感谢张公公救命大德！"将襁褓交在楚瀚手中，说道："楚公公，我儿就托付给你了！"

楚瀚低声道："娘娘请放心。"他望向张敏，张敏眼见纪娘娘对楚瀚如此信任，当此情境，也不容他再犹疑，便伸手接过了楚瀚手中的棉被包裹，向楚瀚和纪娘娘点了点头，大声说道："你这女子还算乖觉听话，省我事儿，我也不为难你了。这事物我拿去埋了，你便当作什么都没发生过吧！"说着拎着棉被，开门出去。

楚瀚已抱着婴儿，窜出窗外，跃上屋顶，正见到四个锦衣卫站在张敏身前，当先一人问道："张公公吗？事情可办成了？"

张敏见到众人，装作吓了一跳，颤声道："办成了。我这去……去埋了这……"举起手中那包血布。这时夜色正浓，当先那锦衣卫低头见那布包中血肉模糊，鼻中闻到血腥味儿，无心多看，挥了挥手，说道："知道了。张公公快去办事吧。"

张敏战战兢兢地举步往乱葬场走去，却听那锦衣卫又道："我们跟张公公一块儿去。"

张敏想要拒绝，却说不出个好理由来，便闭上了嘴。其中一个蒙着面的锦衣卫却不动，嘶哑着声音道："你们去，我留下。"

那锦衣卫头领似乎有些惊讶，却也没有出声反对，只道："好吧。你且留下，我们走！"便与另二人跟在张敏身后走去。

那蒙面锦衣卫待他们走远，上前推开纪娘娘的房门，闯了进去。楚瀚生怕他伤害纪娘娘，伏在屋檐上，屏住呼吸，不敢就此离去。

纪娘娘正坐在床上掩面而泣，抬头望见那锦衣卫，哭叫道："你们要了我儿的命，现在连我的命也要了去吗？那敢情好，让我跟我儿一起去罢了！来呀！动手呀！"

那蒙面锦衣卫丝毫不为所动，冷冷地问道："刚才还有谁来过？"

纪娘娘心一跳，随即镇定下来，说道："不就是那天杀的张敏？"

那蒙面锦衣卫嘿了一声，大步冲入屋中，翻箱倒柜乒乒乓乓地搜索起来，将床褥和床底都搜过了，都没有见到人。那蒙面锦衣卫冷哼一声，说道："小贼想是溜了。"回身出屋，快步离去。

楚瀚在屋檐上望着他离去，一颗心怦怦而跳，暗想："这人怎会知道我来过此地？"他藏在屋顶上，凭着蝉翼神功，自然不会发出半点声响，但婴儿可就难说了。所幸孩子刚吃完奶，睡得香甜，这段时间中一声未吱。楚瀚暗暗吁了一口气，又等了一会儿，才跳下地来，辨别方向，往水井曲道的角屋奔去。

将近水井曲道，便听见远处有人高声说话。楚瀚掩上前去，见是刚才那四个锦衣卫，正在水井边争执。但听那蒙面人尖声道："张敏呢？"锦衣卫头领道："回去了。"蒙面人怒道："你就这么放他走了？"那锦衣卫头

领也提高了声音，说道："他办完了事，不让他走，难道要他留在坟场守坟吗？"

蒙面人问道："当真埋好了？你们亲眼见到尸体了？"

那锦衣卫头领顿了顿，才道："不就是个小婴儿吗？早埋好了。"蒙面人追问道："黑夜之中，你当真见到了？你打了灯吗？点了火折吗？"锦衣卫头领语塞，支吾道："打灯是没有，但是……"

蒙面人打断他的话头，冷然道："你们几个玩忽职守，总有一日会知道厉害！带我去坟场，我要挖出尸体来瞧瞧！"

那锦衣卫头领吞了口口水，说道："明日再去吧？"蒙面人怒道："推三阻四的，莫非你们收了张敏的什么好处？那地方满是野狗，今夜不去挖出看个明白，明日还有什么可看的？"

其余三个锦衣卫互相望望，都是愕然，但在那蒙面人的坚持下，三人虽极不情愿，仍不得不回头往坟场走去。

楚瀚心中念头急转，生怕他们挖出那个胎盘，发现其中有弊，决定先安置婴儿，再去引开那几个锦衣卫。他飞步追上张敏，低唤道："张公公！"

这时张敏已走到西内门口，听见楚瀚呼唤，连忙停步回头。楚瀚道："那几个锦衣卫不死心，回去坟场挖尸查验了。你快跟我来，我们将婴儿安顿了，我去引开他们。"

张敏点点头，领着楚瀚来到水井曲道的角屋，进入那间堆积黄豆的仓房。张敏走到一个不起眼的角落，说道："暗门在这儿。"伸手推开了一扇两尺见方的矮门，里面果然有间小小的夹壁。楚瀚让张敏和婴儿躲入夹壁之中，自己拉起领巾蒙住了脸，说道："张公公小心，我去引开他们。"便即离开曲道，奔到乱葬场边。

但见那几个锦衣卫打着火折，正满头大汗，寻找方才埋葬婴尸的坟地。楚瀚看准时机，忽然大叫起来："飞贼！宫中来了飞贼啊！"

四个锦衣卫一齐抬头，楚瀚特意高高跃起，让他们见到自己的身形。但听那锦衣卫头领叫道："追！"四人先后追了上来。

楚瀚本意便是要引开这几个锦衣卫，见他们追了上来，才拔步快奔。以他飞技之佳，那些锦衣卫原本连他的影子也见不到，此时他故意放慢脚步，让众人全数追上了，才在众人注视下，一跃出了数丈高的围墙。但听众锦衣卫在墙后高声喝骂，忙着寻找门户。

楚瀚知道他们无法跃上这座高墙，微微一笑，正要转身离去，却见墙头上站了一个人，蒙着脸面，身形一闪，已落在自己身前。

楚瀚从未遇到过飞技与自己相若之人，更未想到锦衣卫中竟有这等人物，一惊之下，立即一个后翻身，弹出数丈，飞奔而去。那蒙面人如影随形地跟了上来，离他身后不过五步之遥。楚瀚熟悉路径，一径闯出了皇宫，钻入京城狭小的胡同之中，左穿右绕，仗着黑暗掩护，渐渐拉开自己与追者的距离。

又穿过几条胡同，他将追者甩出七八丈外，但仍能听见那人轻捷的脚步声如蛆附骨般地跟在身后。他知道自己若能听见对方的脚步声，对方必定也能听见自己的脚步声，总能循声追上，毕竟未能完全甩脱对方。他不敢停下脚步，施展蝉翼神功，一时跃上树梢，一时跳上屋檐，一时在高高的围墙上疾行，一时在弯曲的胡同中乱窜。但那蒙面人即使在黑暗之中，

却丝毫不失敏锐精准，循声探影直追而上。

楚瀚此时再无怀疑，这人定然便是多年前曾到扬钟山家偷窥，并在昨夜到纪娘娘房外观望的那人。他感到芒刺在背，他自练成飞技以来，从未遇过如此可怖的对手，心中又是惊诧，又是焦急，只能尽量镇定下来，对自己道："我在宫中这些时候，竟然不知道锦衣卫中有这等人物，真是瞎了眼！好在他尚未见到我的面目，也不能确定我与张敏杀婴之事有关。我得赶紧躲藏起来，绝不能让他追上。"

他暗不择路，在胡同中乱奔，老早迷失了方向。这时他一抬头，见到不远处有间寺庙，庙门紧闭，庙前香炉兀自冒着残烟。楚瀚奔到庙外的天井，四下一望，见到庙门上挂着横匾，庙门旁放着个香油箱，天井当中立着一座铜香炉，左首堆栈着一人高的罗汉座，右首放着一只大水缸。他念头急转，当机立断，从怀中掏出几样事物，快手布置好了，隐身在天井之中。

那蒙面锦衣卫转眼便已追上，他停下脚步，侧耳细听，知道楚瀚并未离去，定然躲在这天井之中。他冰冷的眼光四下一扫，停留在庙门上的匾额，上面写着"净圆寺"三个大字。他一跃而起，挥刀斩去，登时将匾额斩成两段，轰然落地，但匾后无人。

蒙面人哼了一声，转身去望那香炉，两步抢到香炉边，挥刀向内斩去，一时香灰飞扬，炉中无人。蒙面人又去推倒了左首那堆罗汉座，砰然声响，罗汉座后无人；他又去踢翻右首的大水缸，清水流了一地，仍旧无人。

蒙面人又惊又恼，他知道对头定然躲进了这个天井，绝对未曾逃出，但所有能躲的地方他都找过了，对头是人不是老鼠，还有何处可躲？他眼光扫向天井的各个角落，最后停在门旁的香油箱之上。这箱子不过三尺见方，孩童大约躲得进去，成人若擅长缩骨功，或许也能藏身于此。他慢慢走上前，打算持刀劈开箱子，忽听脚步杂沓，箱旁的大门"呀"一声开了，一个和尚探头出来，睡眼惺忪地骂道："他奶奶的，大半夜儿的，哪个王八蛋在这儿发疯撒泼？"抬头见到那锦衣卫手中亮晃晃的刀，惊呼一声，正要关门，蒙面人已抢上前去，一把抓住那和尚的衣领，喝道："我是锦衣卫！有钦犯逃入你这庙里，快交出人来！"

那和尚听说是锦衣卫，吓得要命，忙不迭跪下求饶道："官爷！小僧瞎了眼，官爷恕罪则个！"他身后又有三五个和尚闻声出来，七嘴八舌地探问究竟，就在这一团乱中，楚瀚已从屋檐下钻出，如燕子般轻巧地翻上屋顶，飞身而去。

这藏身屋檐下的功夫乃是三家村的独门绝技，楚瀚往年早晚苦练以两指之力悬挂在木椽上，能够挂上几炷香的时间而不稍动弹。这庙的屋檐甚是窄浅，他用双手捏住木椽，身子紧贴在屋檐之下，除非站在庙门口抬头上望，不然便无法见到他的身形。加上天井中有许多更明显的藏身处，楚瀚又一一在匾额、香炉、罗汉座堆、水缸处留下痕迹，让对头心生怀疑，先行搜索这些地方，始终没想到他竟会藏在最容易被见到的屋檐之下。他的算计也甚准，知道对方弄出声响后，定会有人出来探视，自己便能趁乱逃走。这一切都如他所料，他从屋檐下溜出逃逸，那锦衣卫更未见到，在那几个和尚的大呼小叫声中，也未能听见他远去的脚步声。

楚瀚心中暗叫好险，知道若是在几个月前，自己尚未练成蝉翼神功，

必然躲不过这蒙面人的追赶。他又在宫外绕了许久，确定那蒙面人不曾跟来，才悄悄回入皇宫。

他猜想天明之后，那几个锦衣卫定会再回去乱葬场试图挖掘婴尸，但他知道乱葬场中野狗和黄鼠狼甚多，不消几个时辰，便会将掩埋得不好的尸体掘出来吃了。到得天明，就死无对证。只要张敏小心躲藏，不让人发现婴儿的踪迹，这件事情毕竟不会败露。

第二十章

藏匿幼主

楚瀚回到御用监自己的住处时，已是四更时分。他见到手下小凳子趴在卧房外的桌上打盹儿，一张圆脸靠在胖胖的手臂上，口水沾湿了一片衣袖。黑猫小影子缩在他的怀中，也睡得香甜。

楚瀚微微一呆，他不想让小凳子知道自己这么晚才回来，便先悄声入房，假作开门出来，问道："小凳子，你在这儿做什么？"

小凳子名叫邓原，是个十二岁的少年，比楚瀚还要小上几岁，一张大脸圆圆平平，酷似板凳面儿，因此得了个"小凳子"的诨号。他生性憨厚老实，但办事极为认真，交代他什么事情，一定全心全意办好，从不推辞叫难。他和小麦子两人都是和楚瀚同日净身的一批小宦官，入宫后小麦子跟楚瀚一起被派到御用监，小凳子则被派到惜薪司去，在那里干了几年杂务。楚瀚升任御用监右监丞后，便将两人都调来自己手下办事，是他此时最忠心能干的两个手下。

这时小凳子一惊醒来，赶紧站起身，小影子满不情愿地跳了开去。小凳子揉着眼睛道："楚公公！早些马公公抱了一个宫女过来，伤得很重，我给敷了药，放在外间床上，仍昏迷不醒。"

楚瀚这才记起自己让马源将万贵妃的宫女碧心送来之事，点点头，说道："我知道了，你早些去休息吧。"

小凳子低声问道："楚公公，那宫女该如何处置？"

楚瀚当时一念不忍，出手救了碧心的命，一时也想不出该如何处置她，说道："万贵妃命人打死了她，我看着可怜，才让马公公悄悄将她救了出来。我们得小心将她藏起，别让人发现了。等她养好了伤，或许让她改名换姓，送去安乐堂或浣衣局避避风头，之后再说吧。"小凳子答应了。楚瀚便让他快去睡觉，自己也回入房中，关上了房门。

他挂念着婴儿，心想自己得赶紧去看看张敏和婴儿如何了，心中一动："就怕婴儿饿了，哭起来可麻烦。"他也不知能喂什么给婴儿吃，手边又不可能有奶水，四下一望，随手拿了一盒外臣进献给梁芳的软糖，一罐蜜粉，塞入怀中，便又出门去了。

他小心翼翼地赶回水井曲道的角屋，此时锦衣卫已然离去，他确定四下无人，才偷偷入屋，来到堆积黄豆的仓房，轻轻敲了敲墙壁，低声道："张公公，是我楚瀚。"

张敏开了门，楚瀚矮身钻入，张敏将手指竖在口前，示意别出声。楚瀚借着透过板壁缝隙射进来的曙光，但见婴儿窝在张敏怀中，沉沉睡着，双眼紧闭，神色极为安详。张敏低头望着婴儿，脸上满是温柔的神色，四下寂静，两人一齐望着婴儿好一会儿，心中都感到一片异样的平安满足。

过了一会儿，婴儿动了一下，侧过头，张开小嘴想要吸吮。张敏皱眉道："这时节，可不能送回去给他娘喂奶。这可怎么是好？"

楚瀚从怀中取出软糖和蜜粉，说道："不知婴儿吃不吃这个？"

张敏自幼净身入宫，也没有育儿经验，说道："不如试试？"便用手沾了蜜粉，喂入婴儿口中，婴儿张口吸吮，吃了下去。张敏和楚瀚心头都是一喜，忍不住相视一笑。

张敏沾着蜜糖哺喂婴儿，喂了一阵，婴儿吃饱了，便闭口不再吃了。张敏轻轻摇着婴儿，让他入睡，转头望向屋外，问道："天亮了吗？"楚瀚道："寅时快过了。"张敏道："我得回去昭德宫复命了。外面那些人如何？"

楚瀚将锦衣卫去乱葬场挖掘、自己引他们追赶、逃出宫去、甩开追兵的前后说了。张敏听了楚瀚的叙述，不禁皱眉说道："我若回去说婴儿已经解决了，他们要再去挖，挖不到婴儿尸体，却又如何？我可不想被打入诏狱！"说着不由得身子一颤。

楚瀚听他提起"诏狱"，也不禁颇为忌惮。他入宫已久，知道锦衣卫乃是皇帝直属的内廷亲军，负责保护皇帝的安危及调查侦缉皇帝交办的案件，有权逮捕疑犯，加以审问用刑，甚至设有自己的法庭和监狱。由于锦衣卫承办的案件乃由皇帝亲自下诏侦查，因此被称为"诏狱"。锦衣卫的权力凌驾于正规的三法司之上，不受任何机构管辖，其无法无天、可怖可畏处与东厂可谓不相上下。相对于东厂，锦衣卫指挥使乃是外官，东厂则一般由司礼监的秉笔太监担任提督，更加受到皇帝的信任。这两个机构互相依恃，关系密切，东厂中的属官和隶役大多由锦衣卫中选任。眼下皇帝

懒散庸懦，从未亲身指挥锦衣卫，锦衣卫实际上是操纵在万贵妃手中。张敏自然知道其中厉害，自己违抗万贵妃旨意，若被锦衣卫捉个正着，下诏狱、受酷刑自是免不了的。

楚瀚想了想，说道："张公公但说无妨。那几个跟你去坟场的锦衣卫口称亲眼看见婴儿被埋，绝对不会改口。过了半夜，野狗早将什么都挖出来吃了，死无对证。"

张敏点点头，叹了口气，说道："我反正拼着一死，也顾不了那么多了。我去后，这儿就靠你了。"

楚瀚拍拍他的肩膀，安慰道："张公公别担心，好人不会那么容易便死的。"张敏微微苦笑，出门去了。

楚瀚独自在黑暗中抱着婴儿，四下一片寂静平和，忽听怀中发出一阵呼噜呼噜的声响。楚瀚一呆，轻轻将婴儿放下，解开襁褓，果然见到婴儿解了大便。他哪里知道该如何处理，慌忙伸手在怀中乱掏，掏出一张手帕，胡乱替婴儿擦干净了，又用襁褓将婴儿包了起来，心中打定主意："下回来，得多带上几条棉布充当尿布。"

婴儿解完大便后，肚子又饿了，张开小嘴不断想吸吮。楚瀚学着张敏的样，用手指沾蜜粉喂了他一些，婴儿便又沉沉睡去。楚瀚望着婴儿紫红色的小脸，紧闭的双眼，安稳的神情，心中忽然感到一股奇异的平静，觉得能怀抱一个柔弱温暖的初生婴儿，真是世间最美好、最神奇的事情。

他倾听着屋外破晓时分的清脆鸟啭，感受着怀中温暖的小生命，顿觉人生实是不可思议。他照顾纪娘娘数月，直到她临盆产子，期间从未想过婴儿生出来后，会是如何的情景。昨夜情势瞬息万变，他一心抢救婴儿性命，直到此刻安定下来，他才意识到保住这婴儿的性命，对他来说居然如此重要。至于这婴儿乃是当今皇帝的唯一子息，甚至可能是未来的皇帝，这些念头他却连想都没有想过。

次日中午，张敏偷偷回到水井曲道，满面喜色，对楚瀚道："主子没起疑。我们轮流照顾小主子，等风头过后再想办法。"

于是两人悄悄找了各自最信任的两个宫女秋华和许蓉，两个宦官小凳子和小麦子，轮流来此喂哺婴儿。这孩子在一众一辈子不能生育、从未保抱过婴儿的善心宦官，和一辈子没机会生育、渴望满足母性的寂寞宫女照拂下，就此存活了下来。万贵妃大约是听了锦衣卫模棱两可的报告，心中仍不信婴儿已死，不断派人来安乐堂左近探伺，但众人将消息瞒得滴水不漏，万贵妃派出的探子一无所得。数月之后，便未再派人出来窥查。

此后楚瀚每隔数日便来看护婴儿，对于喂奶水、换尿布、包褓褓、哄睡觉，早是一把能手，驾轻就熟。这婴儿也似乎特别喜欢他，别人哄不来时，只要楚瀚一抱起，他便停下不哭，沉沉睡去，脸上露出满足的神情。小凳子和小麦子都笑道："这婴儿跟楚公公有缘，把你认作亲人啦。"

楚瀚心中疼爱这婴儿，往往抱着婴儿不肯放手，即使不是轮到他照顾婴儿，也不时跑来看他一看，抱他一抱，亲亲他的小脸。躲在这狭窄的夹壁中逗弄婴儿，已成了他每日最快乐的时光。

神偷天下 ❶ 跛脚小巧

218

这一日轮到楚瀚照顾婴儿，他正逗着婴儿玩时，忽听得轻盈的脚步声走入堆积黄豆的仓库。他从版壁的缝隙望出去，却见来者是两女，一个是纪娘娘，另一个却非张敏的亲信宫女秋华或许蓉，而是个不相识的大眼女娃，约莫十二三岁年纪，身着低等丫鬟装扮。纪娘娘伸手轻敲版壁，楚瀚连忙打开暗门，让两女进来。

那丫鬟见到楚瀚怀中的婴儿，大眼睛立即亮了起来，露出惊喜的笑容，上前开开心心地逗弄起婴儿来。楚瀚不知这丫鬟是谁，甚是惊疑，向纪娘娘望去。纪娘娘道："楚小公公，这位是吴皇后的贴身侍女沈莲。"

那丫鬟沈莲抬头对他一笑，说道："娘娘听说了大好消息，特遣我来探望小主子，送些奶品过来。"打开手中包袱，里面一罐罐都是奶膏奶浆之类。

楚瀚心想："原来这丫鬟竟是吴废后身边的人。吴废后和万贵妃乃是死对头，难怪如此关心。"又想："娘娘却为何主动将此事透露给吴废后知道？那不是危险得紧吗？"但见纪女官神色平静沉稳，似乎一切都在她的计划之中。

沈莲问娘娘道："我家娘娘请问娘娘，小主子叫什么名字？"

纪娘娘似乎早已决定了，说道："我唤他泓儿。三点水，弘扬的弘。"沈莲笑道："泓儿，泓儿，这名儿好！"她又逗弄了婴儿一会儿，才留下奶品，和纪娘娘一起离去，离去前笑嘻嘻地对楚瀚道："娘娘说，改日她要亲自来探望孩子呢。"

果然过不几日，废后吴氏便在沈莲的陪伴下亲自来了。吴氏身形高瘦，

气度雍容华贵，也不过二十来岁年纪。楚瀚向她跪下磕头请安，吴氏只淡淡地摆手道："我是受贬负罪之身，楚公公何须多礼？"

她从楚瀚手中接过孩子，沧桑的脸上露出又怜又爱的笑容，将婴儿温暖的身子紧紧搂在胸前，亲吻不止，赞道："好漂亮的娃儿！宽额大耳，白白净净，准是个有福气的孩子。"说着说着忍不住潸然泪下。

楚瀚和沈莲在旁看着，不禁对望一眼，哀然无言。他们年纪虽小，却已看多了宫中的悲欢离合，残酷争斗。他们眼见吴后被废后处境悲凉，凄惨绝望，心中都为她感到难受。

吴废后住在西内，离安乐堂不远，此后便常常带着丫环沈莲走过金鳌玉蝀桥，到水井曲道来探望婴儿，每回都抱着婴儿不肯放手，显然对这孩子发自内心疼爱。

楚瀚看在眼中，不禁想道："这孩子贵为皇帝长子，原该受封太子，正居东宫，享受无上尊荣宠爱才是，然而却不得不藏在阴暗的仓库夹壁之中，躲躲掩掩，生怕被人发现，宁不可悲！"转念又想："他虽没有名位尊荣，却受到亲生母亲、吴皇后和许许多多宫女宦官的尽心疼爱，又何尝不是福气？更何况大伙儿疼爱他，不是因为他是皇子，也不是因为伺候好他能得到皇帝的夸赞赏赐，而只是单纯的因为他是个应当受人疼爱的婴儿，这可是更加难得的了。"

后来楚瀚找着机会，向肚中颇有墨水的小麦子请问，才知道"泓"字形容水渊深无底，而自己名字中的"瀚"字则形容水广大无边。他甚觉惊喜，感到泓儿这名字极好，与自己的名字"瀚"字似乎隐隐相配，对泓儿益发疼爱关怀，此后生活的重心便全放在这婴儿身上。

220

几个月过去了，照顾婴儿的宫女宦官和纪娘娘、吴废后等都极为谨慎小心，不曾走漏半点风声。楚瀚探知万贵妃那儿再无动静，才渐渐放下心来。

他心中记挂着那夜来搜寻泓儿的蒙面锦衣卫，生怕他再次来下杀手，便去锦衣卫中打探，但却没有人知道那蒙面人是谁，叫什么名字，从何而来。楚瀚大觉古怪："锦衣卫号称皇帝亲军，编制严谨，怎么可能凭空冒出一个人来？"

他一时探查不出结果，而那蒙面人又再也未曾出现，只好暂且将此事放在一边。

这夜正是元宵夜，梁芳和其他大太监结伴出宫饮酒作乐去了，当夜轮到张敏看护泓儿，楚瀚独自在宫中闷得慌，便决定出去走走。他换上便服，带着小影子潜出宫外，在街头闲晃。这夜京城城门大开，金吾不禁，通宵达旦，让小民尽兴宴饮玩乐。街上挂满了五颜六色的灯笼，形状争奇斗艳，处处歌舞升平，游人摩肩接踵，好不热闹。到得戌时，东门外开始放起烟花，楚瀚嫌街上人挤，便施展飞技跃上一座宝塔，独自抱膝坐在屋檐上观看烟花。小影子不爱烟花的巨响和刺鼻的烟硝味儿，径自溜下宝塔，跟别的野猫聚会去。

楚瀚叫了小影子几次都没回来，便索罢了。他抬头望向满天的火树银花，又望向地上汹涌的人潮，只见万头攒动，心中忽然感到一阵难言的寂寥孤独。烟花结束后，人潮渐散，他心头忽然想起另一个孤独的人儿，不知如何竟极想见见她，便跟她坐着说几句话也好。

他下了宝塔，信步来到荣家班大院的后门外，问一个守门的老妇道："婆婆，请问红倌在吗？"老妇答道："红倌出戏去了。今儿元宵，他们唱完总要去喝上几圈。请问小兄弟是哪位？"

楚瀚摇了摇头，说道："我改日再来便是。"径自走开，来到荣家班大院后的小溪旁，望着天上点点繁星，耐心等候。一直到了丑时过后，才听见红倌才和班中其他戏子一道回来，一群人嬉笑打闹，口齿不清，显然都喝得醉醺醺的。

楚瀚已从窗口跃入红倌房中，坐在她的梳妆台旁等候，见到她跌跌撞撞地上楼进屋，便轻声唤道："红倌！"

红倌就着月光见到他，微微一呆，认出他来，笑道："原来是楚小公公，稀客，稀客！你怎么来啦？"

楚瀚脸上一红，说道："我来看看你，这就走了。"红倌一笑，拉住他道："别走。你是来看我的，怎不坐坐再走？"楚瀚闻言讪讪地留下了。

红倌点起灯，径自在梳妆台前坐下，见到台上放着一杯浓茶，犹自冒烟，知道是楚瀚为自己准备的，心中一暖，端起喝了，略略清醒了些。她对着镜子开始卸妆，眼光瞄着镜中的楚瀚，口中说道："嬷嬷有没有好好招呼你？饿吗？"

楚瀚坐在床边，睁着黑亮的眼睛凝望着红倌，摇摇头，说道："我是自己闯进来的，没让人知道。"

红倌问道："今儿宫中放假，你独自出来玩耍？"楚瀚道："我想起你，

出宫来看看你如何了。"

红倌望着镜子，拆下头上束发，抹去脸上脂粉，眼睫下垂，低声道："还不是老样子？"

楚瀚道："我担心你得紧。"红倌撇嘴道："担心什么？我唱戏可唱得开心了。"楚瀚叹了口气，他知道她近来愈来愈有名气，日日受到那帮权贵子弟的包围纠缠，不堪其扰。她心高气傲，不屑周旋于那帮子弟之间，已得罪了不少人。当下低声道："我挂心你，因为听宫中的公公们说，有好几个大官和公公的子弟们都在询问你的身价。"

红倌双眉竖起，哼了一声，说道："身价身价，他们以为自己有几个臭钱，就什么都买得到！不要脸！那等无赖子弟，就爱跟男旦厮混！你可知道臧家班的臧清倌一夜要多少钱？"楚瀚摇头表示不知。红倌伸出两根手指，说道："臧清倌的一夜要两百两银子！比珠绣巷多娇阁的头牌花娘方艳艳还要贵上足足两倍！"

楚瀚心道："你的身价，恐怕也不遑多让。"摇头道："身价还是其次，他们若发现你不是男旦，事情可不易了。"

红倌当然知道这是个棘手的问题，却做出满不在乎的神气，对他扮了个鬼脸，笑道："我们一个假男旦，一个假太监，也不知谁比谁糟些？"

楚瀚望见她调皮的神情，也忍不住笑了，辩解道："我才不是假太监呢。"

红倌嫣然而笑，说道："是，是。咱们都是真的，谁也不是假的。"披散着长发，站起身来到床边，一头滚倒在床上，踢了鞋子，说道："今夜连赶三场，唱了几出大戏，《泗州城》、《打店》、《打焦赞》全唱了，可累坏了我。"

楚瀚此时对戏曲已通熟了许多，这几个戏牌他都听过数次，笑道："你又扮水母，又扮孙二娘，又扮杨排风，今儿可撒够了泼，过足了瘾吧？"红倌笑道："可不是？要有人给我捶捶腰腿就好了。"楚瀚一笑，说道："乖乖趴好了，待我替你捶捶。"

红倌一听乐了，笑嘻嘻地道："当红小宦官替当红武旦捶腰腿，这可不大对头吧？"楚瀚道："你不要就算了。"红倌忙道："要，当然要！"翻身趴在床上，任由他替自己捶腰揉腿，一时兴起，随口唱道：

"绣鞋儿刚半拆，柳腰儿够一搦，羞答答不肯把头抬，只将鸳枕捱。云鬟彷佛坠金钗，偏宜髻儿歪。"

楚瀚自从听过红倌的《泗州城》后，便时时跟着小麦子出去听戏，这红极一时的《西厢记》自己听了许多回。红倌唱的正是第四本中的精彩处，张生和莺莺夜半偷会，结下私情。他忍不住接口唱道：

"我将这钮扣儿松，把缕带儿解；兰麝散幽斋。不良会把人禁害，哈！怎不肯回过脸儿来？"

红倌咯咯而笑，啐道："小子使坏！上回你说听戏不多，这会儿你可成了精啦！"

楚瀚也笑了，手里替她捶着，口中低声道："你房中好香。"红倌闭着眼睛，说道："是我房外那株夜来香。我爱极了，谁也不准动它。"忽道："我听说紫禁城东华苑里，有株非常名贵的夜来香，是南方进贡来的，香气清雅极了。一到晚上，整个东华苑都是它的香味儿。"

楚瀚道："我知道。那株花树的香味儿确实清新得很，奇的是愈高枝上的花儿愈香，顶上的几束更是芳香无比。"红倌奇道："你怎么知道？"楚瀚微笑道："我闻过，当然知道。"红倌悠然道："我要能闻闻就好了。"楚瀚道："下回我采来给你。别多说啦，好好躺着别动。"

红倌被他捶得通体舒泰，忍不住赞道："舒服极了！没想到小公公还真有一手。"楚瀚道："我小时候腿不好，常常得给自己揉揉捶捶的，久了就会了。"红倌笑道："我还以为你成日给皇帝捶腿呢。"楚瀚道："我连万岁爷的面都没见过，哪有福分替万岁爷捶腿？"红倌啐道："听你一口奴才话。"楚瀚道："我能替你捶腿，可比给万岁爷捶腿还有福分。"

红倌被他逗得笑了，翻过身来，直盯着他瞧，笑嘻嘻地道："你说说，我不过是个小小武旦，给我捶腿，怎能比给万岁爷捶腿还有福分？"

楚瀚低头望着她俊俏的脸庞，一时傻了，答不上来。红倌给他望得脸上没来由地一阵热，连忙翻过身去趴好。她累了一日，在楚瀚的轻揉下，全身舒畅，口中有一搭没一搭地跟楚瀚闲聊着，不知不觉地沉沉睡去。

次日清晨红倌儿醒来时，闻到一股淡雅的香气洋溢房中。她跳起身，见到楚瀚早已去了，却在她梳妆台上留了一束夜来香。她连忙跑去梳妆台前，仔细观望那花儿，嘴角不禁露出微笑，知道这定是楚瀚从宫中东华苑里最珍贵的那株夜来香树的树梢采来的。她却不知，世间也唯有楚瀚能轻而易举地摘到这花儿。

她凝视着那一团团白色的细小花儿，心中忽然感到若有所失，伸手摘下一朵，放在鼻边，一股清香直钻入鼻中，不禁心神荡漾，暗想："他究竟是不是在宫里当差的？若是，怎会有这心思工夫来我这儿缠磨？若不是，他无端来找我，替我揉按，又是为了什么？唉，我要能常常见到他就好了。"想到此处，脸蛋儿又不禁一红。

第
二
十
一
章

红
伶
情
缘

　　楚瀚自从那夜去找红倌后，心中更时时挂念着她。红倌所属的荣家班当时正走红，每月总有十多场戏。楚瀚每场必到，总坐在台下欣赏红倌精湛伶俐的身手，俏皮高傲的神采。他不愿让红倌遭人轻侮，受人闲气，便放出风声，扬言宫中重要人物要保红倌，不准旁人唐突冒犯。当时宦官势力庞大，一般富商子弟哪敢轻易去捋虎须，连宗室大族都得避让三分。红倌身边乌蝇一般的追求者渐渐减少，令她的日子过得轻松快活得多。

　　楚瀚此后也常常带着小影子，在半夜三更溜出宫去找红倌，带些宫中独有的驰名甜点给她吃。两个少年男女聚在房中吃喝倾谈，好不快活。楚瀚向来说话不多，往往坐在那儿，沉默地聆听红倌述说她最欢喜的戏牌，吟唱她最心爱的段子，直至夜深。

　　红倌对他的黑猫小影子情有独钟，常常将小影子搂在怀中，笑嘻嘻地道："小影子今晚别走了，留下来替我暖暖脚吧！"但小影子对楚瀚十分忠心，每次楚瀚离去，它都一定跳上楚瀚的肩头，跟他一起回宫。

有一夜红倌买了酒回来，两人各自喝了几杯，红倌双颊晕红，侧身躺在床上，一头睡在小影子的身上，将它当成了枕头。小影子也不介意，呼噜呼噜地继续安睡。

楚瀚道："你醉啦。待我去城东那家老店筛碗酸梅汤来，给你醒醒酒。"红倌撒娇道："酸梅汤有啥用？只有宫中那株夜来香，才能让我醒酒。"

楚瀚转头望向窗外，但见春雨绵绵，一片湿润阴郁。他道："我这就去摘。你好生躺着，别再喝啦。"

红倌原本只是跟他开个玩笑，连忙拉住他道："你傻了，这天候还去摘花？"楚瀚笑道："下点小雨算什么？狂风暴雨，我都照样去给你摘花来。"说着便从窗中跃了出去，转眼消失在烟雨之中。小影子平时总紧紧跟着楚瀚，今日外边湿漉漉地，它也懒散了，窝在床上没有起身。

红倌的酒意登时醒了，心中又是后悔，又是担忧，她虽知楚瀚轻功了得，但在这雨夜之中，闯入大内花园摘采花儿，哪是好玩儿的事？她抱起小影子，在房中不断来回踱步，不时往窗外张望。直等了一个多时辰，她才听到窗上一响，一个湿淋淋的人影钻了进来，正是楚瀚，手中拿着一束清香袭人的夜来香。

红倌眼眶一红，放下小影子，走上前去，一伸手便将花夺过了，随手扔在梳妆台上，扁嘴道："你干么真去摘花儿了？"楚瀚还没回

答，红倌已伸臂抱住了他，将头埋在他胸口，哽声道："可担心死我了！"楚瀚奇道："你担心什么？这花我又不是没摘过，你担心我摘不到？"

红倌不断摇头，只哭得一把鼻涕一把眼泪，哽声道："我担心你不回来了。"

楚瀚笑道："小影子在这儿，我怎会不回来？再说，我不回来，那你拿什么醒酒？"红倌破涕为笑，说道："你就只记挂着我的玩笑话。快来，换下了湿衣衫，省得病了。"取出几件干净的衣衫让他换上，又将湿衣衫晾在床边。

她来到梳妆台前，拾起那束楚瀚新采的夜来香，放在瓶中，注入清水，深深吸了一口气，吸入满腔的幽淡清香。她精神一振，重新热起酒，倒了两杯，一杯自己喝了，一杯递给楚瀚，笑道："现在解酒花来了，我可以尽情喝啦。你也快喝两杯，暖暖身子。"

楚瀚接过酒杯喝了，两人并肩坐在床头。红倌侧头望着他，忽然正色说道："楚公公，我问你一句话，你可得老实回答。"楚瀚道："我什么时候不老实了？你问吧。"

红倌忽然伸出手，揽住他的头颈，腻声问道："你当真不是公公？我可不信。"楚瀚的鼻子几乎触及她的鼻尖，望着她长长的睫毛，水灵灵的双眸，心中怦然而动，口中说道："你当真不是男旦？我也不信。"两人相视而笑，忽然不约而同地紧紧相拥，一起滚倒在床上。

此后楚瀚更常在夜晚来荣家班找红倌，两个少年男女感情日好，如胶似漆，甜腻如蜜。

这天夜里，轮到楚瀚在水井曲道中照顾泓儿。他怕人家认出他的黑猫，怀疑他为何老跑来安乐堂，因此来看顾泓儿时，都不让小影子跟来，只让它跟小凳子作一道，留在御用监里。

泓儿此时已有五个月大，认得熟人，也会笑了，一见到楚瀚到来，便咯咯笑个不止，可爱之极。楚瀚笑嘻嘻地逗泓儿玩了一会儿，喂他吃了米糊，喝了羊奶，泓儿便揉眼抓耳，显是想睡了。楚瀚抱着泓儿轻摇低哄，直哄到他沉沉睡去，望着他清秀安详的小脸，忽然想起昨夜与红倌的一番缱绻，满怀甜蜜，忽然动念："我若能跟红倌生个娃子，不知会是怎生模样？"

正想时，忽听门口轻响，一个娇弱的身影钻了进来，却是纪娘娘。为了不让人起疑，纪娘娘极少来水井曲道的角屋，每回来探望亲子，总在夜深人静时悄悄前来。楚瀚在救出泓儿后的数月之中，只见过纪娘娘四五次，每次都十分短暂。

楚瀚向纪娘娘跪下行礼。即使纪娘娘地位低微，如今身处危难，楚瀚和其他宫女宦官对她却不敢缺了礼数。纪娘娘连忙拉他起来，低声道："快别这样！"

楚瀚将泓儿递过去给纪娘娘，她接过泓儿，紧紧拥在怀中，低头亲吻他的小脸，脸上神色爱怜横溢。

这角屋库房的夹壁只有四尺来宽，八尺见长，如同一间狭窄的小室，一个大人抱着婴儿坐在室中并不嫌狭窄，但要容多一人，便显得有些拥挤了。通常楚瀚将婴儿交给纪娘娘后，便去外边把风，这回他正要钻出暗门，忽然想起一事，问道："娘娘，我留意泓儿的头顶缺了一块头发，那是怎么回事？"

纪娘娘低头去看，伸手抚摸婴儿头顶的一小块光秃，轻轻叹了口气，说道："万贵妃那时派了个宫女来打胎，那宫女心地好，回去报说我只是生了病，并非怀胎。但万贵妃生性多疑，并不放弃，仍旧派人在我饮食中下药，让我险些失去了孩子。泓儿头上缺了一块头发，恐怕便是药物造成的。"

楚瀚点头道："我知道此事。那位宫女名叫碧心，后来万贵妃得知她替您隐瞒，命人打死她，我想法救了她下来。现在伤好了，我将她安置在浣衣局。"

纪娘娘听了，极为惊喜，大大松了口气，说道："改日我得去拜谢她的救命之恩，更要感谢楚公公高义相救我的恩人！"

楚瀚摇头道："这没什么，娘娘不必谢我。"手推暗门，正要出去，纪娘娘却唤住了他，说道："楚公公，且请留步。"

楚瀚回入窄小的夹壁之中，垂手而立，说道："请问娘娘有何吩咐？"

纪娘娘抱着泓儿倚墙而坐，抬头望着他，问道："楚公公，请问你贵庚了？"

楚瀚虽读过一些书，识得一些字，但毕竟出身贫寒，略微文雅一些的言辞他便不懂了，问道："什么是贵庚？"

纪娘娘道："请问你几岁了？"楚瀚答道："我今年该有十五岁了。"纪娘娘又问："你家乡何处，父母可在？"楚瀚摇头道："我不知道自己家乡在何处。年幼时被父母遗弃在京城中，此后便再也没有见过他们。"

纪娘娘点了点头，举目凝望着他，神情十分奇特，忽然问道："你在梁公公手下办事，也有几年了吧？"

楚瀚回想自己"净身"入宫，也快满两年了，便道："快要两年了。"纪娘娘问道："梁公公都让你办些什么事？"楚瀚微一迟疑，没有回答。他替梁芳办的都非好事，而且都属隐密，自然不能说出口。

纪娘娘见他不答，轻轻叹了一口气，说道："你年纪轻轻，已是梁公公手下的红人。梁公公以侍奉万贵妃得势，恃宠横行，贪得无厌，谄佞奸险，在宫内宫外声名狼藉。你留在他身边，实非长远之计。若有机会，应当及早设法抽身才是。"

楚瀚一呆，没想到娘娘会对他说出这么一番话。他虽相助隐藏泓儿，也不时见到纪娘娘，但两人甚少有机会交谈，此时她竟如此直言相劝，倒也颇出他的意料之外。

他反思自己的处境，他已供梁芳差遣了一年有余，实践了当初的诺言；他决定入宫，最初的意图是为了探索水晶的下落及舅舅被害身亡的真相，然而这两事都毫无进展。当时他侥幸并未真正净身，此时大可离开皇宫，一走了之，但他仍旧留在梁芳的身边，说穿了不过是随波逐流的权宜之计，在生活平稳顺遂之下，便未能下定决心离开。他自然知道梁芳绝非善类，也清楚梁芳欺君瞒主、敛财误国的行径，但梁芳毕竟不曾赤裸裸地杀人放火，因此他的感受并不深切。此时听了纪娘娘之言，心中警惕："我相助坏人为恶，即使自己不做坏事，也同样染上一身腥，

无法撇清。"

转念又想："但我又怎能离开？娘娘和泓儿处境危险，如果我就此离去，张敏他们能护得住这个孩子吗？加上锦衣卫中不乏厉害人物，尤其那个身形如鬼如魅的蒙面人，他若真找上门来，即使有我在，也未必守护得住泓儿。"

他想到此处，说道："多谢娘娘忠告，楚瀚铭感于心。但是……但是娘娘和泓儿，我却不能撒手不管。"

纪娘娘摇了摇头，说道："多谢公公一番心意。楚公公先前费心照顾我，现在又相助隐藏泓儿，我衷心感激，万死难报，因此才大胆向小公公说出真心话，还盼公公不要介意。至于我母子的生死存亡，自有天意，不可因此牺牲了楚公公的前途。"

楚瀚听了她的话，不禁一怔，心中好生奇怪："娘娘此时此刻最最珍贵重视的，应是怀中这个宝贝孩子的生死存亡，怎么会认为一个小宦官的前途会比这个更加重要？"但看她说话的神情口气，辞意真切，又丝毫不假。他忍不住问道："莫非娘娘知道梁公公就将失宠，陷入危难……"

纪娘娘摇摇头，说道："不，不。宫中的事情，你应该比我清楚得多。梁芳势力稳固，宫中朝中布满他的爪牙，哪有那么容易便失势？我担心的是你的未来。"

楚瀚望着她温和慈蔼的脸庞，关怀担忧的神情，心中升起一股难言的感激，自从舅舅过世后，便再也没有长辈对他露出如此真挚的关切。他心头一暖，忍不住哽咽道："楚瀚感激娘娘的忠告，我定会寻找适当时机，抽身离开。"心中却暗暗下定决心，在娘娘和泓儿的处境转危为安之前，他是绝对不会离开皇宫的。他此时已有十五岁，但因长年练习飞技，身材瘦小，且尚未开始变声长须，仍能假扮宦官，留在宫中而不令人起疑。

此后楚瀚偶尔与纪娘娘倾谈，得知她本名纪善贞，父亲曾任广西蛮土官。十多年前，明室派军征讨广西一带的反贼，在大藤峡大破瑶族勇士，捉回了不少瑶族的童男童女，纪善贞便是其中之一。她入宫后因聪明警醒，通晓文字，因而被任命为女史，派守内承运库的东裕库，即收藏皇帝私人宝藏之处。皇帝有回来到东裕库，向她询问库中所藏，她应对得体，皇帝甚是高兴，便召她侍寝，因而得孕。

楚瀚听纪娘娘说起东裕库，忍不住眼睛一亮，问起库中都藏了些什么宝贝。

纪娘娘有些惊讶，问道："楚公公为何想知道？"

楚瀚回想起三家村的藏宝窟，和自己数度趁夜潜入上官大宅，尽情浏览宝物的兴奋喜悦之情，说道："没什么，我只不过随口问问罢了。"

纪娘娘望着他，直言问道："你想去偷取宝物？"楚瀚连忙摇头，说道："不，不。宝物留在它们该放的地方，便是最好的所在。我没有地方放这些宝物，取来何用？"

纪娘娘点了点头，说道："内承运库的库藏，在宫外的，位于会极门、宝善门以东；还有一座在南城，称磁器库，这些都是外库。宫内的称为里库，共有两座，一是东裕库，一是宝藏库。库中存放的不外乎金银、纱罗、

纻丝、闪色织金锦、羊绒、玉带、内玦、象牙、玛瑙、宝石、珍珠、珊瑚等，还有每岁浙江进贡的折粮银，总数有一百零一万两，也存放于库中。至于皇室历代私人收藏的宝物，则大多存放于东裕库中。你没有钥匙，是进不去这些库房的。"

楚瀚微微一笑，心想世上只怕没有自己开不了的锁，但也没有多说，只道："我当然无缘见到这些宝物，只是心中好奇而已。"

纪娘娘想了想，忽然道："明晚轮到小凳子来此守夜，请公公来我屋中一趟，我有件事想跟你商量。"

楚瀚答应了，心下甚是好奇，不知道娘娘要跟他商量什么事情？

次日晚间，他带着小影子悄悄来到羊房夹道纪善贞的住处。自从那夜从娘娘房中救走泓儿后，他便再也没有来过这里；但见房室狭小，桌椅简陋，屋顶角落布满了蜘蛛网，比记忆中还要更加破旧。他不禁感到一阵悲哀凄凉，心想娘娘受到皇恩眷顾，怀胎生下了第一个皇子，原本该是件多么荣宠骄人之事，如今却不得不住在这个阴暗破败的小屋中，竭力隐藏爱子，过着担惊受怕的日子。他将小影子放下，让它自去捕捉老鼠。

纪娘娘关上了房门，请他坐下，似乎仍有些犹豫不决，静了一阵，才道："楚公公，我知道你很有本事。我想请帮你我做一件事。"楚瀚道："娘娘请说，但教楚瀚力之所及，一定替娘娘办到。"

纪娘娘直望着他，说道："我想请你从内承运库中替我取一样事物。"楚瀚一呆，奇道："娘娘想取什么？"

纪娘娘缓缓说道："我知道你出身三家村。我想请你取回你舅舅带进京的宝物，紫霞龙目水晶！"

楚瀚听了，几乎没跳起身来，震惊难已，他只道自己出身三家村的事情，宫中除了梁芳之外，并无他人知晓，岂知眼前的娘娘竟清楚自己的来历，更知道舅舅当年带紫霞龙目水晶进京之事！

他心中惊疑不定，睁大眼睛望向纪娘娘，勉强镇定下来，问道："娘娘……娘娘怎会知道这件事？"

纪娘娘叹了口气，说道："我那时掌管东裕库，自然知道你舅舅胡星夜专程入宫，替万岁爷送来这件安定天下的宝物。"

楚瀚声音发颤，问道："娘娘可知道……可知道是谁杀了我舅舅？"纪娘娘满面惊讶，说道："胡先生死了？"

楚瀚听她并不知晓舅舅身死的内情，甚感失望，但想自己终于探知水晶的下落，已是一大突破，追问道："娘娘，请问我舅舅送水晶入宫时，发生了什么事？"

纪娘娘回忆道："那天夜里，万岁爷在东裕库秘密接见胡先生。胡先生将紫霞龙目水晶呈献给万岁爷，并说这件神物能预卜天下大势，多年来由当世大卜全寅老仙人所怀藏。如今太平之世，这件神物应由天子所有，因此全老先生命他入宫将神物进献给皇帝。当时在场的，只有我一个人。万岁爷听说这宝物如此紧要，便谢过了胡先生，并命我和胡先生合力将水晶收藏好，莫让外人轻易找着。我们商讨之下，决定将水晶藏在内承运库的地窖之中，胡先生并在地窖周遭设下机关陷阱，防人盗取。但胡先生离开皇宫之后发生了什么事，我就

不知道了。"

楚瀚想起舅舅的惨死，心中难受，低头道："他来京城进献水晶后，便遭人杀害，尸身被送回了三家村。"

纪娘娘听了，神色黯然，说道："胡先生离开皇宫时好端端的，岂知竟不幸遇难。我从万岁爷口中得知，胡家数代侍奉皇室，忠心耿耿，没想到今日皇室积弱，竟让忠臣之后惨遭杀戮！但令舅之心，不应就此湮没。"她从怀中取出一件事物，交给楚瀚，只见那是一柄纯金打造的钥匙，柄上镶着红色宝石，雕工精细。

纪娘娘道："这是开启内承运库秘密地库的钥匙。万贵妃和梁芳等怀疑水晶藏在宫中，曾多次大举搜索，内承运库当然也没有放过。我担心他们迟早会发现那间地窖，找到水晶。我不愿水晶落入奸人手中，因此想请你及早取出，另觅他地收藏。"

楚瀚点了点头，他在很多年前便知道万贵妃想要得到这龙目水晶，曾命令上官家和柳家去替她夺取；但水晶被自己取得后，又被舅舅送入宫中，一藏数年，万贵妃始终未能得到此物。

纪娘娘续道："那地点十分隐密，只有少数曾经看管过库房的宫女，才知道东裕库的地底下有这么一间地窖。"当下详细说了东裕库中的布置。

原来这东裕库位于奉天殿以东的景运门外，屋宇宽广，里面存放着历代皇帝的私人收藏，其中有美玉珠宝、名家书画、珍贵文物等，年代久远，所藏繁杂，很多当朝皇帝都搞不清楚库里面究竟收藏了些什么宝贝。纪善贞是个异常认真的宫女，她入宫时年纪已过二十，算不得年轻美貌，从未幻想自己能邀得皇上青睐，只一板一眼地想将分内的事情做好。她被派到内承运库后，便认真检点东裕库中为数过万的收藏品，一一详细记载列明，做成清册，并且不厌其烦地校对整理，以备查考。

成化皇帝很少去东裕库，只有几年前胡星夜入宫密谒时去过一次。恰好这一年万贵妃做四十大寿，皇帝想找一件出奇的宝物送给她作为寿礼，便来到东裕库寻找。那时当值的正是纪娘娘，她取出清册给成化皇帝过目，并立即帮他找出几件适合做寿礼的罕见珍品，令成化皇帝龙心大悦。

当年胡星夜将龙目水晶送入宫来时，成化皇帝年方十九，刚刚登基没有多久，诸般事务千头万绪，早令年轻的皇帝焦头烂额，不知所措。而成化皇帝也不是很清楚胡星夜究竟是谁，对他的言语并未十分留心，嘱咐掌管库房的女官将水晶收好之后，便将这事情忘了个一干二净。

纪善贞却是个清楚明白的人，看出皇帝昏庸懦弱，万贵妃对他百般钳制，野心甚大，听说寿礼是要给万贵妃的，自然不曾主动提醒皇帝龙目水晶之事，而成化皇帝也早忘了几年前自己曾见过这个管理库房的女官，但见她自愿承担整理东裕库藏宝这件庞大繁杂的工作，所制清册清楚翔实，也不禁颇为入心，有意嘉赏，便理所当然地召她侍寝。成化皇帝当时万万没有料想到，这个地位卑微的小小女官竟一举得子，从此在成化宫廷斗争中扮演起了关键的角色。

本章中提到的《泗州城》、《打焦赞》和《打店》等戏，都是近代京剧作品，明朝时是不存在的。《泗州城》的故事在前章中约略说了。《打焦赞》的主角是天波府中烧火丫头杨排风，地位虽低，却怀着一身惊人的武艺。当时杨宗保被韩昌掳去，杨延昭派孟良回天波府搬兵。杨排风挺身而出，自愿前往救人。孟良瞧不起这小小女子，但杨排风略显身手，便打败了孟良，孟良只好带她赶赴三关，援救杨宗保。到了三关，遇见与孟良同为杨延昭手下大将的焦赞。焦赞也瞧不起杨排风，杨排风施展超卓武艺，棍打焦赞，将他打得心服口服。最后杨延昭点将，让杨排风出阵挑战韩昌，孟良和焦赞随其左右，大败韩昌，救回了杨宗保。这是典型的小人物立大功，弱女子逞英雄的故事。

　　《打店》讲的是武松和母夜叉孙二娘在黑店中交手的情节，以精湛的武戏出名。

　　故事中红倌和楚瀚唱的《西厢记》段落，大部分取自王实甫的原著，也有部分取自后人改编的版本。《西厢记》是元代的作品，讲述落魄书生张珙和相国小姐莺莺在普救寺相遇相恋的故事。通篇描述这对青年男女如何在寺庙中偶遇，继而互相恋慕，最后不顾莺莺母亲的阻止反对，在婢女红娘的穿针引线下，深夜幽会，偷尝云雨，最后生米煮成熟饭，老夫人也只好让步妥协，有情人终成眷属。这部戏出现在礼教严谨的明代，极富冲击性，当时便广为流行，成为大家公子小姐绝对不能听、不能读的禁戏或禁书,《红楼梦》中的贾宝玉和林黛玉便曾引用剧中原词。即使在现代读来,这对情人的大胆执着仍颇让人心动。故事中的楚瀚和红绾自然并非大家公子小姐,没有沉重的礼教束缚,但这对少年对于男女恋情自也是充满了向往的。

第二十二章

重见龙目

楚瀚仔细倾听纪娘娘的叙述，又询问了许多细节。之后他将那柄金钥匙托在手中，问道："我取得水晶之后，娘娘打算如何处置？"

纪娘娘反问道："你认为应当如何处置？"

楚瀚沉吟不答。他回想自己从仝寅手中取得紫霞龙目水晶时，仝寅曾告诉他这是帝王当有之物，然而若帝王昏聩，王纲不振，则切忌让水晶落入奸人手中，免其生篡位之心。自己当时年幼识浅，不知世事，对仝寅说道"如今天下安宁，民丰物阜，天子垂拱"，并说"这宝物应当回镇京城，由天子持有，方能顺天应时，调阴谐阳"云云，如今回想起来，当真如梦呓痴语一般。当今皇帝是否昏聩，天下大约没有人比他更加清楚，深知这事物不能再次交给成化皇帝，不然定会引发一场灾祸。

他思虑一阵，才开口道："当初我从仝老仙人处取得了这水晶，之后舅舅又将它献给了皇上。如今皇上对这件宝物并不重视，将之深藏地库。我取出来之后，自当另觅收藏之所，让万贵妃和梁芳他们无法找着。"

纪娘娘点了点头，说道："你打算藏在何处？"

楚瀚望向她，陡然明白了她的用心：如今成化皇帝没有子嗣，如果泓儿能够长大，他很可能便是未来的皇帝，也是未来的水晶之主。此时形势微妙，娘娘为了自己的亲子，当然希望能掌握水晶的去留。但是万一泓儿不能长成呢？又如果泓儿不被皇帝承认，或当不上太子呢？他凝望着娘娘，缓缓说道："全老仙人将水晶交给我时，曾告诫我，说这水晶乃是帝王所有之物，不能落入旁人手中。我会将之藏在稳妥之所，静待明君。"

纪娘娘听了，长长地吁了一口气，说道："如此甚好。楚公公，我想取回水晶，原有着几分私心。你该知道，我这是为了泓儿。但我也有自知之明，在未来的许多年中，我无法确保水晶平安无事，也无法确保泓儿平安长大。你这么做是对的，我相信你。"

楚瀚点了点头，两人对彼此的坦率都感到有些惊讶，但也在这次对话中建立起了奇异的互信和默契。

楚瀚正要行礼离开，纪娘娘忽然叫住了他，说道："楚公公，东裕库的地窖中还有一件事物，我想请你看看还在不在那儿。"楚瀚道："是什么？"

她犹疑一阵，说道："你听过血翠杉吗？"

楚瀚听见这三个字，不禁眼睛一亮。当他听闻东裕库，得知紫霞龙目水晶藏在其中时，心中第一个念头便是："莫非三绝的另外两绝也藏在该处？"随即想起："不，龙湲宝剑应当仍在峨嵋，但汉武龙纹屏风已从奉天

殿消失许久，很可能也藏在某处。"

此时他听娘娘说起血翠杉，顿时记起几年之前，梁芳曾派人去向扬钟山索取这件事物，也记得舅舅往年曾跟他提起，说三绝不论有多么珍贵，都只是身外之物，唯有传奇中的血翠杉，那才是救命的宝贝。他曾好奇地问舅舅："血翠杉是什么东西，是一件刀枪不入的衣衫吗？"

舅舅笑着道："不是衣字边的'衫'，是木字边的'杉'。传说中血翠杉是一种天下罕见的木头，有起死回生的功用。"他再问下去，舅舅却也不明所以，只道："这宝物太少见了，并未有人真正见过。传说中只要半寸长短的一小段血翠杉，就值得几千万两银子，甚至可说是无价之宝。"

楚瀚此时听娘娘提起血翠杉，便道："我听说过这件宝物，传闻它有起死回生之效，却不知道血翠杉究竟是什么样的东西？"

纪娘娘点了点头，神色显得异常悲哀，低声说道："不错。但是有时人即使活着，也未必比死去了来得好。"楚瀚不明白她为何出此伤感之言，没有接口。

她静了一阵，才又道："血翠杉是一种极罕见的神木，生长在西南深山之中。即使是长年居住在山中的少数民族，几百年来也难得一见。藏在东裕库地窖中的血翠杉，是历来人们所找到最大的一块。它是我瑶族世代相传之宝，先父当年身为族长，曾负责掌管此物。那时明军侵犯我族，我族大败，明军便将这件宝物强夺了去。"她说到此处，想起当年战事之惨烈，族人死伤殆尽，自己和其他童男童女被俘虏北上的凄惨遭遇，忍不住泫然欲泣。

楚瀚问道:"娘娘,您要我将血翠杉取出来交还给您吗?"

纪善贞抹去眼泪,沉思一阵,说道:"血翠杉的神效,我此刻并不需要,只想知道它是否还平安藏在地窖之中。你若找到了,跟我说一声便是,请你不要动它,就让它留在那儿吧。"

楚瀚点了点头,说道:"谨遵娘娘吩咐。"语毕向娘娘行礼,唤了小影子,离开了羊房夹道。

楚瀚终于探得了龙目水晶的下落,心中极为兴奋。他入宫这么长的时间,百般追查,都毫无线索,不意竟从纪娘娘口中得知了水晶的所在,可说是了了一桩心事。他心中暗想:"一切冥冥中自有天意。当初唯一知道水晶入宫的秘密的,只有皇帝和纪娘娘。皇帝昏庸无用,老早将此事忘了个一干二净,而纪娘娘整日守在库房之中,之后又被贬到安乐堂去,我根本无缘见到。若非我一念好心,开始照顾娘娘的生活,又解救了泓儿,取得了她的信任,很可能再过几十年,我都无法查出水晶的下落!"尽管他仍未找出杀死舅舅的凶手,但至少事情已开始有了些眉目。

他是取物高手,对再次取出紫霞龙目水晶这等大事,自是盘算仔细,绝不肯轻率出手。他暗中去东裕库观察多次,发现管事的宫女宦官都已换成了梁芳的手下。他也花了许多时日研究水晶取出之后,应当藏在何处。他在皇宫内外都探勘了一遍,最后选定了一处,在周围设下重重陷阱关卡,知道世上除了自己,没有任何别人可以取得。他布置完毕后,又检查

了数次，才放下心，开始着手偷取龙目水晶。

这天夜里，他准备就绪，打算趁夜下手取物。小影子见他出门，也跟在他身后。楚瀚将它抱起放入怀中，摸摸它的头，笑道："我们今夜去办大事，你可得替我把风啊。"

他经过奉天殿，奔往景运门外的东裕库，避过守卫，悄悄来到库房的大门之外。这大门有三道，每道门都有锁，三柄钥匙原本分别由皇帝、梁芳和内承运库主管太监分掌，但皇帝糊涂，自己的钥匙老早落入梁芳手中，主管太监又是梁芳的人，因此梁芳可以在内承运库的各间库房出入自如。

楚瀚早先已取得了梁芳贴身而藏的三柄钥匙，打了模型，又神不知鬼不觉地将原物归还给了梁芳。他用模制的钥匙开了三道门，进入库中，点起光线微弱的萤火折子，往库中看去。

一片黑沉沉之中，但见巨大的仓库里放满了一排排的柜子，柜中陈列着种种珍奇宝贝。如同三家村的藏宝窟，每件宝物之前都有卷标，说明对象的来历。但文字简略，不似三家村宝窟的金版那般，将宝物的来历和珍奇之处写得清清楚楚，详尽仔细。他浏览了一阵，心想："皇宫大内的宝库，皇帝私人的收藏，竟然比不上我们三家村当年的藏宝窟！"

又见许多柜匣都已空虚，标签也被撕去，不知已在何时被何人取走，想来不是被梁芳拿去呈献给万贵妃，就是被偷去变卖了。柜匣之上灰尘堆积，看来自纪娘娘被贬去安乐堂后，便再未有人来此清理过。他心想："娘娘掌管此库时，还有心将宝物一一记载列册，摆放齐整；如今梁芳除了来这儿搬走宝物据为己有之外，连清理打扫一下都省了。"

他将小影子留在库房门口，低声道："若有人接近，便出声叫我，知道吗？"小影子舔了一下他的脸，乖乖地蹲在门边守候。

楚瀚依照纪娘娘的指示，来到左边第三间房室，往东首的墙壁看去，果见墙上挂着一幅画圣吴道子的《送子天王图》，该是宋代摹本。他轻轻掀开挂画，见到墙后有个小小的机括。他伸手将机括扳了一下，往地面看去，果然见到地面上有块尺来见方的砖板略略下陷了半寸。他绕着那砖板走了一圈，确定没有异样，才俯下身查看。但见下陷砖板的左侧边缘有一排三个小小的匙孔，正与娘娘所说一模一样。他掏出娘娘给他的金钥匙，插入左首的匙孔，轻轻往左转了半圈；又插入右首的匙孔，往右转了一圈半。他抽出钥匙，抬头往前方第五块砖块望去，但见那方砖块果然缓缓往旁移开，露出一个刚够一人钻入的孔穴。

楚瀚屏息聆听，四下安静无声。他走到那孔穴旁，手持萤火折子一头的丝线，将火折子缓缓垂入地窖中，等待火折燃烧尽了之后，将之拉起，换了一张点燃，再次垂入。他知道这地底的秘密库房已有许多时候未曾打开，里面浊气极重，若贸然进入，很可能立时便会窒息而死，需得等候里面的浊气散尽，清气流入，方可进去。他耐心等候，直到烧尽了三片火折子之后，才用手帕蒙住口鼻，将头伸入孔中张望。

但见其下是间密室，约莫七八丈见方，与他身处的这间房室差不多大小，四周墙壁都是石制。他轻轻吸了口气，不敢就此跳下，取出一条长索，一头绑在大梁之上，一头缠在自己腰间，试好了长度，才往下一跃，无声

无息地落入石室，悬挂在半空中，双足更不曾碰地。

他举起火折往四周望去，见室中空虚，只有四壁的正中各放一物。北方之物极为庞大，楚瀚定睛望去，但见那物竟然便是三绝之一的汉武龙纹屏风！

他吸了一口长气，勉力按捺心中的惊讶兴奋，缓缓在半空中转了一圈，环顾室中其余三壁前的事物，但见西首的石壁前放着一个空虚的剑架，似乎是预留给龙渊宝剑的；南方壁前的架上放着一小块黑黝黝的事物，不过两寸见方，看不清楚是什么；再往东方看去，但见东方壁前的白玉盘上放着一枚暗沉沉的珠子，巴掌大小，正是他往年曾取得的三绝之一——紫霞龙目水晶。

楚瀚心中暗暗震动："三绝中的两样，都在这儿！"他已见过紫霞龙目水晶，此时对那汉武龙纹屏风不禁生起强大的好奇心，又转向北方，定睛往那屏风望去。

但见四幅屏风每幅都有一人半高，雄浑厚重，玉质温润，玉面上自然天成的九龙纹路清晰细致，彷佛人手工笔画上一般。他忍不住移动身形，随绳索摆荡至屏风之前，观察屏风前的地板，不见有何异状。他从怀中掏出几枚小石子，一一扔出，打在屏风前地上的每一块石板上，见都无反应，才解开腰间绳索，轻巧地落在屏风正前方的石板地上，屏息观望玉石面上每条龙的神情体态、头角鳞爪，眼光再难移开。

他看了不知多久，才觉得手上一痛，却是火折子已烧到了尽头，烫着了他的手。楚瀚惊醒过来，暗叫不好，自己贪看这屏风，不知已耽误了多少时候！但觉脚下微微一震，他立时警觉，仗着轻功高妙，快速往旁一让，只见刚刚站立的石板地中陡然冒出几支短铁刺，刺尖碧油油的，显然喂有剧毒。自己刚才若未曾让开，脚板定会被这铁刺戳上，中毒立毙。

楚瀚一颗心怦怦乱跳，暗想："我真是糊涂！娘娘说当年她跟舅舅一起隐藏龙目水晶，舅舅并在地窖周遭设下机关陷阱，防人盗取。这石板刚站上去时没事，等人站久了后才突出铁刺攻击，显是出自舅舅的手笔。"

他回想一切舅舅教过自己的陷阱机关，四下仔细观察，看出了舅舅的巧思匠心，屏风周围另设有七八道陷阱，幸好方才只是静静观察，未曾伸手去触碰屏风，不然种种毒箭、铁网、毒水便将从四面八方射出，必置来人于死地。他知道自己躲过一劫，全凭好运，接下来可没有这么容易了。

他吸了一口气，拉起绳索，再次吊在半空，转向西首。西首壁前只有剑架，龙湲宝剑不在此地，无甚可看，他便又转去观望南方墙前的事物。但见那事物约莫两寸见方，大小正好可以握入掌中，黑黝黝的，看不出是木还是石，表面透着血丝般的纹路。他顿时醒悟：这就是娘娘口中的血翠杉！

他仔细观察了一阵，如何也看不出这段小小的木头怎会有起死回生的功效，眼见血翠杉的周围也设满了陷阱，不敢去碰，吸了一口气，转向东方，面对着白玉盘上的紫霞龙目水晶。

他小心翼翼地紧握绳索，荡近前去，来到水晶之前。但见水晶颜

色浑浊，球心的烟雾一片红紫，纠缠缭绕，显得极为污秽混乱，与他初见时的清澈明净简直天差地远。他心想："水晶在全寅老先生手中时，清澈得有如透明一般。此时它身处群魔乱舞的皇宫之中，竟变成这等模样。"

他知道这玉盘中定有机关，思索半晌，拉扯绳索，回到上层仓库之中，摸到自己带来的布袋，伸手探去，取出了一颗假的水晶球。他当时预备好这颗假水晶，只不过是以防万一，没想到真会派上用场。他怀藏假水晶，检查系在梁上的绳索，确定绳索仍旧牢固，便再次坠入地窖之中。

他荡到龙目水晶之前，仔细观察，发现了舅舅在盛放水晶的白玉盘之后和之旁设下的几处陷阱。若非自幼受教于舅舅，熟知胡家的伎俩，他定会误触机关。这时他思索半晌，决定从水晶的正上方着手。他重新调整绳索，让自己移动到白玉盘的正上方，恰恰不会碰到石壁的地方。他双足勾住绳索，一手握紧假的水晶，身子倒吊而下，抬头凝目望着距离头顶不过一尺的龙目水晶。

他当年从大卜全寅处取得龙目水晶之后，曾仔细观察度量，将水晶的大小、重量、色泽都记了下来。几日前他潜入御用监的珠宝厂，在废弃箱中拣选了一颗大小质地非常类似的水晶球，几经琢磨，直到重量与龙目水晶完全一样了，才带在身上，以备不时之需。

他知道这盛放水晶的白玉盘下面定有秤砣一类的机关，一旦水晶被取走，便会触动机关，飞镖毒箭甚或警铃便会一触即发。他屏息凝神，一手持着假水晶，另一手缓缓探出，轻轻托住紫霞龙目水晶，使出苦练多年的飞竹取技，在一瞬之间，托起玉盘上的真水晶，放下假水晶，快捷无伦地将真假水晶调换了！而四下一片寂静，机关警铃都未被触发，楚瀚稳稳地托着那颗稀世神物，嘴角不禁露出微笑。

这是他第二次取得三绝之一的紫霞龙目水晶了。

第二十三章

两帮之斗

　　楚瀚静候了半晌，见盛放水晶的白玉盘毫无动静，这才吁了一口气，缓缓拉扯绳索，将自己的身子直立过来。他望向龙目水晶，水晶在他的执持下，稍稍清澈了些，透出紫色的光芒。他想起自己第一次拿着这水晶时，水晶转为通体青色。他曾问全寅这是怎么回事，全寅道："这水晶能分辨忠奸善恶。心存恶念者碰触水晶，水晶便会转为赤色；心存善念者碰触时，便会转为青色。你年幼清净，心无恶念，因此水晶呈现一片青色。"

　　楚瀚微微苦笑，此时水晶在他手中显现一片耀眼的紫色，青赤交错，杂乱无章，他心想："我已不再年幼，也不复清净，近几年恶事做了不少，水晶没有转为赤红色，已算很给我面子了。"

　　他将水晶放入早已准备好的布袋中，双手交替扯着绳索，钻出了地窖。他收回绑在大梁上的绳索，掩去痕迹，又依照纪娘娘的指示，来到那下陷的砖板旁，用同一柄金钥匙插入右边的匙孔，转了半圈；又插入左边的匙孔，转了一圈半，那地窖开口的砖板便缓缓合上了。他再回到吴道子的画作旁，伸手到画后扭动机括，那凹陷的砖板便又回复原状，锁孔也看不见了。

他回头带上小影子，悄然出了东裕库，锁上三道门，又在库外的黑暗处等候了许久，一切没有异状，才带着紫霞龙目水晶离开，准备将它藏在他预先安排好的秘密处所：恭顺夫人旧居花园角落的枯井之中。五年之前，有个受宠的嫔妃恭顺夫人韩氏被万贵妃逼迫自尽，便是投入了这口井。传说韩氏死后，冤魂不散，一到夜深，井边便时常闹鬼，许多宫女都见到过一个披散长发、身穿白衣的女子在三更时分绕井而行，口中喃喃自语，时而哀哀哭泣，时而尖嚎咒骂。因此宦官宫女都不敢靠近此地，这庭园角落便日渐废弃荒凉下来。

楚瀚为了助长闹鬼的传说，花了一段时间在夜间假扮女鬼，故意让人瞧见，好让宫中之人更加忌惮惧怕，远远便绕道而行。他在井中数丈深处的井壁上掘了一个洞穴，用以藏匿水晶，并在井边设下重重障碍机关，阻止盗贼取走藏在井中的宝物。

此时他又让小影子替他把风，用绳索将自己吊入井中，取开遮挡的砖块，小心翼翼地将水晶放入洞穴之中。一转念间，又取出随身携带的《蝉翼神功》秘谱，放在水晶之旁，再将遮挡的砖块放回原处。这秘谱他已读熟练成，不需再带在身上，不如藏匿起来。

布置妥当后，他放下心，带着小影子回到自己房中，准备天明便去羊房夹道，向娘娘禀报事情已经办成。他回到房中时已过四更，房中一切并无异样，但不知为何，他却感到全身不对劲。小影子也在房中跳上跳下，

闻闻嗅嗅，轻声而叫，似乎也觉得有些不对。

他点起火烛，四下张望，眼光停留在自己平时放在案头的三个刘关张泥塑玩偶身上。这泥偶是小麦子在市集上买来送给他的，他一直放在案头。这时他注意到中间刘备玩偶的身子稍稍侧了些，左首关羽玩偶头上的红绒毛球也微微低了些许。楚瀚立时知道有人动过这些玩偶。他因所行隐密，房中一切清扫整理都是自己动手，绝不让任何其他人进入他的房间，而他甚受梁芳重视，其他宦官也从不敢冒犯闯入。

楚瀚盯着那三个泥偶，心中一凛，又仔细观察房中其他事物，确知当夜曾有人来过他的房间，将他房中的事物极小心地探勘过一遍，虽未留下多少痕迹，但却逃不过他的法眼。他缓缓在案旁坐下，凝神思索。谁会来探勘他的房间？梁芳对他仍旧极为信任倚赖，应不会对他起疑，派人来搜索他的住处。万贵妃也不会来理会他这小小宦官的琐事。那会是谁？

他脑中忽然闪过一个人影：是那蒙面人！那锦衣卫中轻功过人的蒙面人！自己解救泓儿的那夜，那人曾追逐自己，直追到城中，好不容易才将他甩脱。或许他已发现自己是谁，怀疑他相助隐藏起纪娘娘的孩儿，因此趁他不在时，前来探勘他的房间，盼能寻得一些线索。

楚瀚行事一向小心谨慎，房中绝未留下任何透露泓儿存在的线索，也没有他平日为梁芳所办之事的蛛丝马迹，来人应是空手而回，但他心中已生起警惕，知道这蒙面人极不好对付，如今他已知道自己是谁，自己却仍未曾摸清他的底细。敌暗我明，形势十分不利。他知道自己必得尽快发现对手的真面目，才能尽早防范，甚至主动出击。

　　过了两日，楚瀚找了个机会，又去向锦衣卫探听关于那蒙面人的消息。他不愿打草惊蛇，只找了两个可以信得过的、平日常替梁芳办事的锦衣卫，请他们喝酒吃菜，趁酒醉饭饱时，与他们天南地北地闲聊，旁敲侧击，慢慢勾出了一些不为人知的秘密。

　　原来这蒙面人的来历十分奇特，他虽拥有锦衣卫的身份，但极少出现在京城中，因此锦衣卫中几乎没有人识得他。据说他乃是昔年锦衣卫指挥使百里孤飞的独子，名叫百里缎。百里孤飞当年曾是英宗皇帝的贴身护卫，英宗被瓦剌俘虏时，百里孤飞也被俘虏了去，在边远荒漠上与皇帝同吃苦、共患难，可谓劳苦功高。英宗回到中土之后，便封他为锦衣卫指挥使，让他的两个弟弟也担任锦衣卫千户。后来百里孤飞因公殉职，英宗皇帝便让他的独生子百里缎荫了一个锦衣百户。当时百里缎还只是个七八岁的孩子，留在家乡学艺。约莫一年前，他的两个叔叔一个因公受伤身死，另一个生病致仕，返乡休养。百里缎在家乡学成了家传武艺，便来京任职，升为锦衣千户。他年纪虽轻，资历虽浅，但由于世代担任锦衣卫，地位却甚高。

　　至于这人为何蒙面，大家都不十分清楚；许多人猜测他是因为面容有缺陷，羞于见人，才总是蒙着面。他的叔叔应当知情，回乡前却绝口不曾提起此事。听说百里缎性格孤高，脾气傲慢，来京已有一段时日，却极少与人交往。其他锦衣卫都看出这人野心极大，一心想为皇室建功，为家族争气，为亡父争光。

　　楚瀚听闻之后，心中颇为怀疑："这人若是在一年前才来到京城，那么

五年前到扬大夫家中偷听的，难道并不是他？"

他开始着手调查百里家族的底细，得知他们的家乡在河南百里县，便派人去百里县探听百里缒的叔叔的下落，才知道此人也已病逝，百里家族再无他人。

楚瀚便开始盯上百里缒本人。他发现这人孤僻已极，独来独往，一个朋伴也无，行踪飘忽，许多时候更无人知道他的去处。他也隐隐感觉到，当他在盯百里缒的梢时，百里缒也在试图盯他的梢；二人都知道彼此轻功极高，警觉极强，为了不让彼此发觉行踪，往往整日在城中虚晃，彼此跟踪追逐，直到甩掉对方为止。

如此彼此盯梢、互相躲避的日子持续了一个多月，这晚楚瀚好不容易甩脱了百里缒的跟踪，发现自己来到了承天门外天街尽头的广场。当时已是深夜，夜间贩卖小吃的摊贩早已散去，但不知为何，却见黑压压地有许多人聚集在广场之上，更奇的是众人鸦雀无声，一片寂静。黑猫小影子站在他的肩膀上，睁着金黄色的眼睛望向人群，低声嘶吼。

楚瀚轻摸小影子的头颈，轻声抚慰，知道事情颇不寻常，心中好奇，便攀上一旁的一株大树，从树顶往下望去。但见广场正中点着一圈火把，周围站站坐坐总有百来人，火把当中，一个白衣男子闲闲然坐在一张太师椅上，面容俊美，神态潇洒已极。

楚瀚不由得多望了这人两眼，心想："这人生得好俊！"但见那男子不过三十多岁年纪，手摇折扇，神态虽闲雅，但眼光凌厉，直望着面前五丈外的一个乞丐。

那乞丐箕踞而坐，披头散发，衣衫破烂，身形瘦削，袒着瘦骨嶙峋的胸口，唯一看得出不寻常处，乃是他手中所持的一根碧油油的竹棒，在火光下闪闪发光。乞丐眼光并不望向美男子，却抬头望向一旁的旗杆顶端。

那旗杆乃是旧时大明军营的军旗杆子，楚瀚见到这旗杆，才想起这地方原是操练场旧址。据说几年前，皇帝下旨在天桥附近兴建寺庙，收了许多地，军营和操练场便都搬去了城北。后来寺庙不知为何始终未建，这地便空在那儿，红倌的荣家班曾在这儿搭台唱过几回。这地方早已不复旧时操练场的风貌，平日只有些商贩摊子兜售货品小食，唯有那高约五丈的旗杆还留在原地。

楚瀚顺着美男子的眼光往旗杆望去，不禁一惊，但见旗杆上攀着一个人，身形轻盈灵巧，有如猿猴；那人身穿青衣，正手脚并用，试图攀上那摇晃不止的旗杆，眼望着就快攀到杆顶。但见他在离杆顶数尺处，从怀中抽出一团什么事物，在夜空中一招，却是一面青色旗子，呈三角形，边沿有黄色牙形装饰，楚瀚依稀认得那是漕运大帮青帮的标帜。他上回受梁芳差遣，孤身去武汉办事，曾耳闻青帮的名号，之后也曾跟着梁芳外出，来到大运河边上，见到许多大船上都扬着这样的三角旗帜，梁芳告诉他那是青帮的船队，并说青帮多年掌控漕运，行事谨慎低调，跟官府的关系甚好，每年孝敬的银两甚多云云。此时但见那青衣人双腿夹着旗杆，腾出双手，将那三角青旗绑在杆顶上，在夜风中刺刺飘扬。

众青衣汉子见到青旗扬起，都齐声欢呼起来。楚瀚心中怀疑："青帮总坛远在武汉，听说青帮中人行事低调，又怎会跑来天子脚下逞威？"

那白衣美男子望着乞丐，脸上颇有炫耀之色，抱拳微笑道："雕虫小技，献丑了！"

乞丐脸色十分凝重，忽然大喝一声，跳起身来，奔到旗杆之旁，伸右手握住旗杆，喝道："班门弄斧，小辈好大胆子！"

那旗杆在他一握之下，陡然颤动起来，一根五丈高的旗杆宛如面条一般在夜空中折曲扭动，旗杆上的青衣人大惊失色，连忙抱紧了旗杆，但仍身不由主地左右晃荡，似乎随时要被甩将下来。

那白衣美男子啪的一声，将扇子一收，双眉竖起，冷冷地道："以大欺小，可不似赵大帮主的作风啊！"

那乞丐全不理会，又是一声暴吼，手上使劲，旗杆如在狂风中一般摇摆不止，似乎便要能从中断折。乞丐又是一喝，旗杆上那青衣人惊呼失声，如被烫到一般，双手一松，从旗杆顶上跌将了下来。那旗杆足有五层楼高，如此跌下，非死即伤。

那白衣美男子脸色一变，陡然从太师椅上弹起，快捷无伦地冲到旗杆之下，双掌齐出，托在那快速跌落的攀杆汉子的肩头，将他下跌的力道转至横向。那汉子在这一托之下，往左斜飞出去，直飞出五六丈才落地，就地滚了两圈，狼狈爬起。

白衣男子侧眼望向乞丐，脸上冷笑不减，说道："素闻赵帮主出手狠辣，果然名不虚传。"

那乞丐便是丐帮帮主赵漫。但听他冷冷地道："成帮主，你我两帮井水不犯河水，却跑来我地盘上耀武扬威，有何意图？"

楚瀚望向那白衣男子，心想："原来这人就是青帮帮主成傲理。我在武汉时曾听青帮中人谈起他，说他与谢迁大人齐名。我只道青帮中人自吹自擂，不料这人果真极有气度，武功也十分高明。"

却听成傲理道："这京城偌大地方，怎的就是你丐帮的地盘，旁人不得进入？如此霸道，好比我青帮宣称长江和运河乃是我青帮的地盘，谁也不准在河上航行，天下岂有此理？"

赵漫道："你我明人不说暗话，东拉西扯徒费口舌。我只问你一句，你青帮大举赶来京城，究竟有何意图？"

成傲理摇着扇子，悠然道："哪有什么了不得的意图？赵帮主该知道成某人的性子，我来京城，自是为了来寻花问柳，一逞风流。"

赵漫哼了一声，说道："逞风流？那又何须带这许多手下同来？成帮主何妨实说，你一路派人盯少林的梢，又是为了什么？"

成傲理面不改色，说道："我帮人物分布大江南北，行事谨慎，见到天下第一门派少林大举出动，赶来京城，自然得留上点心。我不过派人去探探消息，看看少林派众位师父们需要什么帮忙，从未对诸位师父不敬，这又如何了？"

赵漫瞪着他，喝道："鬼鬼祟祟，谁不知你是贪图少林派失去的那件物事？"

成傲理听了，哈哈大笑起来，说道："原来赵帮主说的是这件事！我对少林派遗失的金蚕袈裟更无半点兴趣。但是我倒挺想会会那位有胆有识、独闯少林的绝世佳人。成某人不才，唯一所好，便是绝色美女。如今听闻世间出现了这么一位惊艳江湖的奇女子，怎能不赶紧来开开眼界？"

赵漫脸色一沉，哼了一声，不料对方已知道了这件武林隐密。数月之前，一个自称"雪艳"的少女不知从何冒出，一举挑战中原三大门派，自少林派夺走了武林至宝"金蚕袈裟"。那金蚕袈裟乃是达摩老祖传下的宝物，里面记载了少林武功的源流和易筋经内功心法，竟然就此不明不白地被一个孤身少女夺走，三派的脸面往何处摆去？因此大家心照不宣，极力隐瞒此事，但好事不出门，坏事传千里，这件事毕竟还是流传到江湖上去了，连成傲理这等江湖帮派头子也一清二楚，甚至还知道夺走袈裟的雪艳是个年轻貌美的少女，特意前来一饱眼福。丐帮素来与少林交好，虽承诺出手相助并保守秘密，但这等重大的丑闻笑柄，任谁也没法阻止它流传出去。

　　成傲理神色轻松，笑吟吟地道："赵帮主，这件事情江湖上传得沸沸扬扬，再想隐瞒也是不可能的了。阁下应曾听闻，咱们江湖帮派不重武功，只重道义。趁人家重宝失窃的当儿下手找碴，或苦苦追寻什么武林秘籍，绝非咱们青帮的作风。咱们只不过想来瞧瞧热闹，见识见识当世英雄人物，两不相帮，实在无心得罪任何一方。"

　　赵漫又哼了一声。成傲理口中的"英雄人物"，自然不是指少林、武当等派的高手，而是那位神秘的少女雪艳。赵漫老早听闻了成傲理的名头，知道他年纪轻轻便坐上青帮帮主大位，威势足以震慑数万帮众，显非易与的人物；而他数年来公然贪花好色，放纵风流，无所忌惮，行事不按牌理出牌，确是个极难对付的角色。赵漫虽无心与青帮和成傲理作对，但仍忍不下这口气："这人指使手下公然挑战我最引以为傲的轻功，是可忍孰不可忍？若不给他个下马威，以后丐帮还能在江湖上混吗？"

他心头火起，抬头望向旗杆顶端，吸了一口气，说道："瞧清楚了！"脚下一蹬，瘦削的身子陡然拔天而起，只不过在旗杆上两三个借力，便攀到了杆顶。他再一伸手，便将青帮的旗帜扯下，随手扔落。那旗子在夜空中缓缓飘降而下，青帮众人仰头而望，脸色都十分难看。

成傲理脸上微笑不再，但也并不显得恼怒，只有一片平静沉着。他跨步上前，接住了那面飘落的青帮旗帜，等赵漫落下地来，才道："赵帮主的'飞天神游'轻功号称武林第一，果然好俊功夫，成某甘拜下风。"

赵漫面有得色，说道："成帮主是明白人。乞丐不要别的，只请贵帮立即退出京城，大家见好就收，留下日后见面的余地。"

成傲理自知帮中没有人的轻功能比得上赵漫，也知道青帮手下武功有限，无法跟训练有素的丐帮弟子打群架，但要他就此离去，却也有所不甘。他身边一个左右手名叫王闻喜的，低声在他耳边道："帮主，我们群起而上，未必打不跑这些乞丐。"

成傲理横了他一眼，低斥道："无知之言！退一边去。"王闻喜一张脸涨得通红，退后了几步。成傲理转头对另一个手下道："恨水，你去将这旗子挂回旗杆上了。"

他此言一出，便是公然向丐帮挑衅了。赵漫闻言，脸色一变，跨上一步，伸手拔出腰间的竹棒，说道："谁敢攀上这旗杆，乞丐打断他的腿！"

那赵恨水是个高瘦汉子，手长脚长，看来十分矫捷。他来到成傲理面

前，一膝跪地，双手从成傲理手中恭敬接过旗子。他跪在地上片刻，似乎在思考什么，随即站起，紧了紧腰带，缓步上前，来到旗杆之下，神情镇静，抬头往旗杆顶上望去。

众人的眼光都集中在他身上，想知道他是会服从成傲理的指令，往上攀爬，还是会忌惮赵漫的威胁，不敢妄动？

第
二
十
四
章

技
惊
江
湖

　　楚瀚在树顶上看得清楚，他知道这人已然计算好，要出其不意地快速上杆，给赵漫一个下马威。果不其然，但见他连连摇头，接着转过身，垂头丧气地走了开去，似乎准备将旗子交还给成傲理，跪地请罪。赵漫见他放弃，将棒子往腰间一插，正要发话，忽见眼前一花，赵恨水已拔身而起，但并非往旗杆跳去，却朝着相反方向，向青帮帮众中的一个大个子纵去。

　　赵漫不知他这是在作什么，微微一怔。但见赵恨水的足尖在那大个子的肩头一点，借力一个倒翻鹞子，身子已窜上了杆腰，手脚并用，快捷无伦地往杆顶攀爬而去。

　　赵漫没想到这人巧诈如此，自己竟被他唬骗了，怒吼一声，身子往上拔起，右手拔出竹棒，左手在旗杆上微一借力，瞬间已窜到赵恨水身下，挥棒便向他的小腿打去。赵恨水往旁一让，避开了这一棒，继续往上攀爬。

　　便在此时，赵漫感到双眼刺痛，赶紧闭紧了眼睛。却是赵恨水从衣袖中抖出一片尘土，原来刚才他跪在地上半晌，便已偷偷抓了一把尘土藏在袖中，此时趁机撒下。赵漫又急又怒，一手握住旗杆，另一手赶紧去抹眼睛。不料赵恨水反应极快，看准时机，伸脚踢上他手中的竹棒，赵漫一个不留神，竹棒被踢得直直跌落下去，啪一声插在旗杆旁的土地中。

赵漫从未遭此大挫，暴吼一声，奋力睁眼，挥掌便往头上打去。赵恨水感到他掌风凌厉，连忙又往上一窜，险险避过，人几乎已到了杆顶。

成傲理一直仰头观望，这时一个箭步上前，伸手便去取那插在地上的青竹棒。这青竹棒乃是帮主的信物，在丐帮中地位崇高，一个丐帮长老见成傲理竟想取走竹棒，怒喝一声，大步冲上前，挥出一柄尖头铁叉，直刺向成傲理的手臂。成傲理动作却更快，右手已握住了青竹棒的一端，从土中拔出，挡住了长老的这一叉，其中蕴含巧劲，竟将长老的铁叉打脱了手。那铁叉在竹棒一挑之下，直往半空中急飞而去。丐帮长老不料成傲理一个年纪轻轻的美男子，擒拿短打功夫竟如此精湛巧妙，他反应也极快，展开小擒拿手，左手握住了青竹棒的另一端，内力传送过去，震得成傲理手心发热，不由自主放松了手。丐帮长老持棒后退，暗暗庆幸自己保住了这青竹棒，没给对头取走，略略松了一口气。

便在此时，广场上青帮丐帮众人齐声惊呼，成傲理顾不得再去夺竹棒，连忙抬头往旗杆上望去。原来只在这几瞬间，旗杆上又生变化，赵恨水趁赵漫抹去眼中尘土的几瞬间，快手将青帮旗帜绑在了旗杆顶上，赵漫一怒之下，攀上数尺，又是一掌打去。此时赵恨水已攀到杆顶，无处回避，这一掌的劲风罩住他全身，赵恨水并非内家高手，登时闭气晕去，头往后一仰，双手一松，如个布娃娃般从旗杆顶头下脚上地跌落下来。他原本已系在杆上的青帮旗子也被赵漫这一掌震得碎成数片，随风四散飘落。

事也凑巧，赵恨水的头部竟正迎着丐帮长老被成傲理打飞的尖头铁叉，一个跌得急，一个飞得快，眼见这铁叉就将戳入赵恨水的脑门。

丐帮帮众惊呼声中，却见不可能的事情发生了——赵恨水陡然停在半空之中，而铁叉斜斜向旁飞去，在夜空中划出一个弧形，缓缓落下。

众人第一念想到的，是赵恨水毕竟没有晕去，实时在空中挥掌打歪了铁叉，随即知道实情并非如此，他们定睛一瞧，才看清赵恨水身边多出了一个瘦小的身形。那人不知何时出现，也不知是从何处冒出，但见他全身虚空，双手勾住赵恨水的双臂，竟然硬生生地将赵恨水提在半空中不再落下。

当夜在场的青帮、丐帮帮众，全都见到了这让他们永世难忘的一幕：只见那少年身形轻盈如鸟，在半空中提着一个人，仍如能飞翔一般，虚步一跨，飞到一丈外的旗杆旁，一足勾上了旗杆，稳住身形。赵恨水仍旧昏迷不醒，手脚软软垂下，在夜空中微微摇晃，而那少年的肩头之上，竟兀自立着一只黑猫，金黄色的眼睛在夜色中闪着光芒。

出手救人的正是楚瀚。他原本躲在大树上观望两帮相持不下，事不关己，无心现身插手，但见情势紧急，在这千钧一发之际，不由他细思，便飞身从树上弹出，径往半空中跃去，伸手拍落铁叉，勾住赵恨水的双臂，阻止他落势，才往前飞跃，捉住旗杆。

楚瀚稳住身形之后，喘了一口气，低头一望，但见地下黑压压地，数百人尽皆抬头仰望，数百对眼睛直盯着自己。他一时不知所措，本想一跃

回到树上，赶紧离去，但这么多人凝望着他，要想隐藏身形，偷偷溜走，也绝难逃过众人的眼线，只能定在旗杆上不动，脑中念头急转，却想不出什么脱身的好主意。

赵漫仍攀附在旗杆之上，他伸出手，从楚瀚手中接过赵恨水，展开飞天神游轻功，抱着赵恨水落下地来。他原非赶尽杀绝之人，方才一气之下打晕了赵恨水，却也并非意在令他血溅当场，此时眼见高手现身，救了赵恨水一命，也无心再与赵恨水计较，将他平安放下地后，便仰头叫道："这位小兄弟，好俊的身手！请问高姓大名？"

楚瀚听他相问，只好飞身落下地来。从三四丈高的旗杆上跃落地面，对谙熟轻功之人来说并非难事，但楚瀚身法之轻盈，着地时如一片落叶般轻巧无声，纤尘不动，人群中的轻功好手见了，都不禁自叹不如。然而比之他刚才在半空中凌空救人的神奇身法，这一跃又算不得什么了。

楚瀚见四周数百对眼睛一齐望着自己，赵漫的眼神更是锐利如刀，直往自己脸上射来，不禁双颊发烫，心中一片惶然，想起舅舅曾经教过他的江湖规矩，赶紧双手一拢，拳掌相对，平生首次抱拳行礼，向赵漫道："在下姓楚名瀚，出身三家村胡家。"

此言一出，四下顿时哄然，众人纷纷交头接耳。江湖人物大都听说过三家村的名头，但因三家村行事隐密，极少在江湖上现身，因此众人虽都知道三家村擅长"飞技"，却从无人见过他们的身手。楚瀚这时只有十五六岁，谁也没料到这么一个名不见经传的三家村小伙子，竟身怀如此高明的轻功。

赵漫哈哈大笑，走上前来，拍着他的肩头，笑道："楚小兄弟轻功绝佳，犹在乞丐之上。我这'飞天神游'功夫，原本号称天下第一，如今可要改一改了！"这话一出，周围众人更是哗然，有的鼓掌欢呼，有的窃窃私议，有的面露不敢苟同之色，但在丐帮帮主赵漫面前，自不敢当面出言反驳。

需知武林之中，有着一番不成文的规定：判定武林人物身份地位的高低。地位最高且最受尊重的，乃是各大武林门派的掌门人。他们不但本身武功高强，而且门下弟子众多，一呼百诺，影响深远。其次是独来独往的侠客一流，其中往往有武功高绝的奇人异士，其名声响亮者，一人足可当一整个门派，如当时闻名天下的青年侠客虎侠王凤祥，以自创的虎踪剑法纵横江湖，无人能撄其锋；其次是武林帮派，其中称雄者便是拥有上万帮众、势力深广的丐帮；再其次是江湖帮派，如以船运为本业的江湖第一大帮青帮。江湖帮派中的人物，其武功或许比不上门派首领及侠客，但借着庞大的财力、人力，也颇有呼风唤雨之能。此外另有一群江湖异人，虽身负绝艺，但韬光养晦，匿身市井，深藏不露，他们平时并不出头与武林或江湖人物打交道，但在必要时刻往往成为左右时局的关键，这等异人少为人知，其中略为知名的有神医扬钟山、学究文风流、屠夫赵埻、琴仙康怀嵇和康筝父子等。

其下一等则是以出卖武艺维生的一群武人，如保镖、打手、护院、镖师、捕快、皇宫侍卫和锦衣卫等，尽管这些武人中不乏武功高强、有权有势者，但武林中人看待他们，便等同在街头卖艺、卖膏药的把式一般，打从心底瞧之不起。更下一流者，则是以偷抢为业的飞贼盗匪一流，那更是等而下之，广为江湖人物所轻慢鄙视的了。

楚瀚出身的三家村以偷盗为业，多年来为皇室效命，地位介于最后二流之间，可说是低得不能再低了。此时赵漫能够毫不忌讳楚瀚的出身，当着众人之面真心称赞他的轻功，并自叹不如，对一众江湖人物来说，都是大出意料的一桩奇事。

楚瀚虽不熟悉这些武林规矩，但也颇有自觉，知道自己的出身并不怎么光彩，眼前这两个大帮能人众多，首领更是出类拔萃、睥睨群雄的人物，此时但听赵漫夸赞自己，甚觉惶恐，忙躬身说道："赵帮主谬赞，可折煞小子了。"

赵漫摇手道："亲眼见到人外有人，天外有天，实乃平生一大快事。多谢小兄弟今日令我大开眼界，乞丐定要请你喝一杯！"说着便拉着楚瀚坐下，呼唤帮众拿酒来。他原本一心质问成傲理为何率领青帮大举来京，但听了成傲理的言语，知道自己无法阻止他们来此瞧瞧热闹，只要青帮在他京城的地盘上不致太过张狂，便算达到目的了。他方才在旗杆顶上打晕了那青帮汉子赵恨水，又将青帮旗帜打碎，算是给了青帮一个下马威，而又并未杀伤人命，丐帮略占上风却未结下深仇，应是最好的结果。他只盼青帮见好就收，莫再纠缠，因此不再理会青帮众人，一心只想与这神奇的少年结交。

楚瀚战战兢兢地坐下了，但见身边围坐着一群肮脏邋遢的乞丐，个个目光炯炯，神情剽悍，有的手持铁棍，有的拿着破碗，望向自己时毫不掩饰他们心中的好奇戒惧。楚瀚童年时便做过乞丐，对乞丐并不陌生，更曾在乞丐头子手下吃过苦头，此时被一群虎视眈眈的乞丐围绕着，不禁感到一阵毛骨悚然。

那边成傲理查德看了赵恨水的伤势，见他只是闭气晕去，微微放心。他自知武功无法与丐帮相较，侧头见到赵漫拉了那少年楚瀚坐在地上饮酒，心念一动，忽然走上前来，向楚瀚抱拳说道："楚小兄弟，在下青帮帮主成傲理，十分佩服你的轻功。可能借一步说话？"

楚瀚一呆，青帮刚刚在赵漫手下吃了个亏，成傲理竟在赵漫请自己坐下喝酒之际，上前邀自己离开说话，岂非十分无礼？他侧眼望向赵漫，果见赵漫脸色十分难看，豁然站起身，冷冷地道："成帮主，什么话不好当众说，却要避开我等偷偷去说？"

成傲理哈哈一笑，说道："我只不过想问楚小兄弟一句话，当着贵帮兄弟的面询问，也无不可。楚小兄弟，你可愿意加入我青帮吗？"

这一问出口，赵漫顿时变了脸色，心知成傲理这一着十分高明，他既开口邀请楚瀚入帮，不管楚瀚应不应允，自己便不能再行邀请他加入丐帮，不然便是犯了帮派间的大忌。他虽惊佩楚瀚的轻功，却尚未有邀请他加入丐帮的打算，此时听成傲理开口相询，不禁好生后悔，知道自己心胸毕竟不够宽广，硬是晚了成傲理一步，此时就算真想邀请这奇特的孩子加入丐帮，已是迟了。

楚瀚闻言更是一愕，在此之前，他不是住在三家村，便是在东厂和皇宫中讨生活，只约略知道世间有丐帮、青帮这些帮派，却不大清楚他们是作什么的，一时不知该如何回答。今夜他见识到丐帮帮主赵漫的武艺轻功，成傲理的机智气度，心下甚是佩服；成傲理这一问，若在他发现泓儿之前，或许会嫌宫中日子太过单调无聊，考虑去帮派中闯闯，试试身手。但此时他心中挂念泓儿，知道自己不可能就此离开皇宫，当下定了定神，站

起身，抱拳说道："成帮主太过抬举在下了。在下出身寒微，靠着机缘巧合练成了三家村的功夫，行止全凭师长差遣，不敢擅作主张。今日得见两位帮主的金面，幸如何之，忝得两位称赞赏识，更是粉身难报，只盼日后有缘，再为两位效命。"这番话说得恰到好处，既不得罪赵漫，也不得罪成傲理，同时客气地婉拒了成傲理的邀请入帮提议。他在皇宫中混得久了，在进退应对上自也学到了几分世故圆滑。

成傲理听他如此说，也不好强逼，见他年纪甚小，想必尚未出师，便问道："敢问令师长是哪一位？可否拜见？"

楚瀚从他们的言语中，猜知他们对三家村的事情一知半解，便利用这个空子假称自己有师长云云，好蒙混过去。这时被问起师长是谁，他唯一的师长便是胡星夜，此时已然死去四五年了，他其实并不必听命于任何人，但为了避免二人多问，露出破绽，当下微微颔首，脸现迟疑为难之色。赵漫走上一步，说道："成帮主，楚小兄弟想必有其难言之隐，何苦相逼？"

成傲理横了他一眼，说道："这是我青帮家事，只怕没有阁下置喙的余地。"赵漫听他出言不逊，一瞪眼，握住腰间竹棒，眼见两人又要大打出手。

楚瀚不愿二人再起冲突，忙走上一步，隔在两位帮主之间，压低了声音，说道："小弟确实有难言之隐。不瞒两位帮主，小弟一年前奉师长之命，入宫服役，伺机待命。这个秘密，还请两位帮主代为保守。"

成傲理和赵漫都是一怔，没想到这个少年竟是个净了身的宦官，心下不禁暗生怜悯，一齐寻思："他做出这么大的牺牲，想必有重大图谋。这人是三家村的人，所图大约是宫中的什么宝物。可惜这么一个轻功高绝的少年，竟为了师长偷取宝物的指令，一辈子就此毁了，委实可叹！"

当下成傲理也不好多说，拍拍楚瀚的肩膀，说道："既是如此，为兄也不好勉强。楚小兄弟请多多保重，但愿小兄弟诸事顺遂，日后有缘，自当再会。"

赵漫也道："小兄弟飞技过人，日后必可做出一番事业，盼小兄弟好自为之。"

楚瀚抱拳道："多谢两位帮主。小弟不可在外多留，这就得去了。赵帮主这杯水酒，需得留待日后再拜领。成帮主知遇之恩，小弟铭记在心，定当报答。"向二人行礼，带着小影子，回身走去，转眼消失在夜色之中。

第
二
十
五
章

重
遇
同
乡

　　楚瀚这回意外在京城出手救人，展露惊人轻功，名声很快便传遍了
江湖。但江湖和宫廷毕竟是两个迥然不同的世界，他回到宫中之后，身
周的宫女宦官和锦衣卫等人更未听闻那夜发生了什么事情，至于他受到
江湖中人惊佩赞叹，名声鹊起，宫中之人更是蒙然不知。楚瀚原本有些
忐忑，生怕自己乱出风头，闯下大祸，但见身边众人毫不知情，一如往
常，才放下了心。

　　他对江湖人物颇感陌生，对他们的赞誉之辞也是半信半疑。他知道
自己已学成了蝉翼神功的神奇飞技，但总相信世上甚至三家村中，定然
有比自己更加高明的人物。当年的上官婆婆和胡家兄弟，今日的上官无
嫣和柳家父子，本事想来都该在自己之上；而那蒙面锦衣卫的身手，应
也与自己旗鼓相当。然而他却并不知道，当年他在三家村学艺时还只是
个孩童，自然感到每个大人的飞技都远胜自己；在他左膝痊愈之后，加
上多年苦练蝉翼神功，此时的飞技早已远远超过了三家村中的每一个人，

包括传授他飞技的舅舅胡星夜。

他更加不知道，当今世间轻功能跟他相提并论的，除了那蒙面锦衣卫之外，也只有那夺取了少林派金蚕袈裟的奇女子雪艳了。

却说青帮在京城又逗留了数日，才离京而去；不几日，丐帮也退出了京城，想是追寻那奇女子雪艳而去。楚瀚无意卷入江湖中事，两帮离去后，便将帮派之事置诸脑后，全心防范那蒙面锦衣卫，不让他有机会接近泓儿躲藏的水井曲道。他甚至设计了好几个障眼法儿，引那蒙面锦衣卫去追查无关紧要的线索，尽量将他引离安乐堂。

这天夜里，他感到又有人在盯自己的梢，轻功甚高，却不是那蒙面锦衣卫，心生警觉，便隐身在一条陋巷中，静候那人现身。过了不久，但听笃笃声响，一人拄着拐杖而来，黑暗中见那人身形矮胖，头发花白散乱，仔细一看，才看出是个老乞婆。那老乞婆口中喃喃自语，精神似乎有些错乱，蹒跚地走上几步，忽然停下脚步，抬头四望，嘶声喝道：“出来吧！你那点儿藏身伎俩，怎瞒得过婆婆的眼睛？”

楚瀚望见她脸上那对猫眼，不禁一呆，认出这老乞婆竟便是昔日三家村上官家的大家长上官婆婆！

但见上官婆婆形貌落拓潦倒，污秽褴褛，与往昔那个不可一世的上官大家长实有天壤之别。楚瀚心中仍牢牢记着上官婆婆命他在祠堂中罚跪，以及试图让孙子上官无边硬娶胡莺等行径，对她既感恐惧，又觉不齿，心中犹疑，一时没有现身相见。

但听上官婆婆又道：“姓楚的小子听好了：我有好差事给你干。你不缺

神偷天下 ❶ 跛脚小丐

钱，这我知道。但你的生活想必无趣得紧吧？终日探听皇帝后妃、皇亲大臣的消息，有什么滋味？你听我说，有人出了天价，让你去取血翠衫。也有人出一万两银子，让你去取龙湲宝剑，你干不干？"

楚瀚轻轻拍了一下站在自己肩头的小影子，从黑暗处闪身而出，无声无息地出现在上官婆婆面前，沉声说道："婆婆，你拿这些幌子引我出来，有何用意，不如便直说了吧。"

上官婆婆见他现身，咧开猫嘴，笑嘻嘻道："小子，看来你在京城混得挺不错啊！"

楚瀚并不回答，只冷冷地向她瞪视。

上官婆婆嘿嘿地干笑了几声，显然知道面前这少年已不再是当年那个任由她摆布整治的孩子了。如今他的飞技、地位都远在自己之上，两人的优劣情势已全然逆转。她眯起一双老猫眼，侧头向他斜视，说道："谁不知道，如今三家村中还管点儿用的，只剩下胡家的楚瀚一个人了。我们上官家老的老，死的死，失踪的失踪，早已不成气候。柳家的人向来是那副德性，成事不足，败事有余。你不但取得了三绝之一的紫霞龙目水晶，更在丐帮和青帮面前大出风头。你如今的身价，可比婆婆当年还要高得多啦。"

楚瀚冷然道："再不说出你的意图，我这便去了。"

上官婆婆吞了口口水，静默一阵，才道："上官家藏宝窟里的事物，都到哪儿去了？"

楚瀚心中一动："她竟是为此而来！莫非她真的不知道宝物的下落？"说道："藏宝窟在你上官家中，你不知道，我又怎会知道？"

上官婆婆哼了一声，又问道："我孙女上官无嫣，去了哪儿？"楚瀚道："我在京城门口救出她后，便再没见过她，更不知道她去了哪里。"

上官婆婆一双猫眼直瞪着他，满面愤恨，拐杖一笃，恨恨地道："藏宝窟中的事物，定是被柳家父子这两个奸贼取去了。柳家唆使锦衣卫来抄我上官家，这事早有预谋。他们事先做了手脚，趁我们被打得措手不及时，将宝物全数运走了！"

楚瀚耸了耸肩，摆出一副事不干己的神态，说道："或许是吧。谁知道呢？"

上官婆婆咬牙切齿地道："无嫣定是探知了那两个奸贼的密谋，才被他们出手杀了灭口，不然她怎会事隔这么多年，都不曾回家探视过一次？哼，柳家心狠手辣，心机深沉，自以为将事情瞒得天衣无缝，只可惜瞒不过你婆婆！"

楚瀚并不全然信服她的推论，但也无心争辩，只悠然道："你既然对当年发生的事情知道得如此清楚，此时想必已发现柳家将宝物藏去了何处，也已取回了许多件。"

上官婆婆哼了一声，说道："他们父子这两只狐狸，装模作样，隐藏得极好。我观察了他们这许多年，只见到他们到处明察暗访宝物的下落，装出一副并不知情的模样。哼！"

楚瀚早已料到，说道："既然柳家不知情，你也不知情，我也不知情，那么谁会知道那些宝物究竟跑去了何处？"

上官婆婆沉吟道："你在皇宫办事办了这许久，难道也没有线索？东西

没被锦衣卫拿去了？"楚瀚摇头道："没有。万贵妃最贪爱宝物，东西若落入锦衣卫或梁芳手中，绝对不会不呈献给万贵妃。只要有一件宝物流进了皇宫，你想必也不会不知道。"

上官婆婆点了点头，自言自语道："那还能是谁？还能是谁？"

楚瀚抬头望向满天星月，心中对此事也百思不得其解。他年纪渐长，见识日多，回想当年三家村发生的事情，已慢慢拼凑勾画出了一个阴谋：当年有人设下奸计，蓄意鼓动锦衣卫来抄上官家，用意自是要趁乱取走藏宝窟中所有的宝贝。这人的目的达到了，上官家做了牺牲品，柳家和锦衣卫都成了不知情的帮凶，胡星夜很可能亦是因此而丧命；楚瀚自己也被卷入旋涡，来到京城后经历一番出生入死，还几乎没在东厂厂狱中丢了性命，更被"净身"入宫，做了宦官。他心中怀藏着和上官婆婆同样的疑问："是谁？下手偷走藏宝窟中宝物的人究竟是谁？"

上官婆婆也陷入沉思，两人相对静默，良久没有言语。

楚瀚知道自己一时无法想透其中关键，吁了一口长气，从怀中掏出五两银子，说道："你手头紧，这钱拿去用吧。我不缺钱，也无心去帮人取什么事物。你若想干，自己接下活儿便是。"说着将银子放在地上，带着小影子转身便走，消失在巷口。

上官婆婆嘿嘿干笑，俯身拾起银子，揣入怀中，望着楚瀚的背影，一对老眼中闪烁着难以言喻的羞愤和深沉的算计。

此后楚瀚便开始留意上官婆婆的行踪，知道她露宿于城西的乞丐巷中，平时在城中四处乞讨，居无定所，三餐不继，生活艰难。她曾是一代神盗，身负绝技，年纪虽老，但身手仍十分灵活，要取什么金银宝物都非难事。但她心高气傲，一个见惯稀世珍宝，过惯锦衣玉食，行惯颐指气使的老妇人，哪能再去干小绺儿、小扒手的勾当？她宁可沿街乞讨，也不愿冒着失风被捕的危险，丢尽老脸。

楚瀚见她潦倒如此，心中恻然，此后便定期接济她，让她至少能吃得饱，穿得暖。当年上官大宅中一对象牙筷子，一只青花瓷盘，一套锦衣绣服，一口漱口玉杯，只消拿去变卖了，都足够今日的上官婆婆使上好几年。如今她家破人亡，家财全数被抄，孤身一人，处境悲凉，竟沦落到连自己的衣食都无法张罗。

楚瀚接济了她数月，一日她忽然不告而别，不知去向，楚瀚猜想她大约是离开了京城，也未深究。

这日楚瀚甩脱了那蒙面锦衣卫的跟踪，想起红倌，便偷偷来到她的住处，却听屋内传来乒乓大作之声，却是红倌在发脾气，边骂边摔，摔碎了好些胭脂瓶罐。她的婢女香儿吓得站在房外，不知该进去收拾好，还是躲在外边避难好。

楚瀚这些时日常常来找红倌，但他来去无踪，荣家班的人极少见到他，只有这贴身婢女香儿偶尔见到楚瀚。楚瀚低声问道："怎么啦？"香儿低声道："徐家大少爷又说要买红哥儿，来跟荣大爷谈价钱。"

楚瀚皱起眉头，知道这是没得谈的事儿，人家想买个男宠，买回去的却是个女子，怎不闹翻了天？荣班主自然知道利害，不敢答应，

红倌想必为了此事甚觉羞辱，因此大发脾气。

小影子平时最爱钻进红倌的锦被里取暖，这时被事物摔裂的巨响吓着了，躲在门边探头探脑，不敢进去。楚瀚俯身向它轻声道："你在这儿等着。"悄悄进入红倌的闺房，一一接住了她扔出来的镜子、梳子、香瓶、珠花，等等。红倌没听见事物摔裂的声响，回头一望，见到是他，冲上来扑在他怀中，又捶又打又哭又骂道："那个死畜生，当我是什么了！浑蛋小子，有钱有势又如何，我偏偏瞧他不起！瞧他不起！"

楚瀚搂着她，轻拍她背脊，低声安慰。但见她脸上妆犹未卸，便扶她坐下，拿帕子替她擦去了脸上妆粉，又替她擦去眼泪。红倌哭闹了一阵子，才终于收了泪，安静下来，咬着嘴唇，肃然道："我知道，我哭也没用。做戏子的，难道还想挣个贞节牌坊吗？"

楚瀚温言道："你心里不痛快，哭出来也好。告诉我，谁欺负你了？"红倌吁了一声道："还不是那徐家的浪荡子？在珠绣巷玩女人不够，竟妄想玩到我头上来了！"

楚瀚点点头，说道："不必担心他。"红倌一怔，奇道："怎么，你能对付那小子？他老爹可是户部尚书哩！"

楚瀚道："别担心，我有办法。来，跟我来。"红倌道："去哪儿？"楚瀚微微一笑，说道："我带你去个好去处。"

他抱起红倌，跃出窗外，翻过了围墙，才将她放下地。两人携手来到半里外的凉水河旁，此时正是盛夏，一到郊外，便见无数流萤飞窜穿梭于树丛之间，一闪即逝，此起彼落，闪耀不绝，倒映在溪水之中，入目尽是点点繁星，灿烂已极。楚瀚和红倌在溪旁并肩坐下，欣赏萤火奇景，红倌忍不住赞叹道："真美！"又叹道："世间有这么美的事物，为何又有那么丑陋的嘴脸？"

楚瀚搂着她的肩，说道："别去想了。一朝快活，享受一朝。"

红倌笑了，将头靠在他的肩上，口中吟唱起一段她最爱的《玉簪记》中的《朝元歌》：

　　你是个天生后生，曾占风流性。

　　无情有情，只看你笑脸儿来相问。

　　我也心里聪明，脸儿假狠，口儿里装作硬。

　　待要应承，这羞惭怎应他那一声。

　　我见了他假惺惺，别了他常挂心。

　　我看这些花阴月影，凄凄冷冷，照他孤另，照奴孤另。

楚瀚听了，紧紧搂住她的肩头，微笑道："傻姑娘，你不孤另，我也不孤另。"红倌将头靠在他胸口，也自笑了。

红倌并不知道，自从她与楚瀚交往以来，楚瀚便凭着他在梁芳手下办事的方便，替她打发了无数轻薄子弟、无赖富商。梁芳势力庞大，即使达官显要也怕他三分，若不是楚瀚在暗中护着她，她的麻烦还要更多。

两人望着繁星般的流萤，一时兴起，决定抓一些带回家去。楚瀚略略施展飞技，提气在空中轻盈一转，随手便捉到了数十只，乐得红倌直拍手

叫好，将方才的发怒、哭泣全抛九霄云外去了。

　　回到红倌房中，两人熄了灯火，窝在被子里，一同观看琉璃樽里的萤火虫。小影子没有跟他们去捉流萤，这时见到瓶子中闪闪发光的小虫子，极为好奇，金黄的眼睛直瞪着虫子，伸爪想去捉，却被琉璃隔开，怎都捉不到，只将楚瀚和红倌逗得嬉笑不绝。

　　那夜两人缠绵过后，楚瀚沉沉睡去，红倌却无法入睡，她转头望向楚瀚沉睡的脸庞，心想自己身边有个贴心的伴侣，又怎能让虫子们失去亲友伴侣呢？便悄悄披衣起身，就着窗子打开了琉璃樽口。她望着萤火虫纷纷飞入窗外的星空之中，才踮着脚尖回到床边，钻入被窝里，回到楚瀚的怀抱之中，不知怎的心中一阵悲苦，又流下了眼泪。

　　楚瀚略微醒转，伸臂抱住了她，低声问道："去做什么了？"红倌将脸塞在他的怀里，说道："放虫子回家。"楚瀚轻抚她的头发，说道："乖乖不哭，我们明晚再捉便是。"

　　红倌收了泪，嘴角露出微笑，安稳地沉入梦乡。

　　楚瀚白日听梁芳命令办事，与百里缎彼此防范，夜晚偶尔与红倌相聚，日子就这么过了下去。他为了避免引起百里缎的疑心，许久都未曾去看泓儿，只从小凳子等的口中得知孩子十分健康活泼。他心中挂念泓儿，每回使尽千方百计，甩脱百里缎后，便一定偷偷跑去看一眼泓儿，确定他平安无事。只要望见泓儿清澈的眼神，纯真的笑容，他便感到万分充实，满心喜悦。

　　有时他想起藏在井中的水晶，便轻轻地对泓儿说道："泓儿，泓儿，你什么时候才会长大？我什么时候才能将水晶交给你？"

泓儿咿呀而笑，当然不明白他在说什么，只高高兴兴地爬近前，直爬到楚瀚身上，凑上去亲他的脸，亲得他满脸口水。楚瀚笑着抱起泓儿，心中对这婴孩的疼爱日益加深。

第
二
十
六
章

故
乡
今
昔

　　这日楚瀚带着小影子来到城中，在茶楼中闲坐喝茶，叫了一盘鱼干给
小影子吃。他知道百里缎已跟来躲在暗处偷看，想测试这人究竟有多少耐
心，能在酒楼中枯等多久，便坐着不走。小影子待在茶楼中好几个时辰，
甚觉厌烦，自己跑到厨房后捉老鼠去了。

　　楚瀚直坐到夜深，百里缎已不耐离去，他才一笑，准备起身回家。但
听隔壁房间传来一阵吵闹欢笑之声，便问店小二道："隔壁是什么人，这般
吵法？"小二赔笑道："楚公公莫着恼，是柳家大少爷升了官，大宴宾客庆
祝一番哩。"楚瀚皱眉道："什么柳家大少爷？"

　　小二尚未回答，但听背后一人笑道："他乡遇故知，真是难得啊难
得！"楚瀚回过头，但见一个衣着华丽、脸容端俊的公子从隔壁房中走出，
乍看只觉面目好生眼熟，仔细一瞧，才认出他便是三家村柳家的柳子俊！
往年他身形高瘦，现在却发福不少，显得富态了许多。

　　楚瀚心中暗自警惕，知道这人奸险多诈，对自己从未安着好心，但一

时也不愿得罪他，便脸上带笑，上前招呼。

柳子俊满面堆欢，热情地拉他到一间安静的别室，坐下喝酒。楚瀚问道："柳公子，听说你在此开宴，庆祝升官，不知高升了个什么职位？"

柳子俊笑道："多谢楚公公相问。还不是托梁公公的福，领中旨让我作了个户科的给事中，从七品的官儿。"

楚瀚心中暗惊，这人来京升官，自己竟然并不知晓，看来梁芳是有意瞒着自己，而这阵子忙着对付百里缎，竟然疏忽了梁芳的动静，也实在是太大意了。当下拱手笑道："恭喜柳兄！梁公公时不时都会跟我提起柳家的好处，我想也是时候该升你的官啦。"

柳子俊道："好说，好说！全靠梁公公照顾提携。他老人家为了让我就近替他办事，才命我搬出三家村，在京城中置屋住下。"言下颇为得意。

楚瀚问起三家村近况。柳子俊喝了一口酒，说道："上官家自被锦衣卫抄家之后，自然是树倒猢狲散了。几年前上官婆婆乔装改扮了，偷偷回到村中，在自家院子里走了一圈。我和爹爹自然一眼便看穿，因顾念旧情，心存怜悯，也没有说破。"

楚瀚感到一阵恶心，当初勾结锦衣卫来抄上官家的正是柳家父子，现在竟然还有脸说什么顾念旧情，心存怜悯？他强忍心中的鄙视厌恶问道："那上官家的子弟呢？"

柳子俊摇摇头，叹了口气，说道："上官无影在抄家时大胆抵抗，被锦衣卫当场打死了。我和爹爹见多日后都无人收尸，才找人去上官大宅，替他收敛了尸体。那时尸体已然腐烂，几乎已看不出人形。"

楚瀚回想起上官无影的自负暴躁，往年曾以马鞭击打自己，听说他落

到无人收尸的下场，也不禁心生哀悯。柳子俊又道："上官无嫣被锦衣卫捉去后，下落如何，想来楚公公是最清楚的了。"

楚瀚听了这话，知道他是想从自己口中套问消息。柳子俊自然知道当时楚瀚追去京城，偷偷放走了上官无嫣，但上官无嫣一去之后，音讯全无，就连楚瀚也不知道她究竟去了何处；上官婆婆怀疑她是因探知了柳家企图盗宝的密谋，而被柳家杀人灭口，现在柳家却也来询问上官无嫣的下落，不知他是意图掩饰，还是真不知道？当下也推得一干二净，说道："上官姑娘一去之后，我就被捉入厂狱，她下落如何，我自是无从得知了。"

柳子俊见楚瀚如此说，嘿了一声，又道："至于上官无边，他逃离三家村后，便再也没有回来，听说他加入了山东一个盗伙，做了什么山寨的一个当家。"

楚瀚点了点头，忽道："上官家藏宝窟中的事物，柳兄和令尊想必已经找到了。"

柳子俊脸色微微一变，顿了一顿，才道："老实说，这几年中，家父和我花了许多心血探访宝物的去处，却始终未曾找到。"

楚瀚想起不久前自己和上官婆婆的对答，观察柳子俊的脸色，暗猜他大约真的没找到，不然这对父子为了讨好梁芳和万贵妃，一定老早开始呈献藏宝窟中的宝贝给万贵妃，然而自己这几年来并未见到其中宝物流入宫中。当时他曾猜想将宝物收起来的是上官无嫣，却毕竟不能确定；若真是她，她想必会回去三家村，偷偷将宝物运走，但是在柳家和上官婆婆的虎视眈眈下，她也绝不可能将诸多宝物全数运走而不被发现。那么那些宝物究竟是落入了谁的手中？不是上官家，不是柳家，也不是锦衣卫或梁芳。

究竟是什么人，有本领将三家村中人耍得团团转，至今没有人能猜出这人是谁，更没有人能找出这批宝物的下落？

柳子俊忽然一拍桌子，露出满面气愤不平之色，说道："这些宝物，想来都被上官家给吞没了。依我和爹爹的意思，这宝窟是我们柳、胡、上官三家连手取集的，就算胡家洗手，上官家亡散，也该将宝物物归原主，当初由哪一家取的，便归还给哪一家，如此才算公平。上官家太过卑鄙，竟然辜负我两家的信任，将存放在宝窟中的所有宝物都藏了起来！楚公公，你曾多次出入上官家，想必对上官家人将宝贝移去了何处，有些线索？"

楚瀚听他说得好听，柳家若找到藏宝窟，自然早将所有的宝物都独吞了，又怎么可能分给早已无人的上官家和贫困务农的胡家？当下说道："我若知道，老早便说了出来，呈献给梁公公了，当初又怎会遭受鞭刑，下入厂狱，吃了足足两年的苦头，险些死在狱中？又怎会被梁公公逼得入了宫？"

柳子俊对楚瀚的遭遇显然十分清楚，听他这么说，也只能暂且相信，心想："看来还是要找到上官无嫣那小妮子，才能探问出宝物的下落。"但是上官无嫣就如凭空消失了一般，多年来不但未曾露面，竟连半点儿踪迹音讯都没有。

楚瀚又问："胡家的人却如何？"柳子俊摇摇头，说道："这几年收成不好，胡家老大持家十分辛苦，第一个儿子出生没多久便夭折了，他和妻子都十分伤心。胡老二入了赘，随妻家住在山西。老三胡鸥还在家中，但没钱娶妻，游手好闲，和老大处不来，兄弟俩整日争吵。因家中拮据，胡老大将胡二婶和胡鹉、胡雀赶出门去了，听说母子三人在他乡乞讨维生，

284

好不凄惨。”

楚瀚听到此处，心中又是难受，又是恼怒。好歹是世代相交的几家人，柳家见胡家沦落至此，子弟甚至沦为乞丐，竟然未曾伸出援手，还一副事不关己的模样！他忍住气，又问道：“那么胡莺呢？”

柳子俊微微一笑，说道：“胡妹妹是你的未婚妻子，地位自然不同。我早已将她接到柳家住下，好好伺候着。你不用担心，你虽入了宫，但胡家妹子年纪小，不懂这些事情，我定会替你保守这个秘密。再说，公公娶妻乃是常事，等楚公公感到时机妥当了，我便安排替你将胡家妹子迎娶过来，这样也对得起她死去的父亲。”

楚瀚听了，心中升起一股难言的愤怒。柳子俊明知自己已“净身”成了宦官，却仍然哄骗胡莺一心嫁给自己，这是什么居心？随即明白：“他这是借胡家妹子要挟我！”说道：“她现在何处？我想见她。”

柳子俊从怀中取出一只汉玉葫芦，楚瀚看出正是当年自己与胡莺订亲时交换的信物。楚瀚只道他要交给自己，不料柳子俊却将手掌合起，脸上露出奸滑之色，说道：“要见胡家妹子不难，只是为兄的有件小事相求。”

楚瀚瞪着他，慢慢地道：“如果我不答应呢？”柳子俊微微一笑，说道：“楚公公不看我的面子，也要看胡家妹子的面子。”

楚瀚冷冷地问道：“我不答应，你便要如何处置她？”柳子俊将那汉玉葫芦收入怀中，叹了口气，说道：“胡小妹子今年不过一十五岁，正是花儿一般的年华，青春豆蔻。你好忍心，愿意见她就此香消玉殒，为兄的也无话可说。”

楚瀚脸色铁青，瞪视着柳子俊，过了良久，才道：“你要我做什么？”

柳子俊露出得意的笑容，心知自己已将楚瀚掌握在手中了。当年楚瀚住在他家中时，他曾仔细观察过这个孩子，知道他最重恩情，胡星夜收养他并教他飞技的恩德，他铭记在心，未曾或忘；而胡星夜已然身亡，死前将最疼爱的幼女托付给楚瀚，楚瀚绝对无法忽视这托孤的重责大任。柳子俊软禁胡莺以要挟楚瀚，这一步可是算准了。

他难掩心中兴奋，缓缓说道："楚公公替梁公公办事办得极好，难怪在宫中升迁如此之快，成了皇宫中梁公公之下的第一红人，富贵权势无一不缺。我们柳家无法如你这般狠心决绝，愿意牺牲自己，净身入宫，好方便在宫中出入行走。相较之下，我们的表现可逊色得多了。为兄的也不要求什么，只希望你为人大方一些，功劳不要一个人独占，分给我们一点半点，我们也就满足了。"

楚瀚哼了一声，说道："自己无能，只会使奸计、占便宜，我小时候不懂，现在可看清楚了。原来柳家的人都是这般的货色！"

柳子俊面色不改，说道："楚公公，为兄的飞技或许不及你，手下也没那么多宦官可以使唤。但我柳家有柳家的本领，你要除掉我父子，只怕也没那么容易。"

楚瀚沉默不答。柳子俊又道："为兄的无心威胁你，只不过盼望能与你携手合作。被上官家吞没的藏宝窟，在你我连手之下，一定有办法找得出来。到时你我对半分了，远离京城，去过那逍遥快活的日子，岂不甚美？"

楚瀚仍旧默不作声。

柳子俊站起身，微笑道："几年前你借居我家时，我便将你的为人看得十分清楚。我明白你对柳家误会甚深，你我之间要建立互信，并非易

事，因此为兄不得不采取非常手段。日久之后，你自会明白与柳家合作的好处。"顿了顿，压低声音道："梁公公一直想找到血翠衫，已经交代我们好几回了。这件事，可要多多烦劳楚公公了。我给你一个月的时间，静候佳音。"也不等楚瀚回答，便自拱了拱手，走了出去，回去他的升官宴席上了。

楚瀚心中怒极。他虽听命于梁芳，但实出于自愿，随时可以走，并不觉得自己受制于人。岂料柳子俊这小子竟有办法要挟自己！他担忧纪娘娘和泓儿的安危，生怕柳子俊的这番话是调虎离山之计，不敢离开京城，便派了手下到三家村探查，得知胡莺果然住在柳家，而且是被软禁在柳家内院之中，防守严密。除非自己大举跟柳家作对，强行夺出胡莺，不然胡莺的性命确是掌握在柳家手中。

楚瀚心中郁闷，为柳子俊的奸诈狡猾恼怒了好几日。他这夜出宫去找红倌，一到她房中，便一头躺倒在床上。红倌看出他心中不快，款步来到床前，俯下身，低声问道："怎么啦？遇上不顺心的事了？"

楚瀚闭着眼睛，没有答话。红倌伸手搂住他的颈子，软语道："我每回不开心了，就大吼大叫，尽情向你抱怨一番。你心里有事，却不肯跟我说？"

楚瀚长叹一声，说道："有人捉住了我的未婚妻，威胁我替他办事。"

红倌听了，双眉竖起，拍床骂道："混账，什么人这么可恶？"

楚瀚道："是我昔年同村里的人，叫作柳子俊。"红倌道："你功夫这么好，怎不去救出你未婚妻来？"楚瀚道："我在此地有所牵挂，不能离开。"

红倌笑道："啊，我知道了，你是舍不得我！"楚瀚微微一笑，说道："这也是原因之一。"

红倌将脸凑近他的脸，鼻尖对着他的鼻尖，笑嘻嘻地道："你不用哄我。你对我如何，我心中清楚得很。你我一向各走各路，互不相欠，这样最好。"顿了顿，忽然噗哧一笑，说道："我却料想不到，公公也能有未婚妻的？"

楚瀚被她逗得笑了，伸臂抱住了她娇小的身子，说道："我能有你，为何不能有未婚妻？"

两人说笑了一会儿，楚瀚才道："这亲事是在我十一岁时，家乡长辈给定下的。"红倌问道："你离开家乡后，便没再见过你的未婚妻？"楚瀚点了点头。

红倌叹道："你还记挂着她的安危，也算是有心了。今时今日，飞黄腾达者大多如陈世美，为保住富贵，早将元配发妻和亲生子女抛到天边去啦。她不过是你小时候定下的未婚妻，你竟不肯撇下她，实在难得。我以后定要编一出'有情有义楚大官人'，好好称颂你一番。"楚瀚笑了，说道："给你一唱，我可要出名了！"

红倌又问道："说正经的，你打算如何？"楚瀚道："我别无选择，只能暂且听他的话，敷衍着他罢了。"

红倌轻叹一声，说道："人生不如意事，十常八九，全看你能不能看得开。开心是一日，不开心也是一日。快将烦心的事扔一边去，你我图个快活要紧。"

楚瀚完全明白红倌的心境，她女扮男装唱戏卖艺，迟早会被揭穿，时

日所剩不多。她表面虽爽朗逍遥，无牵无挂，心底的愁苦却非他人所能体会。楚瀚伸出手，紧紧将她拥在怀中，明白自己为何会与她如此投缘：同是天涯沦落人，相逢何必曾相识？

在红倌的闺房之中，几上昏暗的油灯闪烁摇曳，两人耳中倾听着彼此的喘息，都感到一阵难言的平静满足。红倌伏在他的背上，轻轻抚摸他的背后腰臀之际的肌肤，忽然问道："谁给你刺上的？"

楚瀚半睡半醒，含糊地问道："刺什么？"红倌道："这个刺青啊。"楚瀚奇道："什么刺青？"红倌点着他的后腰，说道："在这儿。"

楚瀚撑起身回头去望，但那刺青位在腰臀之间，正是他自己无法望见之处。若不是红倌说出，他可能一辈子也不知道自己背后有个刺青。他心中好奇，问道："刺了什么？"

红倌道："像是一个米字，颜色很鲜艳。米字的中间有……嗯，有只小蜘蛛。"

楚瀚也不以为意，又趴下身去，说道："我不知道是谁给我刺上的。或许我是蜘蛛精的儿子？"

红倌噗哧一笑，说道："你是蜘蛛精的儿子，那我是白骨精的女儿！"两人随口说笑着，相拥着沉睡了过去。

清凉的夏风透过窗棂，吹干了两人肌肤上的汗珠。油灯无声地熄灭了，这对少年少女在黑暗中相拥而眠，度过了甜美安谧的一夜。他们当时自然并不知道，这是他们俩最后一次同床共枕。

故事中红倌所提及关于陈世美的戏曲《秦香莲》和《铡美

案》，乃创作于清顺治、康熙年间，楚瀚所在的明朝中叶尚未出现。故事背景设在宋朝，说陈世美入京应试，中了状元，接着娶了公主，做了驸马。元配秦香莲在家乡久久没有丈夫的音讯，便带着子女入京寻夫。陈世美见到旧时的妻子儿女，生怕揭发了自己已有发妻的往事，不但不认他们，还派人追杀妻子，企图杀人灭口。秦香莲一状告到包公那儿，包公审问时，陈世美仗着自己是皇亲国戚，大言不惭，强辞狡辩，最后被包公铡死。据说故事主角陈世美在历史上确有其人，乃是清朝时的一个官员，清廉正直，风评颇佳。因无意间得罪了故旧，故旧恶意报复，写了这篇以他为负面主角的戏曲来污蔑他，也算得他十分无辜，而今日"陈世美"已成为负心男子的代名词。

第二十七章

仓促离京

第二日清晨，轮到楚瀚到水井曲道照顾泓儿。这时泓儿刚满一岁，正蹒跚学步，整个人滚圆肥满，见人就笑，模样极为可爱。楚瀚扶他站起，退开几步，展开双臂，鼓励他道："乖泓儿，到瀚哥哥这儿来，来，走过来！"

泓儿口中啊啊出声，先是迟疑了一会儿，接着一步一蹒地，竟然真的走出了五六步，投入楚瀚的怀抱。楚瀚大喜，拥着他不断摩挲亲吻他的头和脸，笑道："乖泓儿，聪明泓儿，泓儿会走路啦，会走路啦！"

泓儿也高兴极了，在他怀中蹬着两条小胖腿，忽然抬起头，对着他道："瀚哥哥，瀚哥哥！"

楚瀚一呆，更是欢喜不尽，说道："泓儿会叫瀚哥哥了！来，再叫一次！"泓儿却又不肯叫了，挣脱他的怀抱，想再试试刚刚学会的走路。

便在此时，暗门轻响，一个人钻了进来，却是吴废后的丫环沈莲。楚瀚正兴冲冲地想告诉她泓儿会走路、会叫他的好消息，却见沈莲神色张皇，劈头便道："不好了！娘娘收到密报，有人向锦衣卫报信，他们很快就要来到此地了！"

楚瀚大惊，问道："是谁泄的密？"沈莲摇头道："不知道，娘娘猜想可能是秋华或许蓉来此时一不小心，被人跟了梢。快走，快走！小皇子先寄放在娘娘那儿，可以保住一时。"

楚瀚更不迟疑，立即抱起泓儿，跟着沈莲钻出暗门，沿着角屋后面的小径奔去，来到吴废后所居的西内。吴废后已候在门口，满面忧急，不断道："快，快！"命沈莲接过孩子，躲入地窖，关上了活门。

吴娘娘对楚瀚道："我在宫中还有一两个忠心的眼线，十万火急来向我通报，说锦衣卫中有个专事跟梢的，不知怎的盯住了秋蓉，见到了小皇子。锦衣卫就将动手，他们若全宫大搜，我这儿也藏不了多少时候。"

楚瀚脸色一变，猜想吴废后所说的"专事跟梢"者，必是那蒙面锦衣卫百里缀。他若见到了小皇子，回去报告，万贵妃心狠手辣，定会立即派人来斩草锄根。他心中焦急，望向吴废后，急道："请问娘娘，眼下却该如何是好？"

吴娘娘咬着嘴唇，说道："此刻时机未到。我们就算公布泓儿的身份，争取万岁爷出面保护，也极难成功。"

楚瀚点点头，这步棋他也想过，但他清楚成化皇帝懦弱无能，在皇宫中不但没有宫女宦官忠心于他，甚至连负责保护他安危的锦衣卫也不归他管。就算他知道了真相，又如何能保得住这个孩子？加上万贵妃对他钳制极深，即使皇帝听闻这孩子是他的子息，也绝对不敢相认。而更可能这消息根本传不到皇帝耳中，万贵妃就已下手杀人灭口，一手遮天，

彻底掩盖了。

楚瀚沉吟道："或许可将孩子送出宫去？"吴娘娘摇头道："宫外更不安全。这儿都是自己人，还能保密，宫外眼线太杂，锦衣卫下手更容易；而且这孩子一旦出了宫，便再难证明他是万岁之子。"楚瀚听她说得有理，心中大急，说道："那却该如何是好？"

吴娘娘在屋中踱了几圈，才终于站定，说道："整个皇宫之中，只有一个人保得住他。"楚瀚抬起头，与吴废后眼神相对，同时脱口道："怀恩！"

吴娘娘点头道："正是。司礼监大太监怀恩，是今日宫中唯一刚正不阿之人。他从不卖万家妖精的帐，也从不怕对万岁爷直言进谏。太后和万岁爷都对他十分恭敬，那妖精也对他颇为忌惮。怀公公若能出面继续掩藏保护小皇子，小皇子方有生机。"

楚瀚沉吟道："就怕他不信此事。"

吴娘娘摇头道："我们所说属实，又有何惧？怀公公忠于皇室，对皇储想必极为重视。他听了此事，定能明白其中轻重关节。只有得到他的支持，才能再保小皇子数年平安。眼下时机不到，过几年后，时势转移，小皇子定有重见光明，正位东宫的一日。"

楚瀚点头道："我们只剩得这一条路，也只能尽力一试了。我这就去见怀公公，向他密禀此事，恳求他出手协助。"吴娘娘道："如此甚好，你快去吧。我这儿可以保得小皇子一日，再长便难说了。"

楚瀚便即叩辞，匆匆离去。他心中极为感激这位娘娘的指点，他知道她出身大家，又曾受封皇后，对宫中诸事眼光独到，判断精准。他此时才明白纪娘娘为何独让吴娘娘与闻小皇子的秘密，吴娘娘不但心地善良正直，更是个极有见识的女子，要长期保住小皇子，确实不能少了吴娘娘的出谋划策。楚瀚也不禁甚为吴娘娘感到惋惜，如此一个贤能聪慧的皇后，却无端被成化皇帝废了，打入冷宫，皇帝却甘心受残忍粗鄙的万贵妃挟制，足见其昏庸无能。

楚瀚一路往司礼监奔去，心中不断思量自己该如何才能见到怀恩，见到怀恩之后，又当如何述说此事。他知道梁芳和怀恩表面虽维持友好，但内地里明争暗斗，互不相让。梁芳贪财狡诈，怀恩却追求权柄，他身任司礼监秉笔，拥有代替皇帝"批红"的权力，大臣们所上奏章，一律由他代皇帝拟定回答，称为"票拟"，再由皇帝审阅核准；但成化皇帝疏懒无用，对票拟的意见从不加修改，因此天下大事几乎全由怀恩一手厘定。奇的是这人权力虽重，却极少滥用，处事公平得体，因此甚受宫外大臣和宫中宦官们尊重。楚瀚曾受梁芳之命，前来偷窥过怀恩数次，但怀恩行事老成持重，楚瀚从未能捉住他的什么把柄。他心想："怀公公为人正直，广受敬重，又是大权在握，他若答应保护泓儿，泓儿定能在宫中找到存身之地。"

转眼间他已奔到司礼监之外，向小宦官告知他有急事要求见怀公公。这是他第一次单独来见怀恩，怀恩不知他的来意，直让他等了一个时辰，才终于接见，只急得楚瀚全身冷汗直流。

楚瀚来到怀恩的办公房中，立即跪下先磕了三个响头，爬在地上更不起身。

怀恩是个五十来岁的中年太监，头发灰白，面目严肃。他一边喝茶，一边冷冷地瞥了伏在地上的楚瀚一眼，说道："我道是谁，原来是御用监的楚公公。"顿了顿，又道："不知梁公公差你来此，有什么指教？"

楚瀚道："小瀚子死罪。小瀚子此番不是奉梁公公之命而来，而是有要事恳求怀公公。"怀恩眉毛微扬，放下茶杯，说道："天下有什么事情梁公公办不到，你不去求他，却来求我？"

楚瀚磕头道："小瀚子万死。小瀚子有机密大事禀报，请公公屏退左右。"怀恩心中虽怀疑，但也不怕这小子能对己如何，便挥手让身边的小宦官退了出去。

楚瀚当下将纪娘娘生下皇子，藏在安乐堂中的前后都说了。

怀恩只听得脸色大变，神色间喜多于惊。他连忙追问："多长时间了？还有谁知道这件事？"楚瀚道："刚有一年多。当初万主子派了门监张敏去溺死婴儿，张敏不忍下手，他是知道这件事的。"

怀恩为人谨慎，立即传张敏来问话。张敏来后，见到楚瀚，就知道是什么事儿了，战战兢兢地将纪娘娘和小皇子的事情述说了一遍。

怀恩脸色凝重，让张敏退下，对楚瀚道："我明白了。你今日来跟我说这件事，是希望我如何？"楚瀚道："锦衣卫的人已探知小主子的事情，我担心他们随时出手加害，恳请怀公公做主！"

怀恩想了想，说道："为何不将此事昭告天下，却要继续隐藏下去？"

楚瀚道："吴娘娘认为时机未到，此刻还不能揭发此事。"

怀恩听他提起吴废后，脸现哀悯之色，微微叹息，说道："吴娘娘吗？可也真难为她了。"他思虑一阵，点了点头，说道："吴娘娘所见不错。事情一揭发，昭德绝不会放过这孩子。"因万贵妃长久居于昭德宫，因此许多宦官宫女们背地里都称她"昭德"。

怀恩沉吟一阵，说道："眼下锦衣卫听命于昭德，他们不是内官，不敢进入大内，只敢在大内边缘的安乐堂这些地方出入。小皇子若住进紫禁城中，便不怕他们了。"楚瀚道："全仗怀公公做主。"怀恩问道："小皇子现在何处？"楚瀚道："在吴娘娘处。"

怀恩沉思一阵，话锋一转，双目直盯着楚瀚，说道："小瀚子，你却为何会卷入此事，而竟始终未曾让你梁公公知道？"

楚瀚磕头道："我当时见小皇子只是个婴儿，心中可怜他，也可怜纪娘娘，才帮助张敏藏起了小皇子，也没敢跟梁公公说起此事。"

怀恩轻轻哼了一声，说道："听人说，你虽在梁公公手下办事，却是个有良之人，看来真有这么回事。"楚瀚磕头不止，说道："怀公公明鉴！求怀公公做主。"

怀恩沉思一阵，才缓缓说道："我可以做主，但是有个条件。"楚瀚道："怀公公请说，只教小瀚子做得到的，一定万死不辞。"

怀恩望着他，说道："梁芳在宫中有个厉害的眼线，到处窥伺他人善恶隐私。梁芳依仗着这人，作恶多端，为所欲为。我早想拔去梁芳的这只毒牙，赶走这头恶犬。"

楚瀚背后流下冷汗，磕头道："小瀚子罪该万死。"怀恩盯着他，静了一阵，才微微点头，说道："原来如此。你立即带我去吴娘娘处，迎接小皇子。之后你便出宫去吧，离开京城愈远愈好，再也不要回来！"

楚瀚一惊，静默半响，心中衡量轻重，知道保住泓儿的性命，比起自己的去留自是重要得多了。他心中自也清楚，跟着梁芳这么久，坏事干了太多，怀恩正气凛然，必然容不得自己。就算自己答应不再替梁芳办事，但是只要留在宫内，梁芳又怎肯放过他？定会想尽办法对付自己。最好的

解决方法，莫过于就此消失，梁芳莫名其妙地失去了左右手，无从追究起，他也不必向梁芳多做解释。况且只要能保住泓儿，还有什么东西是他放不下的？他想到此处，心意已决，吸了一口长气，磕头道："小瀚子谨遵怀公公吩咐。"

怀恩点了点头，说道："我这便跟你去将小皇子接入宫中。你放心，我在宫中一日，便誓死保住他一日。等到时机成熟了，我自会想办法让万岁爷知晓此事。"

楚瀚听了他这话，知道保住泓儿有望，心中感激已极，说道："小瀚子一世感念怀公公的恩德！"又磕了几个头，才站起身。

当时已是傍晚，楚瀚领着怀恩，悄悄将刚满周岁的泓儿接到怀恩的住处。一切安顿妥当后，楚瀚回屋取了几十两银子，换上便衣，也没收拾包袱，也未曾与纪善贞、张敏、小凳子、小麦子等告别，只带上常随左右的小影子，趁夜悄悄出宫而去。

他想起红倌，当即来到荣家班，想再见她一面，但老婆子却告知红倌出城唱戏去了，要到次日才回。他见天色将晚，城门将关，只好转身离开了荣家大院。

他在城中隐密处取了改装包袱，略做装扮，便快步往城门行去。过去数年中，他不时出京替梁芳办事，为了不引人留心，每回出门都黏上胡子，穿上商旅的服色，否则他年纪太轻，孤身行路难免惹人注意。这时他装上两撇假胡子，戴上轻帽，假扮成个山西钱商的伙计，将黑猫小影子放在竹篮子里背着，从东便门出了城。

他居住京城已有四五年的时间，此时仓促离开，不禁甚觉不舍。他回头望向城门，一时也不知道自己最不舍得的是什么，是滚圆爱笑的泓儿，是娇俏可喜的红倌，是能干可靠的小麦子、小凳子，是奸滑但善待自己的梁芳，还是自己在御用监舒适广阔的房舍、不愁吃穿的优渥生活？

无论如何，他既决意保住泓儿，答应了怀恩的条件，这一切就都已被他抛在身后了。他回思住在京城的这段时日，比之借居胡家那时自是艰险百倍，几番出生入死，历经重伤濒死之险，牢狱净身之灾，但自己都挺过来了，甚至在京城中闯出了一片天地。即使名声不怎么样，但也结识了何美、小麦子等好友，以及红倌这个红颜知己。

但他毕竟还很年轻，不知道什么是依恋，什么是珍惜，什么是失去。他感到一切都才开始，一切也都可以再开始一次。他怀着一身绝技，带着唯一的伴侣黑猫小影子，头也不回地离开了京城。

（第一部完）